逮鱼摸虾搂兔子

伯龙 著

当代世界出版社

图书在版编目（CIP）数据

逮鱼摸虾搂兔子 / 伯龙著 .—北京：当代世界出版社，2015.11

ISBN 978-7-5090-1055-6

Ⅰ . ①逮… Ⅱ . ①伯… Ⅲ . ①随笔—作品集—中国—当代 Ⅳ . ① I267.1

中国版本图书馆 CIP 数据核字（2015）第 265229 号

书　　名：	逮鱼摸虾搂兔子
出版发行：	当代世界出版社
地　　址：	北京市复兴路 4 号（100860）
网　　址：	http://www.worldpress.com.cn
编务电话：	(010) 83908456
发行电话：	(010) 83908409
	(010) 83908377
	(010) 83908455
	(010) 83908423（邮购）
	(010) 83908410（传真）
经　　销：	全国新华书店
印　　刷：	三河市南阳印刷有限公司
开　　本：	880 毫米 ×1230 毫米　1/32
印　　张：	9
字　　数：	170 千字
版　　次：	2016 年 1 月第 1 版
印　　次：	2016 年 1 月第 1 次印刷
书　　号：	ISBN 978-7-5090-1055-6
定　　价：	36.00 元

如发现印装质量问题，请与承印厂联系调换。
版权所有，翻印必究，未经许可，不得转载！

序言

　　我出生在1976年,那年恰逢是龙年,母亲在给我起名字时,毫不犹豫地在姓后加了个"龙"字,她老人家的心思我是明白的——"望子成龙"是天下父母的共同心愿。

　　父亲是个老实人,不善言语。母亲心灵手巧,家里家外的一切事物都由母亲张罗。

　　依稀记得小时候,母亲先用红色或蓝色的铅笔在旧扑克牌后面写上简单的汉字,再用白线串成一串,挂在糊满报纸的墙上教我和妹妹识字。

　　昏暗的灯光下,母亲领着我和妹妹盘腿坐在热乎乎的炕头上,用筷子指着墙上的扑克牌读了起来:"乐——'快乐'的'乐'!"

　　我和妹妹齐声附和着:"乐——'快乐'的'乐'!"

　　"年——'童年'的'年'!"

　　"年——'童年'的'年'!"母亲一板一眼地教,我和妹妹大眼瞪小眼地读。

"小龙！这个字念什么？"母亲用筷子指着其中的一张牌问我，我紧盯着这似曾相识的字，大脑却一片空白。我挠着头，脸一扭，对着妹妹说："妹啊！这字念什么啊？告诉哥。"

母亲叹了口气，摇了摇头对我说，"你就是玩儿有能耐！要是让你玩，你脑袋瓜子都能削出个尖儿来！你啊，要是有你妹妹一半的能耐，能让我省省心也好……"

那时候，家里经济条件不怎么好，当然不是只有我家不好，基本上我知道的人家都不怎么样。那个年代没有什么贫富差距，要穷都穷，你家没有半袋米，我家也没有半瓶油。

80年代，父母还在生产队干着农活，都是地地道道的农民。他们是农民，我理所当然的也是农民。那年代买布得用布票，买粮得用粮票，买肉得用肉票，吃的是供应粮。买粮食不只用票，还得有卡片。这卡片分两种：一种是红卡片，一种是白卡片。持红卡片的是工人、干部这些人。我家的是白卡片，上面除了父母的名字外，还写有我的名字，因为我不但是农民，还享受儿童粮的待遇。90后的孩子们恐怕是享受不到我那时的待遇了。

那时候的孩子不精贵，都是散养。有的人家孩子多，生六七个的也很正常。粗心的父母晚上若不清点下人数，偶尔少个一两个也不会发现。孩提时的我们，压力也没那么大，学习也相对轻松。就拿放暑假来说吧，学校的暑假作业只有两本，一本语文、一本数学。这作业写起来和父母在生产队劳动一样——共同生产、共同劳动。摆上一张小炕桌，几个同学或者兄弟姐妹像头蒜似的聚到一起，各有分工，任务明确：你分语文前十页，我分语文后十页；你分语文阅读题，我分数学应用题。哥哥姐姐帮着做，妹妹弟弟负责抄，就这样，两大本作业，两天的时间就可以搞定。一搞定了作业，孩子就成了脱缰的野马，在广袤无垠的黑土地上驰骋。玩，就玩得歇斯底里；作，就作得酣畅淋漓。我和小伙伴们一起抓鱼、摸虾、打鸟，那真是"海阔凭鱼跃，天高任鸟飞。下水过江遛泡子，逮鱼摸虾搂兔子"。

目录

一、张老二 / 1

二、老桂头儿 / 11

三、冰窟窿砸鱼 / 20

四、爆米花 / 29

五、小鬼儿兴奎 / 38

六、洗澡 / 48

七、杀猪菜 / 58

八、年货 / 68

九、过年 / 76

十、大鼻涕鬼儿二肥子（一） / 83

十、大鼻涕鬼儿二肥子（二） / 90

十一、值日生 / 97

十二、春游 / 105

十三、"解放帽儿"（一） / 115

十三、"解放帽儿"（二） / 125

十四、看电影（一）/ 133

十四、看电影（二）/ 140

十五、啪叽、流溜、小人书 / 148

十六、我、张老二、"解放帽儿"（一）/ 156

十六、我、张老二、"解放帽儿"（二）/ 166

十七、荷花泡抓鱼（一）/ 175

十七、荷花泡抓鱼（二）/ 179

十八、马蜂与黑鱼 / 187

十九、一只野鸭子 / 195

二十、西大河网鱼 / 202

二十一、电鱼 / 210

二十二、智斗"解放帽儿"（一）/ 217

二十二、智斗"解放帽儿"（二）/ 225

二十三、抓蝲蛄（一）/ 233

二十三、抓蝲蛄（二）/ 240

二十四、打鸟 / 249

二十五、捡栗蓬 / 258

二十六、打野鸡套兔子 / 267

一、张老二

一、张老二

白天的泡子十分热闹,鱼翔浅底,人立岸边。水里鱼儿翻滚、岸上人头攒动,大家像运筹帷幄的将军,手持黄金竹节丈八鱼竿,脚蹬黝黑过踝四十二码水靴,迎着水面泛动的波光,上饵、下鱼、扬竿一气呵成。每一次起鱼,人群中都爆发出一阵欢呼。此时的泡子仿佛成为了偌大的舞台。

这里的明星是张老二,他叼着一根烟,穿着过腰的水裤远远地走来。那条水裤是厚厚的橡胶做成的,走起路来,两条裤腿摩擦着,发出呼哧呼哧的声响。您都不需要抬头,但听这个声响,就知道这一准儿是张老二来了!

张老二长得五大三粗,两腮和下颚胡须浓密,茂盛得像盛夏的草原,说起话来像电线杆上的大喇叭一样"嗷嗷"地响。

张老二的钓鱼方式和老柳头儿是不同的,他喜欢下"夜钩"钓鲶鱼。

鲶鱼是一种凶猛的鱼类,一般在晚上出来活动觅食,喜欢吃小鱼、青蛙、昆虫什么的。根据鲶鱼这个食性,钓鱼的人专门制作了"夜钩"对付鲶鱼这类食性凶猛的鱼。

夜钩是用尼龙绳、鱼钩、硬木棍做的。用细尼龙绳的两端,一端拴在有长长把手的大鱼钩上,另一端拴在结实的硬木棍上,这夜钩就做好了。

下夜钩最简单,只要把木棍插到鲶鱼经常出没的水草边,鱼钩上挂上活蹦乱跳的小泥鳅或小蛤蟆,傍晚下钩,早上来收鱼就行,我们习惯把"收鱼"叫做"遛鱼"。

张老二平常都是穿着水裤,背个鱼篓,扛着鱼竿来到泡子对岸的芦苇塘,芦苇塘里有一个钓台,是张老二自己搭建的,也是专属于他的领地,因为一般人没有水裤是上不了那个台子的。张老二每天都是先遛夜钩钓到的鱼,然后再在他专属的钓台上抛竿玩会儿。

不论钓没钓到鱼,张老二傍晚七点钟保准回家,大家都知道他老娘们厉害,如果七点多钟还不回家,他家那泼妇老娘们一准撵到泡子这儿,骂他几句算是轻的,有时甚至还要对他施展下拳脚。

张老二这次来没带鱼竿,径直背着鱼篓下水遛鱼,每每这个时候,我比张老二还要紧张、兴奋,因为遛到的那可是凶猛异常的大鲶鱼啊!每次遛鱼的时候,张老二嘴里总是嘟囔个不停,就像现场直播似的:

"哎呀!这水说涨就涨,夜钩都淹没了。"

"什么玩意儿!三两多的小鲶鱼崽子咬个屁!给你娘准备

一、张老二

的食儿，你倒是也好意思咬！真不是个东西！"

"小蛤蟆没了，钩还在。完了、完了！跑了、跑了！"

"这条大，钩都给拽直了！"

张老二越是这样嘟囔，站在对岸的我们就越是好奇，禁不住纷纷问道："跑了那条有多大？"

"老二，遛着几条啦？"

"鲶鱼给我们看看！"

对岸的人纷纷叫嚷着……

面对众人艳羡的问询，张老二也不含糊，手伸进鱼篓摸出一条鲶鱼，高高地举在头顶，轻轻晃动着说："看没看到？看没看到？这条不大，大的跑啦！"

生怕我们站在对岸看不到，他在水中还不忘使劲地翘着脚尖，那姿势绝对销魂，整个一个水上芭蕾的结束动作。张老二拿着鲶鱼在头上挥舞了半天，才对着我们喊，"看眼就得啦！这鲶鱼哧溜滑、哧溜滑的，别跑啦！"喊完就把鲶鱼放回了鱼篓。

这边有人又喊，"张老二！跑的那条有多大？"

张老二把水中的木棍拔了出来，举过头顶，连钩带线地摇了摇，回答："你们看，钩都给拽直了！跑的大鲶鱼少说也得有五六斤！"

看着张老二得意洋洋的样子，我心里直犯嘀咕，"这么远谁能看清楚你钩直没直，鱼又没钓上来，谁知道跑的有没有五六斤？太能忽悠了！跑的鱼永远都是大鱼！切！"

张老二陆陆续续地又遛了几条八两左右的鲶鱼，每遛到一条就炸炸呼呼地显摆一下，把对岸的这些人逗得前仰后合！当然，我们也还是很羡慕他能钓到如此凶悍的鲶鱼的。

说到钓鱼，没几个人像张老二这么"爱岗敬业"，风雨不误地天天下夜钩钓鱼不说，还为了下夜钩特意买了水裤，为了钓鱼人家还用木杆、木板在水里打了个钓台，这种为钓鱼而劳神费力的精神绝对是可圈可点。想到这儿，张老二那边又开始嘟囔起来："完蛋啦！少了根夜钩，肯定涨水淹没了！"他俯着身子在水里乱摸起来，摸不到就用腿蹚，蹚得水哗哗地响。

对岸看热闹的人喊他，"二哥！别找了，水退了就冒出来啦，钓会儿鲫瓜子（鲫鱼俗名）玩儿吧！"

张老二一边蹚一边说，"一会儿和媳妇儿去她娘家干农活，得个十天八天才能回来呢！今天就不钓鲫瓜子了，没看我竿都没拿，夜钩也都收了吗？"话音未落，张老二家的老娘们远远地来了。我们对岸的人看得那真是一个清清楚楚、真真亮亮的，却愣是没人给张老二提个醒儿。刚刚还热热闹闹的泡子，一下子静了下来。只有张老二低着头、蹚着水，嘴里还在不停地嘟囔着。我们这边的人则是面面相觑、心照不宣，都知道一场好戏即将上演，默默地等待着……

张老二的媳妇，穿着红衣服，扭着屁股疾步地走向泡子。到了泡边迅速找好落脚点，双手一叉腰，杏眼瞪得溜圆，一副怒从心头起的样子；双眼恶狠狠地瞪着张老二背影，那目光像

一、张老二

雷似电,直直地射在张老二后脑勺儿上。

张老二还在忙着找夜钩,嘟囔着,"完蛋的玩意儿!怎么找也找不到,让鲶鱼精拽泡里去啦?"

张老二媳妇一听这话更是气不打一处来,对着张老二破口大骂:"你个熊样儿,你怎么就没让鱼精拽到泡子里去?你让鱼精拽泡里去,我不就清静了嘛!跟你我操不起这个心!"

说完还不解气,双手叉在胸前,找了个舒服的姿势,那张嘴像是上了膛的机关枪似的巴巴儿地说个不停,"你个大老爷们的,一大早起来横草不拿,竖草不动的就跑来钓鱼,你想作死是不是,你还想不想过了?就你个损色(音:sai 三声),老娘当初怎么就瞎眼跟你了!瞅你个窝囊样的,人家老爷们都想多挣点钱养个家糊个口,你可倒好,一天天就知道抓鱼摸虾,还能不能有点儿出息了!说好了今天跟我回娘家帮家里干农活儿,七点就走,人家拖拉机都来接咱了,你还有心思在这儿钓鱼?你搬泡子里来搂着你的鲶鱼精过得了!一会儿我回家把你的棉被拿来一起扔泡子里去,省得你俩没被盖,你俩好好过日子去吧!我就是多余的,不行咱俩马上去找村长打离婚!"

媳妇的出现本已让张老二吓了一大跳,再加上这突如其来的一顿骂,他彻彻底底地糊涂了,张老二媳妇见他没反应,捡起两块石头扔在张老二身边,溅起的水花喷了张老二满脸,"我让你钓!我让你钓!"说完还不解气,张老二媳妇直接蹲在泡边,手脚并用地号啕大哭起来,"哎呀!我的命怎么就这么苦啊……"

东北老爷们最怕的就是女人的三大绝招——一哭、二闹、三上吊！张老二哪儿还有心思找夜钩呀，拎着夜钩和鱼篓连滚带爬地蹚着水向他媳妇走了过去。边蹚水边说，"小红啊！别闹了啊！让人家看了多笑话！我怎么就不知道今天要回娘家干活儿呢？你看看，我昨天听你说今天要回娘家干活儿，昨晚冒着雨来下的夜钩。我知道咱爹爱吃鱼，这不是起早遛两条鲶鱼拎给爹喝酒嘛！咱回娘家总不能空着手吧？一会儿回家到菜地里再摘几个茄子，一起拎去，我给咱爹做个鲶鱼炖茄子，俗话不是说'鲶鱼炖茄子，撑死老爷子'嘛！你看这些鲶鱼有4斤多了！跑了条大的，钩都被拉直了，你看，你看……"

我明知道张老二放夜钩钓鱼和他媳妇回娘家没有什么直接联系，他这一番话无非就是求个自保罢了，没想到张老二媳妇听了张老二的话，立马也不哭，也不闹了，站起身来揉了揉眼睛，又甩了把鼻涕，看了看鱼篓，冲着张老二说，"傻站着干什么，你还真想待在这儿跟那鱼精过啊！赶紧走，人家拖拉机还等着呢！"说完扭头就往家走。

张老二屁颠屁颠地跟在后面，一边走一边又嘟囔起来。隐约地听见他说什么再买瓶酒，买斤旱烟什么的。小泡子瞬间沸腾了，憋了半天的我们哈哈地大笑起来。

张老二和他老娘们真是"不是一家人，不进一家门"啊！我感觉张老二就像条鱼，他媳妇小红就是那顶尖的钓鱼高

一、张老二

手——这不是把张老二遛得服服帖帖的吗?

没过两天泡子那边又传来了水裤摩擦和像大喇叭广播似的说话声,闻声听人,我知道是张老二回来了。

"憋死了,憋死了!这两天没钓鱼可把我我憋坏了!天天拿锄头榜地,这手握锄头把儿握得都伸不直了!"张老二边嘟囔边扛着鱼竿蹚进芦苇塘,下起了夜钩。

"张老二你不怕你老婆再来骂你?"有人起哄道。

"骂个屁!那天的鲶鱼给老丈爷炖上了,我还没动筷子呢,老头儿自己就给造光了。我那败家的娘们儿跟他爹说我钓鱼老厉害了,想吃鱼让我回家钓就是了。这不刚干完活儿就给我撵回来钓鱼!我老丈爷明天过大寿,晚上要吃鱼,一大家十多口,我得钓多少够填饱他们的肚子?哎!"

刚发完牢骚,张老二似乎又有了重大发现,"哎呀!我说丢不了吧!夜钩不是在这嘛!昨晚梦做的贼准,梦里说夜钩就在泡子里,还挂了条大鲶鱼。有没有鱼咱不在乎,夜钩没丢就行!"

张老二下完夜钩,爬上钓台开始钓鱼,钓了半天也没见钓到几条,张老二有些烦躁,"又一条小鲫瓜子,这鱼没法钓了!闹小鱼了(全是小鱼)!这败家老娘们儿,吃个屁鱼,这鱼是说钓就能钓上来的吗?哎——这条还行,有一两。"

说话时,张老二的老婆扭着屁股又来了,这一次她态度大变,站在岸边甜甜地招呼,"老二啊!钓到没?"

张老二猛地回头,"钓个屁钓,你这么吵吵我能钓到鱼?鱼不让你吓跑了才怪!你不吹牛你就活不了是吧?你爹过大寿,让我钓鱼,我就算钓得手秃噜皮了够吃的不?你娘家那帮人跟猪崽子一样的能吃,我不拿回去个七八斤能够吗?"

我本以为张老二媳妇会勃然大怒,就算不捡块砖头子扔过去,也得回骂他两句,没想到这一次她像变了个人似的,不紧不慢地说,"老二啊!钓不到别急眼,别上火啊!实在不行去买去,我就是怕你饿了,给你送俩地瓜,吃饱了再钓啊!我不膈应打扰你了,我给爹买槽子糕去。"

"买!买!你就买吧!挣两个钱儿都让你填糊你娘家了,我挣的钱给你弟弟娶媳妇倒是挺大方的,我想买个嘎石灯照鱼你都不给买,滚犊子!给我惹急眼了回家削你!"回了一趟娘家,这张老二的地位马上就提高了,看来有一个顶用的技能还真是安身立命之根本啊!

张老二的媳妇一声不吭地走了,老柳头儿说,"老二啊!我这有三斤多的鱼,一会儿再钓点拿去孝敬老丈爷吧!人家小红不错,没她板着你,你家能过上现在的日子?"

"柳师傅,你说得对,这我明白。就是这老娘们不懂事,我一想钓会儿鱼,她就来搅乱。你说说,她哪回骂我我还口了?家里活儿我不是不干,钱我也挣着呢!我不抽烟、不喝酒,扑克我都不打,就钓鱼这么个爱好,买个嘎石灯照鱼她都不让!钱她给娘家咱说什么了?真羡慕你啊!没事就来钓钓鱼,还领

一、张老二

着退休金。"

老柳头儿只是笑了笑准备走,一拎鱼兜,沉甸甸的足有五斤多大鲫瓜子,于是对着张老二喊,"老二,快拿鱼兜过来装鱼,差不多够你老丈爷他们吃一顿的了!"

张老二听了,呼哧呼哧地跑了过来,一边装鱼一边一个劲儿地点头感谢。

"谢什么谢,你家的茄子、辣椒、土豆啥的我也没少吃!你找了小红这样的媳妇你就偷着乐吧!回家可别打起来啊!"

"哪敢啊!她不打我就不错了,我是看人多点拨她几句,瞎吹的,你还不了解我!"张老二腼腆地笑着,和他的形象极为不符。

"大兄弟,我钓得少回家也不够吃,给你倒上。"

"二哥,你过来,我这儿也有些,就是个头不大。"

"二叔,我也钓了点,还有条四两多的呢!你也拿去吧!"

张老二笑呵呵地一个劲儿地感谢着,转眼间十多斤鱼装进了他的鱼篓,眼看就要冒了出来了。"我张老二算是没白活,在这个小泡子还有这么多朋友,老二我记在心里了啊!"张老二边走边嘟囔着回了他的钓台上。

小红婶扭着屁股,拎着个嘎石灯又来了,"老二啊!钓到没?看我给你买了个嘎石灯,大中午的,咱回家吃饭去吧!"

张老二一听嘎石灯,立马收竿,扛着竿、拎着鱼上了岸说,"你看看有十来斤哪!我敢钓不到吗?嘎石灯多钱买的?"

"十二,不讲价。"

"还行,正常价。"

"走!回家吃饭,我给你炒了盘鸡蛋,走!走!"

二、老桂头儿

深秋的小泡子有些荒凉，泡边的水草枯黄地耷拉着身子。身后的菜地边堆着一捆捆金黄的苞米杆，地头的窝棚早已人去楼空，无声无息地伫立在那里。

太阳出来了，晒在身上暖洋洋的。老桂头儿背着个细长的竿包慢慢悠悠地来到小泡子。

老桂头儿的穿着与众不同，头戴一顶白色的太阳帽，衣服干干净净的，上身还穿着个绿帆布做的小马甲，马甲上有好多兜。

听大人们说老桂头儿是朝鲜族，儿子在韩国，家里很是富有。他的鱼竿一般人都没见过，听说是他儿子从韩国买的，可以伸缩，用起来轻飘飘的。

老桂头儿的包是分层的，有好几道拉链。分门别类地装着鱼竿、鱼漂儿、鱼钩什么的，那包和鱼竿上还印有韩文。他的鱼竿放在包里时跟塑料管差不多，用时会像变魔术似的一拉，就变成了一把鱼竿。鱼漂儿尖细细的，下面有个大肚子，再下面还有个长长的脚，样子很是奇怪。他的鱼钩也和我们的不一样，钩子是蓝色的，钩底平直，十分锋利！

老桂头儿没自己专属的水窝，自己找了块空水面就开始钓起鱼来。一会儿的工夫就在水面上支起了五把鱼竿，挺着腰板笔直地坐在一个蓝色的小折叠凳上，好像一尊石像，整个身体一动不动，只有眼球一会儿转向左，一会儿转向右地遛着水面上的漂儿，颇有一种姜太公钓鱼，愿者上钩的感觉。

"爷爷这是什么鱼竿？"我好奇地跑上前去问道。

老桂头儿目不转睛地盯着水面，看着水中的漂儿笑呵呵地回答说："诶！韩国蛋。"老桂头儿汉语发音不是很清楚，说话时还带着点儿鲜鲜语的口音，他说的是"韩国竿"，我听着却是"韩国蛋"。

"多少钱买的啊？"

"诶！儿子卖地，银民笔，二百夺。"（儿子买的，人民币，二百多。）

和老桂头儿说话太别扭，我都不好意思再问了。老桂头儿那二百多元钱的韩国竿，竿稍一弯，我的妈呀！一条鱼飞上了泡边。他自言自地说："诶！亿条小操鱼。"（一条小草鱼）不错，的确是条小草鱼。

说人家老桂头儿有大师风范，一点儿不为过。只见他宠辱不惊、不慌不忙，认认真真地把小草鱼摘下钩，轻轻地握在手中，来到泡边把手放到水里一张，那小草鱼摆着小尾巴慢慢地游走了……

二、老桂头儿

老桂头儿又钓了几条小鲫鱼，也有大的，足足有二两。钓到的鱼，不论大小，老桂头儿都是一副认真的样子——解鱼、上饵、入兜。

老桂头儿的鱼饵不知道是用什么做的，有点儿发红，散发着一股炒黄豆的香味。这味道，别说是鱼了，我闻了都想吃上一口，想必这鱼儿一定是更喜欢了！

看了会儿老桂头儿，我又回到了自己的小草窝继续钓鱼。

突然，老桂头儿猛地一扬竿，那鱼线"嗖"的一声响，他站起身来，双手把竿高高地举过头顶拉着鱼。老桂头儿个不高，手脚倒是灵活得很，他一边拉，一边移动着脚步，鱼往左跑，他就顺着鱼往左走两步；鱼往右窜，他又跟着往右挪两步。

鱼咬着钩，钩拖着线，在水中不停地游动着，把悬在水中的一把鱼竿的线缠绕在了一起。老桂头儿的额头上渗出了汗珠，似乎有些力不从心了。我急忙跑过去帮忙，帮他把水中的竿子收起，扔在一边，又拿起那挂了线的竿。这不拿不知道，一拿吓一跳，这竿握在手里还真是舒服，就像没拿似的，比我的小竹竿轻快多了！

老桂头儿屏着气遛鱼，我则双手握着挂了线的鱼竿一点一点地往后退，两把竿的鱼线在水面上凌空搭成一个"V"字形。老桂头儿退步，我也跟着退，鱼慢慢地在水面上露出个大黑头。

"啊！这鱼真不小！不是鲫鱼，鲫鱼的头没这么大，也不是鲶鱼，鲶鱼的头上有须子。"

老桂头儿看到鱼头,兴奋地对我说,"拿草望!"

我没反应过来——什么"拿草望"?

老柳头儿闻声跑了过来,问老桂头儿,"抄网在哪里?"

"鱼竿包里。"

我这才明白,老桂头儿要我拿抄网。

鱼在水面上露出了半张大嘴,老柳头儿一眼就认出这是一条草鱼。

老桂头儿兴奋地说:"看鱼头和力道,这条草鱼个头不小!"

"别急!先遛下鱼,呛口水!"老柳头儿也跟着忙活起来。

"呛一口了!"

他俩的对话,我听得似懂非懂。什么叫"呛口水"呢?鱼生活在水里怕呛水吗?

"噗通!"鱼飞身跃出水面,长长的身子又落入水中。老桂头儿还是不慌不忙地扬着头,上身使劲地向后仰,紧紧地握着手中的鱼竿,鱼线绷得紧紧的、直直的,像拉满弦的弓,蓄势待发,两只脚向泡子边的高处一步步挪着。鱼线发出"嗖嗖"的响声,越来越大,我的心也跟着"扑腾扑腾"的直跳。我把鱼竿放到身后,小心翼翼地拽着缠到一起的线,老柳头儿则端着抄网在泡边镇定地看着水里的鱼,老桂头儿一步一个脚印,步伐扎实而有力,游刃有余地遛着这条大草鱼。

看着老桂头儿的竿弯成一张弓,我真是替他捏了一把汗。心想这竿万一断了,鱼肯定跑了,那样的话,我可就看不到这

二、老桂头儿

条大鱼到底长什么样了。

鱼在水里拼命地挣扎着,拍水的声响引来了其他钓鱼的人,大家都跑过来看热闹,你一言我一语地嚷嚷起来。

"别遛了!别遛跑了,拽鱼线啊!"

"下水吧,要是拽到水草里就跑了,这小竿子能弄上来吗?"

"这竿不行了,要断了,保住竿,掐线吧!"

他们说他们的,老桂头儿始终不动声色,专心致志地遛着鱼。鱼线在水里画着"Z"字,左右飘忽不定,小泡子上荡起一层层波纹……

老柳头儿说:"再遛会儿,你这竿软、线好、钩结实,跑不了!给鱼遛翻了再抄。"

老桂头儿赞许地点了点头。

"多遛会儿!多遛会儿!我去看看!"对面水里钓台上的张老二也坐不住了,蹚上芦苇岸,放好竿,穿着水裤,"呼哧呼哧"地向我们这边跑来,边跑边嘟囔道,"大草鱼有劲!多遛会儿!"

张老二来了,对老桂头儿说,"我穿着水裤,我拿抄网下水抄吧,别跑了!"说完就要上前接老柳头儿手中的抄网,被老柳头儿婉言拒绝了。

我知道老柳头儿为什么不让张老二去抄鱼,张老二这人虽然是个热心肠,但是做什么事总是大大咧咧、毛手毛脚的,老柳头儿准是怕张老二帮倒忙。

老桂头儿在不知不觉中已经往岸边退了好几步,鱼也被拽得渐渐浮出水面,足足有我一条胳膊长,翻着白色的肚皮躺在水面大口地呼吸着。

我提着线,边看鱼边往后退,突然听到"咔嚓"一声,我的心刷地一下凉了,心想,"完了!老桂头儿的竿子被鱼给拽断啦!"再仔细一看,不对!老桂头儿明明还在扬着竿子,那鱼被鱼线拽着,竟然还漂在水面上!

我突然发现周围的人都瞪着大眼睛看着我的脚下,就连老桂头儿也忙里抽闲,回头看了一眼,但也只是看了一眼,便又回过头去继续神情若定地遛着鱼。

我低头一看,妈呀!我一下子就懵了!想哭又哭不出来!我光顾着拽线,看老桂头儿遛鱼,一不小心把放在我身后的这把韩国鱼竿给踩断了。我手里拽着线,脚下踩着竿,进也不是,退也不是,真不知道该如何是好。

老柳头儿看出了我的窘迫,对我说:"孩子,没事!扯好你的线。"

一个人急忙上前把断竿拿开。我这才发现竿子的第二节被我踩断了,我拽的线上也只剩下了个竿稍儿。

大草鱼被老桂头儿遛得翻着白色的肚皮,躺在水面上休息,缓了口气儿后又到处乱冲。老桂头儿紧盯着大鱼,保持着后仰的姿势不变,又斗了几个回合。老柳头儿见时机成熟,信心百倍地说道:"可以了!"

二、老桂头儿

老桂头儿高举着鱼竿,缓慢地向后走,那大草鱼被拽得慢慢地向泡边靠近。老柳头儿手拿抄网比量了一下说:"向左点,再拉两步。"

老桂头儿听令,向左拉两步,说时迟那时快,老柳头儿的抄网口对准躺在水里的鱼头猛地抄了下去,一翻手腕,鱼不知怎么的就进了抄网。老柳头儿双手抬起抄网,后退两步,一扭腰、一甩双臂,抄网在水面与岸上划了个半弧形,转眼间,大草鱼躺在抄网中就像是在荡秋千一样忽忽悠悠地上了岸。

老柳头儿这个漂亮的动作,把我们都看傻了。

这大草鱼到了岸上还想反抗,刚要翻身,张老二饿虎扑食般的扑了上去,死死地把鱼压在身下。

小泡子像开了锅似的沸腾了,大家又纷纷地议论起来:

"这鱼肉真结实,得有五斤!"

"五斤可不止!我看得有六斤多。"

"有八斤了!"老柳头儿经验丰富,说得言之凿凿,很有把握的样子。

老桂头儿赞许地点了点头。他看着大草鱼乖乖地进了网兜,长吐一口气,脸上微微泛起一丝欣慰的笑容。

这时有人很不识趣儿地把断竿递给了老桂头儿,我一看到断竿就害怕了,那可真是由内而外的害怕啊!就算砸锅卖铁,我也是赔不起这二百多块钱的韩国竿啊!闯了这么大的祸,母亲要是知道了还不得打死我,再说家里也没钱。就算家里有钱赔，我以后也别想再钓鱼了！"

老桂头儿看看断竿，又看看我，没说话，我紧张地不敢看他的眼睛，蜷在泡子边上，两只手无处放，只好摆弄着断竿上的鱼线。

老桂头儿打量着这把断竿，老柳头儿也凑了过去，仔细地看了一下说，"可惜！断了个大斜口，断面太长，要是断的直口，用砂纸打下，弄点胶把断节打厚，也不怎么耽误用。"

老桂头儿点点头说："是啊！这竿每节长短都是很讲究的，长了不行，短了也不行，设计得很科学，这竿钓起鱼来全身受力。在水库，我用这把竿钓过十八斤的胖头鱼！"

"这我看得出来，碳素竿，好东西啊！"

"可不嘛，儿子在韩国买的。"

"再让儿子配个竿节邮过来吧！"

老桂头儿笑笑说，"不用，不用，邮个竿节都不如买把新的了。我这儿还有几把，不耽误钓鱼。这把竿是废掉了，就算是修好，碰上个稍大点的鱼也肯定再断掉。"

老桂头儿瞅瞅我，对老柳头儿又说，"那个小孩儿帮着拽了半天的鱼线，就把这断竿给他玩吧。这竿要是修好，钓这小泡子还是没问题的。"

听到这话，我的情绪还没有转变过来，这大悲与大喜之间的转换实在是过于突然。就在我傻傻地搞不清状况的时候，老柳头儿把我喊了过去，对我说，"还不赶紧谢谢你桂爷爷！"

二、老桂头儿

我这才缓过神儿来，连忙答道，"谢谢爷爷！"我这四个字从来没有说得这么发自肺腑，感情也从来没有这么真挚过！

老桂头儿感受到了我的真诚，笑着对老柳头儿说，"这孩子挺有意思，刚才一定是吓着了，也都怪我，光顾着遛鱼，没空搭理他。竿子坏了可以再买，鱼跑了可就追不回来啦！"

"就是，就是！"老柳头儿点着头说。

这一次，我真切地感觉到老桂头儿的口音一点儿也不奇怪，他说的每句话，我似乎也都听得懂了。就算听不懂，前言后语的一搭，也什么都明白了，这也许就是心灵感应吧。

老桂头儿把断竿上的线收好，恋恋不舍地看了眼竿子，然后递到我手中说，"这竿送给你了，回家让大人修下，一样能钓鱼。孩子你要记住，爷爷用这把鱼竿钓过十八斤的鱼呢！"

我双手端着这把竿子，感觉一下子神圣了起来，就好像一位大侠终于找到了一件合手的兵器一般，我不知道该如何表达我心中的感激之情，只能一个劲儿地感谢桂爷爷。

哎哟！我刚才还哇凉哇凉死了一般的小心脏，瞬间复苏了，又燃起了火焰一般的温暖起来。这一惊一喜岂是我这个小屁孩能承受了的？真是冰火两重天啊！

三、冰窟窿砸鱼

东北的冬天来得早,虽然雪还没下,但学校旁边的荷花泡已经结了一层薄薄的冰。每到放学的时候,我都会跑来看看冰冻结实没有,我的判断依据很简单,就是看看这荷花泡的冰面上有没有人在行走。

憋了几天的雪终于下了起来,鹅毛般的雪花漫天飞舞着。学校里的孩子快乐地打雪仗、堆雪人,即使上课的铃声响了,还不忘捏个雪球,拿到课堂上慢慢地把玩。

雪后的天气特别冷,小风冷嗖儿嗖儿地刮着。在这凛冽的寒风中,我终于看见有人在荷花泡的冰面上行走了!我和我的同学——兴奎、士德不约而同地高兴起来。

兴奎说:"今天下午不上课,咱来泡子玩'拐子'吧!"兴奎的建议与我和士德不谋而合,我们俩人积极响应。

"拐子"也叫"单腿驴",是一种在冰面上玩的玩具。为什么说"拐子"是种玩具呢?因为这东西我从来没有见过大人玩,大人玩的叫"冰刀"。在那个年代,冰刀属于高大上的体

三、冰窟窿砸鱼

育器械,是我们一般人享受不起的。"拐子"就不同了,它更加亲民,全靠自己就地取材,亲自制作。

"拐子"的刀片是用冰刀或者钢锯的锯条做的,镶嵌在木头方子里,上面钉上脚蹬的木头座,再用木棍做两根拐棍。拐棍的一端装上尖钉子,人蹲在"拐子"的木脚蹬上,双手用拐棍在冰上一划,"拐子"的刀片摩擦着冰面"哧"的一下子就飞奔起来。

"拐子"就像驴一样,驴是马和骡子的结合体,"拐子"则是爬犁和冰刀的私生子。小时候的我们,在物质匮乏的时代,单凭一双灵巧的双手,就给我们带来了无穷的欢乐。

吃过午饭,我和兴奎、士德拿着"拐子"正准备向荷花泡出发。兴奎家的邻居——球子和小四子也跟了过来。球子的年龄和我们一般大,也是小学生,只是不在一个学校读书。这小四子要小我们两三岁,是个跟屁虫儿,本来是不肯带他的,这家伙还是死皮赖脸地跟着我们来到荷花泡。

五个人一起玩儿"拐子",玩儿着玩儿着就已是满头大汗,眉毛上、睫毛上都结了层白白的霜气。我们玩儿累了,就捧着大石头砸着冰,四处找莲籽吃。这莲籽的味道真是极好的,香甜可口、回味悠长,只是吃的时候要把肉里的绿芯去掉,若是一不小心吃了进去,苦得可以让把隔夜饭都能吐出来。

小四子对这莲籽似乎情有独钟,他无意间看到冰下有一粒荷花籽,两眼一亮,双腿很自然地定在了那里,一副不把这荷花籽抠出来绝不罢休的样子，搬起一块石头"哐哐"地砸起冰来。

我和兴奎、士德、球子四人边砸边走，一小会儿的工夫，几大盘莲蓬的莲籽就轻轻松松地装入口袋。远远地回头看去，小四子还在那儿撅着屁股趴在冰面上，执著地拿石头抠着那粒属于他的莲籽。

兴奎急了，丢下手中的石头，走上前去照着他的屁股就是一脚，"别砸了，就那么一粒荷花籽你也抠扯半天，整不好再掉到冰窟窿里去可咋办？麻溜儿地跟我们走！"说完从棉裤兜里抓出一小把莲籽递给了小四子。

小四子脸上挂着两溜鼻涕，用棉袄袖子擦了擦，接过荷花籽，笑嘻嘻地说："兴奎啊，你咋那么好呢！"说完拿起一粒荷花籽扔进嘴里，"嘎嘣嘎嘣"嗑了起来。看着小四子贪婪的吃相，好像几百年没吃过莲籽儿似的，我们嫌他没见过世面，也懒得理他。就在这时，远处传来了"咚咚"的刨冰声。寻声望去，只见一个三十多岁的男人正用镐头在冰上刨着冰窟窿，他身边不远处，赫然显露着五六个大冰窟窿。

过了一会儿，这冰窟窿里就会有鱼浮出水面，那人就拿着抄网"抓"起鱼来。说"抓"有点儿不准确，因为这鱼就像睡着了一样，躺在水面上，随便你捞。这个冰窟窿捞完了，就到下个冰窟窿接着捞。

他在前面遛鱼，我们跟在他屁股后面看，看得我们眼花缭乱、心花怒放！那大鲫瓜子鱼在水里蔫蔫的、傻傻的，只要你

三、冰窟窿砸鱼

不怕冻手，直接用手捡就行。这男的只消两袋烟的工夫就抓了不少鱼，装满了半个水桶，要不是他家人来找他，保准抓得更多。

看着那男人远去的背影，再看看冰窟窿里的鱼，我的心开始不安分起来。临渊羡鱼不如退而结网，我既然没有鱼网抓鱼，不如回家拿鱼竿来钓吧！记得老柳头儿曾和我说过，冬天是可以砸冰窟窿钓鱼的。

我急忙跑回家取出老桂头儿给我的韩国鱼竿，拿上线、钩、网兜又跑回了荷花泡。心想这下终于可以试试这外国鱼竿的威力啦，自从老柳头儿把这竿子修好后，我还一次也没用过呢！

回到莲花泡的冰面，我找了个大冰窟窿正准备开钓，忽然发现忘了带鱼饵，再跑回家拿鱼饵，回来时天肯定黑了，看来这鱼是钓不成了！正在我一筹莫展的时候，兴奎他们竟也从家里拿来铁锹、水桶回来抓鱼。小四子又跟在他们的屁股后面，屁颠儿屁颠儿地边走边啃着一块没经过发面处理的玉米面大饼子。没发面的大饼子很硬，再被这凛冽的寒风一冻，打起架来都可以当做凶器用。这小四子牙口奇好，死面的大饼子也啃得津津有味。

这一回，百无一用的小四子竟成了我的救星，我看着他手中的大饼子一脸谄媚地笑着，"小四子，给我一小块饼子呗，我要钓鱼！"

纯正吃货的小四子吓得急忙攥紧了手中的玉米饼子，背过手把大饼子藏在身后，天真地以为可以骗过聪明伶俐的我。大饼子是你的命，这冰窟窿里的鱼就是我的命啊！我哪肯罢休？在我的软磨硬泡加上威逼利诱之后，小四子终于松了口，很不情愿地伸出了援助之手，恋恋不舍地掰了拇指大小的一块饼子递给了我。

我深深知道从小四子口里抠出这一小块饼子就如同在老虎嘴里拔了一颗牙，因此我对这块小饼子倍感珍惜！小四子对食物如此"吝啬"，也是有原因的。小四子是个苦命的孩子，无父无母，和他的哥哥相依为命。可能是迫于生活的压力，他哥喜欢喝酒，在那个艰苦的年代，生活本不富裕，再照顾着这么一个小拖油瓶，喝点儿小酒本也无可厚非。可问题是，他哥一喝点儿小酒就拿小四子出气。记得有次在兴奎家玩，小四子背了半袋苞米面，扛着行李卷儿，哭哭啼啼地来到兴奎家说他哥跟他分家了，只给他分了半袋苞米面，让他拿着行李卷儿滚蛋，说完就把他撵了出来！要不是兴奎的母亲听了小四子那惊天地泣鬼神的哭诉后，把他哥臭骂了一顿，小四子恐怕连家都回不去了。也正因如此，小四子他哥在我们眼中成为了"顶不是个玩意儿"的东西！

一想到这儿，我还真有些不忍，要不是我当时钓鱼心切，这饼子……哎！

没发过面的大饼子本来就很硬，再加上天气又冷，我担心它冻了挂不上鱼钩，更怕丢了没了鱼饵，于是把这一小块珍贵的玉米饼子放在了贴身的棉袄里，等到我拉出鱼竿、系好鱼线、

三、冰窟窿砸鱼

挂上鱼漂、鱼钩,这指甲大小的饼子刚好被我的体温捂热,我小心翼翼地将鱼饵挂好,下好了鱼竿,将全部的注意力集中在冰窟窿中的鱼漂上,可这鱼漂很不争气,仿佛冻在水面一般一动不动,我的心也仿佛凝固了。

这天寒地冻的,把我冻得够呛(忍受不了)。虽然头戴棉帽、身穿棉袄、脚踏棉鞋,可是我蹲在冰上不动,这东南西北风一顿乱刮,冰上的浮雪随风一飘,只需喘口气儿的工夫,全身上下就被寒气打透,浑身冰凉……

兴奎他们在冰窟窿里抓到了鱼,兴高采烈地叫嚷着,仿佛得胜的士兵一般,看此情景,我也蹲不住了,寻思寻思,这鱼还是不钓了——这鱼像要冻死了一般,毫无生气,咬钩自然是不可能的了,别再把鱼线和鱼漂儿冻到冰窟窿里,那可真是赔了夫人又折兵,得不偿失啊。于是我收好鱼竿,跑去和兴奎他们抓起鱼来。

人多力量大,我们几个人分工明确:兴奎拿铁锹往冰上扬鱼,士德拎着水桶装,球子负责捡,我和小四子挨个冰窟窿侦查"敌情",看哪个冰窟窿里有鱼就喊他们过来抓。

侦查是一个需要耐心和细心的工作,我蹑手蹑脚地来到一个冰窟窿前,往里一看,一条大鲫瓜子顶着水面一动不动地喘着气,为了不被"敌人"发现,我赶忙后退几步,对着兴奎喊:"兴奎,过来!这窟窿里有条大的!"

兴奎扛着铁锹迅速地冲了过来,冰面光滑如镜,减少了他奔跑的阻力，与其说兴奎是跑来的，倒不如说他是滑过来的。在东北长大的孩子从小生长在冰天雪地的环境里，练就了一身冰雪路面的飞奔的本事。他滑到冰窟窿前，手一摆，示意我们站着别动，自己抻个脑袋蹑手蹑脚地慢慢走向冰窟窿，一个小弓步，双手持锹轻轻入水，慢慢伸向鱼肚下，猛地一扬锹，"哗"的一声，水带着鱼儿从冰窟窿里飞出，结结实实地砸在冰面上，这鱼本来就不活跃，再被这重重得一摔得，一下子就晕啦，没等它反应过来，球子一个健步，双手抓住鱼扔进了水桶。

"这大鲫瓜子真带劲！有四两了！"

"差不多有了，比刚才那条大！"

"要是全都这么大就好啦！再抓几条就够炖一盘的了。"

几个小脑袋围着水桶，看着战果，欢快地议论起来。

天不知不觉地渐渐黑了下来，我正屏气凝神地瞪着眼睛搜索着每一个冰窟窿，隐隐约约地听见身后的冰窟窿传来阵阵"扑腾扑腾"的声响。

古有大侠听声辨位夹苍蝇，今有小哥听声辨鱼知大小。我眼睛微闭，气沉丹田，单凭这扑腾声，就知道肯定是条大鱼，怎么也得有十斤以上！我心里一阵狂喜。

我转过身，摸着黑（在黑暗中）向传来声响的冰窟窿走去。远远的，隐约看见有个黑色的东西在冰窟窿里不停地蠕动着，我越走越近，这声响也越来越大，心里不禁害怕起来。

哎呀妈呀！糟糕啦！这冰窟窿里哪里有什么大鱼啊！原来

三、冰窟窿砸鱼

是小四子掉冰窟窿里啦！这小四子在冰窟窿里还忘不了吃，仍鼓着腮帮子咬着大饼子不松口，想喊也喊不出来，手脚并用地想抓住冰面爬上来，可惜冰又太滑，只能在冰窟窿里一顿乱扑腾！

兴奎他们离得太远，加上天又黑，根本发现不了小四子已经遇险。小四子这个只知道吃、不知道吐的家伙，要不是我离他近些，听到了他的扑腾声，没准在那一天，这个苦命的孩就死啦！

看到小四子在冰窟窿里挣扎，我一下子也惊呆了，声音来了个高八度，破斯拉声地喊得破了音喊："兴奎！士德！球子！你们快来啊！小四子掉到冰窟窿里啦！"喊完我伸手就拽，小四子并不沉，飘轻飘轻的小体格，可是他穿的棉袄棉裤浸了水，里面的棉花被水一泡，死沉死沉的。我人单力薄，拽了几下愣是没把他拽上来不说，还差点儿让他把我也拽到冰窟窿里去。

小四子累了，拽着我的手也不扑腾了，嘴里叼着大饼子，可怜巴巴地看着我。我俩一个在水中、一个在冰上，手牵着手地僵持着。通过手指，我把热乎乎的体温传给了小四子，传回给我的却是刺骨的冰凉。一阵寒风吹过，那感觉就像万根钢针扎在手上，我们两只紧握的小手仿佛要被冻在一起似的……站在冰面上的我尚且如此，此时正泡在冰水中的小四子肯定更不好受！一想到这儿，我咬着牙，忍着钻心的疼痛，心里默念着："永远不抛弃，永远不放弃！"

兴奎他们跑了过来，想帮忙把小四子拽上岸，可是冰太滑不说，小四子露在冰面上的唯一一只手还被我紧紧地攥着，没办法，只能急得围着冰窟窿团团转。

正在危急之时，兴奎急中生智，他把手中的铁锹头递给小四子，让他抓住，我、士德、球子帮他一起拽铁锹把儿。

我们拉开阵式，兴奎大喊一声："四子，你给我抓稳了啊！一、二、三，拽！"小四子就像一条黑不溜秋的大鲶鱼，出溜儿一下离开冰窟窿，滑了冰面上。

这小四子上辈子一定是个饿死鬼，上了岸嘴里还在叼着大饼子。离开了冰窟窿，他这嘴终于又有了用武之地，只见他猛嚼了两口大饼子，狠命地咽进肚中，接着"哇"的一声大哭起来，突如其来地让人猝不及防。这一哭，真可谓是哭得凄凄惨惨悲悲切切，哭得昏天地暗、天寒地冻一般。

兴奎埋怨地说："小四子！你说你光知道往里吃，咋就不知道往外吐呢？含口大饼子你喊都喊不出来，差点儿把小命儿扔泡子里了！别哭了！赶紧到我家去，把棉袄、棉裤脱了，放我家的大锅盖上烧火烘干，要不你回家又得挨揍啦！"

我们裹着棉衣、拎着水桶、扛着铁锹在洁白的雪地上行走着，欢快的身影渐渐消失在空旷的田野里，留下的是几串扭扭歪歪的小脚印。

# 四、爆米花

每到阳历年末,学校虽然还没有放假,但却是我们最开心的日子,因为与每年岁尾相继的就是元旦了。元旦虽然是阳历新年,不可与春节同日而语,但是每个班在元旦那天都会举行"元旦联欢会"!这可是每个班级最盛大的节日!为了元旦联欢会,老师特意给我们编排了节目,我的节目是舞蹈《娃哈哈》,这可是双人舞——劲爆的男女混跳。

为了这场盛大的演出,我积极准备着。表演的当天,当音乐声响起时,我心里禁不住按照彩排时的口令默念着:"一、二、三,走!"

"我们的祖国是花园,花园的花朵真鲜艳,和暖的阳光照耀着我们,每个人的脸上都笑开颜!娃哈哈啊!娃哈哈!我们每个人的脸上都笑开颜。"我们班的学习委员是一个才貌双全的小美女,我和她随着欢快的歌声在联欢会上腼腆地跳动着,兴奎、士德他们就笑嘻嘻地在台下起哄,"跳得真好!挺般配的啊……"

那时候男女同学之间的界限分明、各自为营,你们玩儿你们的,我们玩儿我们的,大有鸡犬不相闻,老死不相往来之势。假如你的同桌是个女生,课桌中间必定有道"三八线"。这线和王母娘娘用她的玉簪划的银河有一比——银河隔断的是牛郎和织女,这"三八线"却是活生生地隔断了男女同学间纯洁的友谊。曾有过多少男同学和我一样,在懵懵懂懂不经意间突破了这道坚固的防线,回敬你的还不是那尖尖的铅笔头?

学习委员家有挂鱼网,就挂在她家仓房里的房梁上。我知道兴奎对这网很是上心,滴溜儿溜儿地转着眼睛惦记了很久,只是学习委员她爸看得严,没有机会得手。

元旦过后放了寒假,一天兴奎和士德神秘兮兮地来找我,让我帮个忙,说我和学习委员跳了一次舞后比较熟悉,让我陪着他俩到她家去请教作业。正好我也有两道应用题不会做,便毫不犹豫地答应下来。

我和兴奎、士德来到学习委员家时,她的父母没在家。学习委员眨着眼,忽闪着长长的睫毛问我们有什么事,兴奎抢着回答说:"问作业,问作业!"说完用下巴指了指我,让我先问。

学习委员耐心地给我讲解着数学题,她那马尾巴小辫不经意间挂到我的脸上,痒痒的、麻麻的……她那粉嘟嘟的小脸蛋儿紧挨着我的头,不知道为什么,我的心怦怦直跳。

在我心猿意马、花心乱颤的时候,士德正站在外屋门口,鬼鬼祟祟地东张西望,不知道在看什么。兴奎则早已不见了踪

四、爆米花

影,不知道跑到哪儿去了。

学习委员解决了我的难题后,兴奎这才回来。我对兴奎说:"兴奎,我的题问完了,你问吧。"

兴奎摇了摇头,"我不用问了,刚才突然想起来了。"说完拉着我和士德往他家走,只留下学习委员在家中摸不着头脑——三个人一起来,难道就是为了解答一个人的疑问?这未免也太兴师动众了吧!

来到兴奎家,兴奎突然高兴地嚷嚷起来,"到手了,到手了!"

士德眼睛一亮,问:"鱼网呢?"

"让我藏起来了,谁也找不着,等明年能洗澡的时候,咱们拿网抓鱼去!"

我这才恍然大悟,原来兴奎这小子在算计我,趁我向学习委员问题的空当,偷了她爸爸的鱼网。虽然偷东西是件不光彩的事,可是学习委员她爸这个人不怎么招人喜欢,拿张破网没事就到我钓鱼的小泡子乱搅和,闹得鱼都钓不好!想到这儿,我非但不再自责,反而不由地为兴奎暗暗叫好。

兴奎偷到了网,很是高兴,提议道,"今天我请你们吃爆米花,叫上球子,咱这就蹦去!"话音刚落,兴奎随手拿起葫芦瓢,在他家仓房的大缸里舀了几瓢黄苞米,装在一条空面袋子里后,又从碗架里翻出一小袋糖精,小心翼翼地揣好。

我们去喊球子的时候,恰巧小四子也在,兴奎高兴,二话没说就一起带上了。小四子第一次被我们爽快地带走，心情嗷嗷舒畅，一把从兴奎手中抢过装苞米的面袋子，帮兴奎背苞米。可惜小四子个子矮，甩了好几下都没能将袋子搭上肩膀，兴奎倒是不客气，上前一把就将面袋子给捆了上去。

小四子一听要吃爆米花，馋得吧唧着小嘴，一个劲地咽着口水，忍不住问兴奎，"兴奎啊！上哪儿崩爆米花啊？"

"到了地方你就知道了，别磨叽，跟着我们走得了！"

这小四子个头矮，本来走得就不快，再加上穿着棉衣、棉裤又背着面袋子，走起路来颇有些费劲儿。他生怕掉了队伍，紧赶慢赶地倒腾着两条小腿，边走边往肩上耸耸面袋子，没到大道边他已经呼哧带喘起来。

小四子跟在兴奎的屁股后面问："兴奎啊！还有多远？"

"穿过大道就到了，快点儿跟上！你再这样磨叽，以后干什么事都不带你了。"兴奎没好气地说。

小四子急了："兴奎啊！你别生气，你不带我玩，谁带我玩啊！"

我们说着走着，来到了兴奎的爷爷家，他的家就在大道边儿上，家里锁着门。兴奎从窗台上一个印着"为人民服务"的破茶缸里摸出一把钥匙开门进屋，两步来到外屋墙角立着的爆米花机跟前。这机器是一个崩爆米花老头儿放在他爷爷家的，那老头儿经常在兴奎爷家门口崩爆米花。

这爆米花机就像是个怀孕的妇女，鼓着个大肚子，前头有

四、爆米花

个盖，后面有个带着压力表的摇把手。把苞米装到"大肚子"里，在"肚子"下面生火，通过摇动把手使"肚子"均匀受热，当压力表上的指针达到一定数值时，一开盖，香喷喷的苞米花就如同天女散花般崩出来。崩爆米花是有一定的危险性的，不然某个外国节目怎么会穿着厚重的防护服来试验爆米花机的威力呢？

我们帮兴奎把爆米花机搬到院子里，支好了机器架子。兴奎抱着机器打开盖子，让小四子往肚子里倒苞米，小四子使劲地拎起面袋子，往锅口里倒，每倒两下就问："兴奎啊，够不？"

兴奎头也不抬地说："倒！"

小四子屁颠屁颠地又倒了些，问："兴奎啊，还倒不？"

兴奎说："倒！再倒！"小四子又小心翼翼地倒了些，怕倒多了一把握住面袋口接着问，"兴奎啊，还倒不？别倒多了崩不开花了！"

兴奎急眼（生气）了，冲着小四子喊，"别磨叽啦！快倒，没喊停就到！哪来那么多废话！还吃不吃了？等我爷一会儿回来，还吃个屁！"

小四子让兴奎训得大气不敢喘一口，眨巴着眼，小声说："兴奎啊，你别生气，我怕我倒多了你就不高兴了，别生气了啊！"说完又开始倒，只听"哗"的一声，小四子紧张得手一抖，一下子就倒多了，机器锅里的苞米满满地冒了出来，撒了一地。兴奎气得直跺脚，张口对着小四子就骂："你就跟你哥说的一样，就是个干吃的货！干啥啥不行、吃啥啥不剩！没有你在这儿耽误事儿，我都崩出一锅了！"

小四子不敢直视兴奎的眼睛，瞅了瞅大道，寻思了一下说："兴奎啊，你别生气，要呲我进屋呲，管够地呲。这大道边儿人多，让人家听了该笑话了。我收拾收拾还不行吗？"

兴奎也不说话，只顾着低头掏着机器锅里的苞米，小四子老老实实地挣着面袋口接。掏着、掏着，兴奎不掏了，用手在机器锅里比量着苞米的多少，比量来比量去，自言自语地说，"行了，正好！"说完，又从兜里摸出糖精加在锅里，用手搅拌了下。

架好爆米花机后，我和球子抱来了一些柴火，小四子收拾完掉在地上的苞米后，跑过来帮忙给炉子点火，火苗越来越高，柴火和苞米棒子烧得噼啪直响。

兴奎一本正经地坐在小板凳上，缓慢地摇着把手，这爆米花机的大肚子随着兴奎摇把的转动在炉火上打起了滚儿。

小四子趴在炉子边，把嘴当成了扇火的扇子，用嘴吹着火，边吹边说，"兴奎啊，我火烧得旺吧！火小了你尽管吱声！"兴奎也不说话，边摇把手边看气压表。

兴奎越摇越快，摇着摇着突然停了下来，仔细地看着压表说，"压力正好，撤火！"说完"呼"地一下站起身来，这一板一眼的还真是那么回事儿，俨然是一个崩爆米花的老手。

小四子闻声得令，急忙撤下火，压好炉子。

兴奎抱下爆米花机，把机器前头伸进接爆米花铁丝笼子的

四、爆米花

胶皮口,正准备放炮,突然看见这铁丝笼子漏了个大洞。有窟窿肯定是不行的,这炮一响,那爆米花还不得从这窟窿口中崩飞出去啊!

兴奎看看窟窿,又看看表,焦急地说:"完啦!气压要往下降了!"

小四子看明白了兴奎的心思,拍着胸脯对兴奎说:"兴奎啊!有我在、你别慌,有什么事能难倒我小四子!你还不了解我?"说完他拿着准备装爆米花的空面袋子,张开口堵在了窟窿上。

"兴奎啊!给你句话——放心崩!"

兴奎看了看气压表,又看了看小四子,正犹豫着。

小四子急了,冲着兴奎喊:"兴奎啊,你别磨叽啦,快蹦啊!"

兴奎一猫腰,一手提摇把儿,一脚死死地踩住机器的前口,一手拎着撬棍对准开口处的卡子,对小四子喊道:"小四子,小心!蹦了啊!"

小四子腾出右手,用牙咬下手套。用力地压了压头上的棉帽子,尽量让帽檐盖住额头,又拉了拉两边的帽耳朵,让帽耳朵护住双耳和双颊。然后迅速地戴上棉手套,双手死死地按住面袋子口,撅着屁股对着兴奎喊:"崩吧!"喊完扭过头去,让棉袄裹着的后背对着爆米花机口。

我、士德、球子听到兴奎要"崩",吓得急忙跑开,扣好棉帽子，双手抱头地卧倒在十米开外的地上，激动地等待着兴奎见证奇迹的这一刻——这阵势在战争电影里是经常看见的。

我紧闭着双眼，只听小撬棍的卡子"咔"的一声响，我的心也跟着"扑通"一跳，大脑瞬间一片空白……

等了半天，没响儿。抬起头看去，兴奎正看着小撬棍，看完又看看爆米花机，气急败坏地说："秃噜啦，没挂上！什么破烂玩意！"

兴奎拿着小撬棍又对准卡子喊，"小四子，崩了啊！"

小四子头也不回地喊："快崩！"

我们几个又再次卧地趴好。

说时迟，那时快！只听"砰"的一声巨响，我只感觉到地在动，山在摇。响声过后，更多的响声相继而来——大道上那边传来"哐当"一声，小四子这边传来"噗通"一声，房上的瓦片传来"噼里啪啦"好几声，耳边传来"哒哒哒哒"声，后背的棉袄上传来"噗噗噗"声，那可真是声声入耳啊！

我抬头起身，定眼看去……哎呀！只见满房、满院全是苞米豆子。透过浓浓的白雾，小四子正四仰八叉地躺在爆米花机前面，把我们吓得急忙上前搀扶。

小四子边起身边摘下手套，伸出右手在地上划拉了几个苞米豆子塞进嘴里，边嚼边对兴奎说："香！香！又甜又香！兴奎啊，你这手艺真绝啦！"

兴奎神情失落地叹了口气说，"哎！都是破铁丝笼子耽

四、爆米花

误事,表压走低了,没蹦出花,崩出哑巴豆子(爆米花的半成品)来啦!"

小四子边嚼苞米豆边安慰兴奎,"兴奎啊,你崩的这苞米豆子比爆米花好吃,老香了!"说完,又在地上划拉几个苞米豆塞进嘴里,嘎嘣嘎嘣地嚼了起来。看着小四子这一副贪吃相,我们几个人不约而同地笑了,有时候,结果并不重要,重要的是过程中的快乐!

就在这时,大道那边传来一阵喊骂声:"小屁孩!你瞎崩个屁!吓得老子一个腚蹾摔大道上了,你崩倒是喊声啊!净瞎蹦!"

只见一个中年男子站在大道上,边揉着屁股边对着兴奎骂!骂完扶起躺在道上的自行车,快快地一瘸一拐地推着车走了。

话说专业人士在爆米花放炮的时候,要拖着长音大声地喊:"开锅!响啦!"这是提醒过往的行人要小心注意,别吓着。兴奎崩的时候一紧张,忘了给路人提个醒。

兴奎这一炮,那真是"砰"得一声震天响,蹦飞小四子,撂倒飞车党。

五、小鬼儿兴奎

兴奎有个外号叫"小鬼儿",顾名思义,就是有心眼儿、头脑灵活、鬼点子多。如果单凭这一点,似乎他也没什么过人之处,他最为出名的就是他传说中的"三铁"——铁脸皮、铁脖子、铁袖子。他这"三铁"可不是无中生有,绝对是有说道儿的。

先说说"铁脸皮"。兴奎是老师的重点观察对象,在班里不是玩,就是作,一到老师检查作业时他就傻了眼,吭哧瘪肚地拿不出作业本。老师不知道批评了他多少次,罚站了多少回。这家伙从来不把老师的话放在心上,任老师"风吹浪打",他却胜似"闲庭信步",老师在讲台前无奈地"曰":"逝者如斯夫",他反倒是"宽愉"一会儿是一会儿。久而久之,他那张脸皮真是百炼成钢、刀枪不入。老师曾这样"赞美"过他的脸皮:"兴奎的脸皮比铁厚,锥子扎不透!"

兴奎的"铁脖子"也很有名。他不怎么讲卫生,洗脸只是象征性地洗一下脸蛋儿,那可怜的脖子便日积月累地打了铁,

五、小鬼儿兴奎

黝黑得发亮。老师对他的脖子也给过很高的评价:"兴奎是个过日子的人,洗脸从不洗脖子,绝不浪费一滴水。"

他的"铁袖子"更是名不虚传,别人怕把棉袄袖弄埋汰,都戴个套袖,兴奎向来对这种行为嗤之以鼻,似乎戴了套袖就会有失他的男子汉气概。而他这棉袄袖,也被他用到了极致——课桌脏了当抹布,大鼻涕出来了当手绢,饭后还能当餐巾。那袖子,油渍嘛哈儿的,太阳一照,油光锃亮。

寒假的一日,我们聚到兴奎家写着作业。

兴奎趴在炕桌上,正手忙脚乱地抄着士德的作业,小四子贱不龇咧地拿着作业本问兴奎:"兴奎啊,董存瑞的名字怎么写啊?"

兴奎正奋笔疾书,头也不抬,边抄作业边说:"这你都不会写?记好了——'董'是董存瑞的'董','存'是董存瑞的'存','瑞'是董存瑞的'瑞',快去写吧!"说完,翻了一页作业继续抄。

小四子听得是一头雾水,又去问球子。球子正在抄生词,球子抄生词有他的绝招———只手握着两根铅笔,可以一下写两行,事半功倍!

球子是个老好人儿,二话不说拿起笔直接在小四子作业本的后面写下了两行"董存瑞",由于距离没掌握好,两行"董存瑞"重了影儿。

小四子看着重影儿的"董存瑞"一脸茫然,呆呆地想了半天,又拿着本问兴奎,"兴奎啊,你看下球子写得对不?"

兴奎聚精会神地抄着作业,没搭理他。小四子轻推了一下兴奎的胳膊,兴奎笔尖一歪,把"横"写成了"提"。兴奎气得笔一扔,对着小四子说,"你就不能消停儿一会儿!抄个作业都抄不好,都别写了,出去玩去!"

"大冷天的,到外面玩什么啊?"大家问。

"我领你们钓鱼玩去,走吧!"兴奎狡黠地说。

"怎么钓,用拿鱼竿不?"

"不用,我有方法,跟着我走就行!"兴奎自信满满地领着我们来市场,我以为他要到市场买鱼钩。可是路过卖鱼钩的老头的摊儿前时,他却没停,径直来到副食百货大楼后的垃圾堆,然后对着一地的垃圾仔细端量起来。

"小四子,你去把那个槽子糕盒、纸绳,还有包槽子糕的黄草纸给我捡回来。"兴奎一声令下,小四子像一只听话的小狗,麻溜儿地钻进垃圾堆拎着盒子站直身子,精神抖擞地看着兴奎,等待着兴奎的下一个命令。

"走!"兴奎像个将军似的大手一挥,领着我们进了他爷爷家的仓房,不慌不忙地搬个小凳坐了下来,煞有介事地布置起行动方案,"小四子,你把东西放下,快拿铁锹去房后的猪圈弄点猪粪来。"

小四子屁颠儿屁颠儿地跑出仓房,不一会儿工夫就用铁锹端着几个热气腾腾的猪粪蛋跑了回来,端着一锹的猪粪站在兴

五、小鬼儿兴奎

奎面前,沾沾自喜地说:"兴奎啊!你看这是猪刚拉的,我用铁锹接着就给你端来了,速度吧!"

虽然此时正值寒冬腊月,但也没有能够抵挡住这热气腾腾的猪粪味。兴奎双手捂着鼻子说:"你个笨蛋!我要冻上的猪粪蛋,你弄这么新鲜的干什么?臭死了!快弄走!"

小四子像给顾客上菜的服务员一般,谦卑地说,"兴奎啊,我还以为你要热乎的呢!没事,我马上回去给你换冻的!"说完,小四子端着猪粪屁颠儿屁颠儿地又出了仓房。

没过一会儿,小四子又端了一铁锹猪粪回来了,这回按兴奎要求全是冻粪球。兴奎看了下说:"对!就要这样的,你这活干得还行。"兴奎打开一个空盒子放在地上,让小四子倒几个冻粪蛋进去。小四子铁锹一歪几个冻粪蛋进了盒子,兴奎一摆手说:"停!"小四子急忙把锹端平。

兴奎用手掂量掂量盒里的冻粪蛋说:"有点儿轻,再放一个正好!"

小四子按兴奎命令端着铁锹倒着最后一个冻粪蛋,他吸取了倒苞米的教训,深吸一口气,对准盒子口缓缓地倾着铁锹……一个大粪蛋缓慢地向盒子滚了下去,"啪"的一下子砸在盒边,咕噜咕噜地滚到仓房的一个箱子底下。

兴奎有些不高兴,数落小四子,"你真是块成事不足,败事有余的料儿,一到关键时候你就给我掉链子,我真服你了!"

"没事,没事,我捡就是了。"小四子忙放下铁锹,趴在地上找箱子底下的猪粪蛋，仓房本来就黑，又没有灯，箱底黑得更是看不见东西。小四子索性伸长胳膊在箱子底下摸了起来，摸着摸着只听箱底"啪"的一声，伴随而来的是小四子"啊"的一声惨叫。

"怎么了？出啥事啦？"我们急忙围了上去。

小四子龇着牙、咧着嘴，满脸痛苦地说："兴奎啊，我摸耗子（老鼠）夹子上了！"说完把伸在箱底下的手抽了出来，只见一个锈迹斑斑、镶着半小块麻花的耗子夹子正死死地夹在他的右手上。

兴奎忙给小四子掰下耗夹，小四子摘下手套一边吹，一边揉着手。还好他戴着棉手套，并不打紧，不然就他那小手，不让这耗子夹子打个血糊里拉的都怪了！

这次遇险后，兴奎对小四子彻底失去信心，自己亲自操刀，拿起仓房里的锄头，在箱子底下随便一划拉，那猪粪蛋就撒着欢儿地从箱子底下咕噜出来。拿到粪蛋后，兴奎又小心翼翼地重新支上耗子夹子，放了回去。

小四子见兴奎把猪粪蛋弄了出来，顾不上疼痛，戴上手套抓起猪粪蛋直接扔进盒子里，嘴里嘀咕着："妥了，这下子妥了！"

兴奎盖上盒子，拿起一张黄草纸压在盒上，又拿纸绳捆上。拎在手里试了试说："好了，这下可以钓鱼啦！"

什么鱼是吃猪粪蛋的呢？我们大家有些奇怪。兴奎冲着我

五、小鬼儿兴奎

们狡黠地一笑,径直带我们来到了大道上,对小四子下了命令:"你快去把这盒猪粪蛋扔到大道上,小心,别弄散了。"

小四子麻溜儿地拎着盒子来到大道上,鬼鬼祟祟地东瞅瞅、西望望,瞅个没人的空当儿,轻轻地放下盒子,跟头把式地跑了回来。我这才恍然大悟,兴奎他哪里是在钓鱼,这分明是在钓人啊!这鬼点子也就他能想得出来,我们几个可真是望尘莫及啊。

兴奎掩好仓房门,我们猫着腰,趴在仓房木板的缝隙上往大道上看,焦急地等待着"鱼儿"上钩。

就在我们望眼欲穿的时候,一个老大爷慢慢地向盒子走去,我一下子紧张起来,攥紧拳头,心里跟着使着劲儿,嘴里轻声地喊着:"捡,捡,捡啊!"可惜的是,这老头挺着胸、昂着头,压根儿就没往地上瞧,从盒子边儿直接过去了。

在我们失望的时候,又来了个中年妇女,推着小推车奔着盒子走了过去……

兴奎信心满满,"这老娘们肯定能捡!"

这老娘们边推车,边低着头看路。她似乎发现了什么,突然加快脚步来到了盒子前,放下推车,一把拎起了盒子。

"上钩了!上钩了!"兴奎激动地说。

只见那老娘们拎着盒子晃了晃,知道里面有东西,又四周看了看,确定没人注意她后,推着车,拎着盒,没几步就来到道边的一个房角。满心期待地解开包装绳,一点一点地拔开盒子盖,眯缝着眼儿往里一看,只听"啪"的一声,盒子被摔在了地上,粪蛋横七竖八地散落一地。老娘们气冲冲地推着车子快速走开,边走边骂:"谁这么缺德?真倒霉!"

看着她远去的背影,我们憋不住地捧着肚子哈哈大笑起来。兴奎玩得兴起,又命令小四子把盒子和粪蛋捡回来。小四子把棉帽子使劲地往下拉,用帽檐儿和帽耳朵挡住脸,恨不得用帽子把整个头都套起来!为了检验效果,还不忘问兴奎,"兴奎啊,我这样你能认得我吗?"

兴奎不耐烦地说:"得!得!得!你别废话了,瞅你那小个头儿,就算把你脑袋瓜子揪下来,也能认得你!快去吧!"

兴奎这两句话彻底打消了小四子的积极性,他耷拉着脑袋来到盒子前,把地上的粪蛋划拉成一堆,摊开戴着棉手套的双手往粪蛋底部一抄,再一抬,一倒,粪蛋稳稳当当地落入盒子。

装完粪蛋,小四子用双手捧着这盒粪蛋,像捧骨灰盒似的,头也不回地朝仓房跑了过来。这冻猪粪蛋又圆又硬,跑着跑着,一个不安分的粪蛋滑落在地,小四子双手捧着盒子,眼巴巴儿地看着地上的粪蛋,实在是捣不出手来捡。小四子凝神想了想,来到粪蛋前,面朝仓房门,用脚碰了碰粪蛋……

这小四子想干啥,只有他自己知道。

兴奎急了,冲着小四子就喊:"别磨叽啦,快点儿!"

小四子没应声,瞅瞅仓房,低头又用脚拨了拨粪蛋,说时迟,那时快——"噗!"的一声,小四子一个大力金刚脚,粪蛋夹

五、小鬼儿兴奎

杂着雪片如导弹飞天,在空中划着美妙的弧线,奔着我们砸来。

我们四个趴在仓房里正看得入神,突见粪蛋飞来,远在天边,近在眼前,大叫"不好",慌忙忙后退!

只听"哐当"一声,粪蛋狠狠地打在仓房板上:"噗通"一声,兴奎一个腚蹲坐在了地上;"啪叽"一声,球子一脚将小板凳踢翻在地。

小四子回到仓房时,兴奎正扑拉屁股上的灰,大伙的眼神让小四子颇有些不安,他知道闯了祸,吓得赶忙放下盒子,出去把踢回的粪蛋捡了回来,小心翼翼地放进盒子里。

兴奎虎视眈眈地盯着小四子,小四子先声夺人,没给他开口的机会,抢先说道,"兴奎啊,我知道这盒粪蛋是你按一盒槽子糕的个数亲自数好的,喏,一都不少,我都捡回来了,不信你点下!掉地上一个,我也给踢回来了。"

听小四子这么一说,兴奎的气倒也消了不少,只能埋怨道:"你说说你,就算踢,你也不先喊下,让我们也好有个准备。这给我们吓了一大跳!还好躲得快,弄不好早砸脸上了!人家踢球还得听哨响才踢呢!"

见兴奎没有发火,小四子急忙附和,"兴奎啊,你说得对,这活儿我没干好。我本想踢个地滚球,把粪蛋踢到仓房门口,没想水平不行,踢高了!"

兴奎重新捆好盒子,瞅瞅小四子。小四子仿佛从兴奎的眼神中读懂了一切,拎起盒子,一路小跑地出了仓房来到大道,放下盒子又跑了回来。母亲曾经对我说过："一等人，看眼神。二等人，看嘴唇。三等人……"小四子当时实实在在地当了把一等人。

可能是天气太冷的缘故，路上过往行人不多，没人注意到小盒子。就在我们失望之时，一辆拖拉机在盒子旁停了下来，兴奎说："有人捡了，有好戏了！"我们几个定睛望去，眼神儿中充满了期待，可惜这个男的从拖拉机上蹦下来后，只是用脚使劲地踩了几下轱辘，检查一下轮胎后就又跳上车，开走了。

哎！没捡！大伙儿唏嘘起来。天色将黑，正当我们失望地想要放弃的时候，一个熟悉的身影，摇摇晃晃地朝我们眼前走来。呀！这不是小四子他哥嘛！

小四子他哥穿着一件黄大衣，嘴里哼唧哼唧地不知道在说什么，像只螃蟹似的在大道上横逛着。

小四子郁闷地叹了口气说："哎！完了！我哥又喝多了！"

兴奎忧心忡忡地说道："小四子，坏了！别让你哥给捡啦！"

小四子这才意识到大道上有他亲手埋下的"地雷"，后悔莫及地对着大道喊："哥，你别捡，你千万别捡啊！"可能是因为风大听不见，也可能是他哥真的喝多了，事与愿违，只见他哥晃扭着身子，不偏不斜地一脚正踢在盒子上，醉生梦死的小四子他哥，大概是被盒里冻猪粪蛋的咣当声惊醒，他哈着粗气，慢慢弯下身子，捡起盒子晃了晃，东瞅瞅、西看看，"扑哧"乐了起来，他迅速地猫下腰，一把拎起这盒槽子糕，腿脚也

五、小鬼儿兴奎

变得利索起来,几个箭步就窜了出去,留给我们的是远远的背影。

时间一下子就静止了,没人说话,仓房里死一般的沉寂。大家的目光齐刷刷地聚集在小四子脸上。小四子不说话,哆哆嗦嗦地傻愣在那里,突然想起什么,大喊一声"哥……"猛地拽开仓房门,哭几赖尿地向家跑去。

六、洗澡

转眼快过年了,在我的记忆里年前有三件大事要做:一是洗澡;二是杀猪;三是买鞭炮。

洗澡是过年的头等大事,绝对马虎不得。辞旧迎新、新年新面貌,脏兮兮地穿上新衣服过年,那岂不是玷污了"年"的真正含义?

过年大家都得洗个澡,我不知道这是不是老祖宗立下来的规矩,反正过年不洗澡,这年就好像不能过似的。

那个时代,夏秋两季洗澡是极其方便的,到江里、河里、水泡里,随便找个地方都可以清爽一番。实在懒得去,在家里存上一大盆水,放在正午的阳光下晒上一会儿,当水里泛出阳光暖暖的味道,手伸进去感觉不到凉,这水就算是恰到好处了。用这水搓搓身子、冲冲澡,节能又环保,好不惬意。只是到了冬天,呜呼哀哉!洗澡之难,难于上青天。

那些年没有暖冬的概念,东北的冬天,就像是一个天然的冰柜,舀上一瓢水,迎风泼出去,马上就变成洁白的雾气飞散

六、洗澡

开。江河早已结上一层厚厚的冰,这澡自然是洗不得的。在家里,没有正午暖洋洋的日头,炉火又不够烧那满满的一盆水,自然也是洗不了澡的。我家的土坯房,保温不好,虽然炕头热的烙屁股,可窗户不管蒙上几层塑料布,冷风还是会无孔不入,这冷暖气流一交汇,窗户上的玻璃就会结上一层厚厚的冰,在屋里哈一口气,都会凝成霜。

如果想洗澡,只能去一个地方——浴池。家乡地方小,浴池也只有一个,名字响亮得很,叫"大众浴池",这名字听起来是多么的亲切啊!"大众"一词在那个年代用得很普遍,有电影杂志叫《大众电影》;有书店叫"大众书店";连广播操都叫"大众广播体操"。人民群众当家做主人,这万事万物自然也就都成了"大众"的。

那时候洗一次澡是件很奢侈的事,很多人和我一样,洗完入秋的最后一次澡,基本上都在等着为了迎接新年而洗的这次澡。这次洗过后,要想再洗,就得再等到第二年夏天江河解冻,到江河再洗,如此循环而已。

花五毛钱买张澡票,洗上一次热水澡,没什么意义。因为对于一个孩子来说,那时候的冰棍才五分钱一根,这五毛钱足够买一小堆冰棍了。可是新年马上就要到了,这澡不洗还是万万不行的,毕竟洗一次热水澡还是件很舒服的事情。

我约好了兴奎和其他几个小伙伴一起去,于是伸着小手,张嘴向母亲要着钱。

母亲正在二十瓦的白炽灯下，借着微弱的灯光给我缝着小棉袄。见我要钱洗澡，简单地问下和谁去，然后把针别在棉袄上，起身摘下手指上的顶针，在炕柜的被垛里摸出两张印有纺织女工的五毛钱票子递给了我，叮嘱道："一张买澡票，一张买吃的，洗澡不能空着肚子。下澡池前一定要先试试水，千万别烫着。"

大人们说，洗澡得赶在早上八点准时去，去晚了排不上号，不光要等，还只能洗浑水，早去的才能洗上清汤。

遵照大人们的建议，早上七点来钟，我、士德、球子、小四子就到兴奎家集合，按计划准时出发。

昨夜里下了一场大雪，天地间白茫茫的一片，就像有首诗写的那样："天地一笼统，井上黑窟窿。黑狗身上白，白狗身上肿。"我们几个有说有笑，蹦着跳着向浴池走去。道边电线杆上的大喇叭传来广播声，"打开知识的小宝库，现在为您广播……"

小四子这家伙，不是因为要洗热水澡给他兴奋过度了，就是高烧给脑袋瓜子烧坏了，路上闲得没事，聊骚起兴奎来——他悄悄地握了个雪蛋儿，跟在兴奎身后，大喊一声："兴奎啊，你看！"

兴奎一回头，小四子手一扬，雪蛋儿"啪"的一声，正打在兴奎的脑门上，高速撞击的雪球一下子炸裂开来，细小的雪沫随风飞散，小四子捧着肚子哈哈地笑了起来。

六、洗澡

兴奎可不是一般的人物!他可是个有仇必报、不吃亏的家伙。只见他飞奔过去一把抓住小四子,灵活地辗转腾挪,一个锁喉、一个绊子,小四子还没来得及投降,便被稳稳当当地放倒在雪地上。

兴奎冲着我们大喊:"来啊!给小四子颠糠、灌雪肠!"

小四子这个倒霉蛋,被我们架着胳膊、抬着腿,在雪地上像打夯似的一顿墩,颠完糠还不算完,兴奎不顾小四子顽强地反抗,硬是掰开他那双小腿儿,给他松解了腰带,抓了两把雪,一股脑儿地塞进他那肥大的棉裤裆里——这就是我们所谓的"灌雪肠"。

受尽蹂躏的小四子,双腿劈着大叉躺在雪窝中,眼睛含着泪花儿,耍着赖不肯走。兴奎说:"这小四子就是个跟屁虫,不用搭理他,自己一会儿就好了。"

果不其然,刚走出去没多远,小四子就提拉着棉裤撵了上来,对着兴奎温柔地说:"兴奎啊,你再给我灌雪肠往脖颈子里灌,别往我裤裆里灌行不?这裤裆里让你给灌的冰凉冰凉的,小弟弟都快冻成冰棍啦!"一边说一边把手伸进裤裆里往外掏着雪。

兴奎用雪搓着手说:"小四子,一会儿洗澡你多打点胰子,好好搓搓你的胯骨裆。这手让你给弄得臊哄哄的!"

大家哄然大笑起来,刚才小孩子般的打闹瞬间就忘到九霄云外去了,一行人继续向浴池出发。我边走边摸怀中的钱,生怕钱丢了。到了浴池,还不到八点,按常理还没开业,可一进屋,我们就傻眼了!

浴池的大厅里烟雾缭绕,人声鼎沸:夹着盆、领着小孩的,拿着香皂、牙具盒的,拎着手巾、澡巾的,黑压压的一片。打听卖票的阿姨才知道,快过年了洗澡的人多,改点加班了,人家六点就开堂营业了。

买了半价的儿童票,我们抢了个空椅子坐了下来,等待的滋味可真不好受。在外面等着的人跺着脚,哭爷爷、告奶奶地喊着跑堂的快点儿安排;从堂子里洗完澡出来的人一个个满面红光、喜气洋洋……厅里的一面墙上挂着一面印有毛主席头像的大镜子,一个刚洗完澡的女的,正对着镜子美滋滋地梳理着还冒着热气的长头发。

跑堂的忙得不可开交,冷不防地掀起堂子里白色的挡门帘喊道:"有个空位,进一位!"排在最前面的人还没反应过来,就被后面的人挤进了帘子里……进去一个少一个,后面的人又多了一点儿希望。

不知不觉眼看要到中午了,大家开始筹钱买吃的。小四子自告奋勇地去跑腿儿,买回火勺分给大家,一人一个,拿在手里。

小四子眼疾手快,拿着自己的火勺就要往嘴里塞,兴奎见状一把抢了下来说:"先别急着吃,一会儿进了澡堂里,热气一刺,一出汗就饿了,饿了哪儿还有力气洗澡?饿了哪儿还有

六、洗澡

力气搓身上的灰啊？你的火勺我先给你拿着，等大家一起吃的时候再给你。"

小四子恋恋不舍地看着兴奎手里那属于自己的火勺，咽了口口水，很不情愿地点了点头。

跑堂的又撩起帘子，伸出个脑袋喊："空一放衣服的箱子！进一位！"我们几个"嗖"地一下站了起来，都钻了进去。跑堂的忙说："就一个空位，一个衣服箱。留下一个，其他的出去吧！"

"我们一起来的，就让我们一起洗吧！"兴奎央求地说。跑堂的人还不错，想了想说："那你们就用一个衣服箱吧！拖鞋只有一双，你们看着办吧！"

我们几个欢欣鼓舞，衣服脱得速度之快，就好像人是从衣服里直接钻出来似的，衣服箱几下子便被我们塞满，兴奎把柜门锁上，把拴钥匙的皮筋套在了手腕上，小四子看了看兴奎手腕上的钥匙不放心地说，"兴奎啊，看好钥匙，千万别掉澡堂里，火勺可锁在箱子里呢！"兴奎不爱搭理他，光溜溜地就往塘子里面跑。

拽开塘子的门，一股热浪迎面扑来！哎呀，我的妈呀！我被眼前那壮观的景象惊呆了。透过白茫茫的热气，塘子里露出一片黑黑的脑袋瓜子，就像那一群群缺氧的鲫瓜子鱼浮在水面上一样！塘子里的人头顶着头、脸贴着脸、背靠着背，我们几个围着大塘子边转了三圈，愣是没找到下脚的地儿。这给我们急得啊，好不容易洗次澡，水都下不去，到哪儿说理去？

兴奎抖着胆子，试探着抬起右腿向大塘子迈出了第一步。他脚刚伸进塘子里，一个老头"哎哟"一声，从雾气腾腾的塘子里站了起来，边抹脸上的肥皂沫边破口大骂："谁那么不长眼，踩我脑袋上了，眼瞎啊！"

兴奎吓得赶忙收回腿，光着脚丫子扭头就向小塘子跑，脚下一滑，"啪叽"一声摔在瓷砖地面上，哧溜儿一下滑到了小塘子边儿。既然大塘子人多下不去脚，那就在小塘子洗吧。

小塘子人少，一个老头躺在小塘子里，紧闭着双眼，大口地喘着气，胸前的皮肤被水烫得红红的。

小塘子水太热，那水温都能把人煮熟了，没有个钢筋铁骨的都不敢洗！我们几个小孩皮焦肉嫩，经不起这开水烫……哎！这澡洗得真是不容易，大塘人多下不去，小塘太热也下不去，盆池太贵我们还去不了。急也没办法，我们几个光着腚（光着屁股）在塘子边，东瞧西望地边搓着身子，边找着空地儿。

就在这时，刚好有个人洗完要走，我们几个摩拳擦掌，跃跃欲试地正要下水抢，跑堂的走了进来，扯着嘶哑的嗓子高喊："中午清塘换水，请各位出塘啦！"

一听这话我们几个都要哭了！刚进来还没来得及下水，就在塘边蒸了会儿热气，这身上的干灰，被这热气一馏一蒸的，自然湿润松散了起来，用手一搓便起了卷儿，老实地掉落在地上；不老实的横七竖八地挂在身上，不用水冲洗下能弄干净吗？

六、洗澡

这就清塘？这一清塘，浴池是干净了，我们可是净干搓了！

跑堂的又连喊了三遍："中午清塘换水，请各位出塘啦！"塘子里的人嘴里叨叨咕咕地抱怨着，极不情愿地往外走，塘子里的水本是热情澎湃，随着人数的减少，慢慢地、蔫蔫地落了下去。

我们几个你看看我，我看看你，通过眼神的交流，我们还犹豫什么？赶紧下塘洗！不洗这一身灰卷儿可咋整啊！

"噗通！噗通……"我们几个跳下水，急忙冲洗着身上的灰！

小四子"噗"地一个猛子扎进塘子里，小白条儿的身子在水里一扭，窜出去两米多，真真儿的一个"浪里白条"啊！只听"哗"的一声，他的小脑袋忽地钻出了水面。就在小四子破水而出的一刹那，我们才发现先前人多热气大，现在人少了，热气慢慢散开了，这大塘子的水面上竟然漂着油腻腻的一层灰。小四子这一猛子扎下去，小脑袋瓜子上满是灰泥，看得我们都不忍直视。

"小孩儿，清塘了，赶紧出来，要放水了！"跑堂的这一喊，吓得小四子一个激灵（一哆嗦），一口老塘水又呛进了肚子……

我们被逼无奈，只好出了塘，站在塘边对着跑塘的嚷嚷起来："我们还没洗呢，净干搓了！你看看这身上……再让我们洗会儿吧！"

跑堂的说："快过年了洗澡的人多，按规定这塘水到了中午十二点就得放掉,重新放新水,一点再开塘。"

"我们都捞着没洗,你就赶我们出去,我们的钱不是白花了吗?"兴奎抱怨地说。

"就是!就是!"我们跟着起着哄。

跑堂的寻思寻思说:"要不这样吧,你们就别出去了,先回箱子那里,等到一点放好新水洗新塘吧!"

一听洗新塘,这给我们美得都美出大鼻涕泡啦!我们立马跑回衣服箱那里,兴奎打开箱子,拿出火勺一人一个,衣服都顾不上穿就吃起火勺来。

硕大的火勺没几口就吃完了,小四子吃得不过瘾,吧唧吧唧嘴说:"兴奎啊,没吃饱!凑钱再去买几个吧!"

兴奎瞪了他一眼说:"你出去还能进来吗?那不得再买票、再排队、再进来吗?你要吃,自己出去买去!"小四子被兴奎两句话给噎得没了声响。

"新水放好,放票进人!"跑堂的冲着门口喊了起来。

听了这激动人心的声音,我们一蹦高儿,跳下箱子,一窝蜂地冲进大塘子。什么扎猛子啊、狗刨、仰泳、蛙泳啊的全扑腾了起来,欢快的笑声回荡在这塘子里。

这澡洗得真过瘾,直到下午五点钟,跑堂的又来喊:"晚上清塘换水,请各位出塘啦!"我们这才穿衣回家。

洗完澡就是不一样,浑身轻飘飘的、皮肤滑溜溜的、绷得紧紧的,感觉这厚厚的棉袄穿在身上就像没穿一样。晚上吃饭

六、洗澡

时,母亲问我洗澡洗干净了没有,我说:"都快洗秃噜皮了,洗得老干净了!"母亲放下手中的筷子,看着我的眼睛,会心地笑了起来。

七、杀猪菜

我家养了一头小黑猪,它是开春的时候母亲用玉米换来的,这猪在母亲的精心照料下长得还算膘壮,到了年底也有二百多斤了。

那时候村里的家家户户几乎都要养上一头猪,养猪并不是为了卖钱,而是留着过年杀年猪,杀了年猪的年才有年味,既解馋又热闹。

杀猪的前几天,母亲特意给小黑猪开了小灶——喂它的时候往猪槽子里撒了几把苞米豆,嘴里还叨咕着:"多吃几口吧!"

我知道母亲是舍不得杀这头小黑猪的,毕竟她夏天薅猪草、冬天起猪粪的喂养了它一年。可是猪必竟还是猪,不是宠物。有句话说得好:"猪八戒过年,小命难保。"它的最终归宿还是"噗"的一刀。

杀年猪之前,父母早已做好安排,比如:猪肉怎么分,请谁来帮忙,放几桌酒菜,准备哪些杀猪用具等等这些事。杀完年猪,猪肉不全是自己家留下吃的,你得给来帮忙的人分些。

七、杀猪菜

给长辈们分些、给左邻右舍分些,这样一来,即使是你家杀了头再大的猪,最后剩下的肉其实也没多少。

杀猪看似简单,其实这里有很大的学问:比如要怎么绑猪蹄、要怎样给猪放血、怎样开膛破肚、怎样取猪苦胆……这些你弄不明白恐怕就要闹笑话了。我曾见过一家三兄弟没请屠夫帮忙,自己瞎捅咕,结果几刀下去猪不但没死,还挣脱了绳子。要说这猪如果是单纯地挣脱束缚,本也没什么可怕,可怕的是这猪的脖子上还带着一把尖刀!这刀插在猪的脖子上明晃晃地刺眼,猪带着刀子房前屋后地一顿乱窜,一边跑还一边流着血,洁白的雪地上留下一道道殷红的血迹,院子被弄得凌乱不堪,猪最后流血过多而死,那场面实在是过于血腥!这还不算,这三兄弟在给猪开膛破肚时,又把猪苦胆弄破,先不说这珍贵的猪血没得吃了,这猪肉想必也是苦得很,这猪死得也更是凄惨。

杀猪的那天,母亲一大早就起来烧火,蒸了一锅热气腾腾的馒头,蒸好后又烧上一大锅开水,咕嘟咕嘟地在大铁锅里冒着泡儿。

天刚蒙蒙亮,姥爷、姥姥、小舅他们就来了。姥爷坐在炕沿上吧嗒吧嗒地抽着烟袋锅。一看我还趴在被窝里,突然把被子一掀,暖乎儿乎儿的被窝儿瞬间灌进了一阵寒气,我光着小腚蛋子急忙伸手拽被。姥爷冰凉的大手伸进被窝摸了一下我的小屁股说:"小懒蛋儿,快起来,杀猪吃肉喽!一会儿我给你烤猪腰子吃。"

我一听有猪腰子吃,一骨碌从被窝里爬了起来,穿上了衣服。这时姥姥从外屋走进内屋,笑眯眯地瞅着我,从棉袄里掏出一块包得严严实实的手帕,展开手帕后,拿出两个地瓜递给我说:"这是我早上先给你和你妹妹用火盆烧的,还热乎着呢,一人一个趁热乎快吃吧!"

这烧地瓜剥去外皮后,露出金黄色、冒着热气的地瓜瓤儿,一口下去,又软又甜,含在口中,用舌头来回地碾,那满口的香味都舍不得下咽!

突然院子里传来一阵嘈杂声,我手捧着地瓜,来到炕上的窗台前,用热乎乎的小手使劲地蹭着玻璃上的冰霜,透过巴掌大的亮光,我隐隐约约地看见几个人拎着绳子像猪圈走去。紧接着听到一阵猪的扑腾声,然后就是有的人在你一句我一句地说话:

"按住啦!"

"捆住蹄子。"

"拿大棒子,抬猪!"

……

伴随着猪又发出的一阵嚎叫,猪被抬出了圈,有人刚一喊:"拿称称下。"母亲便早早地把借来的大杆秤递了上去。

"200多斤了,216斤高高的!"

"这猪还挺肥!"

"这猪大,昨天李老三家那头才180斤。"

……

七、杀猪菜

大人们在大院里杀猪,窗户上的冰霜阻碍了我的视线,我只听其声,却未见其景。我很想跑去看看,心里却又害怕;心里越是害怕,却还越想看……最终,我实在是忍受不住猪腰子的诱惑,心想这猪腰子要是让别人拿走了怎么得了?我得去看住我的猪腰子!

一想到这儿,我连忙穿鞋向大地跑去,还没出门,便被母亲在门口拦住,死活不让我去,让我老实地待在炕上等着吃肉。我不干,我说我要去拿猪腰子让姥爷给我烤着吃。母亲见拗不过我,只好叮嘱我离远点,别添乱子,然后便回屋继续忙乎去了。

得到了母亲的赦令,我一溜烟儿地跑向了大地。赫!还真热闹啊!只见大地上围了一小圈儿人,小黑猪躺在方木桌上,被人拿木棒子压得动弹不得,正呼哧呼哧地从鼻孔里喷着白气。杀猪的师傅手握一把一尺来长的尖刀,在手中掂量了一下,双眼放出凶光,盯着躺在方桌上的小黑猪,迈着大步奔了过去。

小黑猪看见刀,似乎明白自己大限将至,它猛地挣扎了几下,却怎奈它蹄子被绳子捆着,身子又被木棒压着,任它再反抗也终究挣脱不了命运的归宿……

"人之将死,其言也善;猪之将死,其嚎也哀!"那哀嚎声划破长空,响彻云霄。

母亲端来个铝盆,看了眼小黑猪,一扭头,抹着眼泪,跑回屋去。另一个人接过铝盆,送到木桌下,准备接猪血。杀猪的师傅则右手提刀,左手摸了摸小黑猪的脖子,小黑猪顿时安静了许多。杀猪的师傅对着大家喊:"准备动刀了!把高粱秆和接血的盆准备好。"

只见杀猪的师傅左手把猪头按在桌子上,左膝上前压在猪下巴上,右手提刀照着猪脖子的斜下方"噗"的就是一刀,尖刀瞬间捅进了猪的脖子里。接着又一转手腕,把尖刀在猪的脖子里一拧一拔,刀便已经出来了。那可是如假包换的"白刀子进,红刀子出"啊,小黑猪的鲜血顺着刀口喷了出来,那动作干净利落,连眨眼的机会都没给我。

小黑猪不停地嚎叫,越是嚎叫越是挣扎,它血流的速度就越快,猪血顺着刀口汩汩地流进铝盆。接猪血的人边接猪血边用高粱秆在血铝盆里迅速地搅拌着。

小黑猪的嚎叫声越来越弱,猪血也越流越少。杀猪的师傅冷静地说:"妥了!猪死了,用木棒再压压血,准备开水退毛开膛。"

父亲忙给杀猪的师傅递上过滤嘴香烟,大家纷纷称赞这师傅手艺高超,杀猪的师傅猛吸一口烟,又长长地吐出,得意地说:"抓点儿紧,一会儿开膛取出苦胆我就得走,还得赶个活儿!"

母亲和姥姥拎着装满开水的水壶,往猪的身上浇着水,边浇边有人拿猪刹子退猪毛。大家忙乎得兴高采烈、热火朝天的。母亲却恰恰相反,她红肿着眼睛看着死去的小黑猪,沉着脸不说话,大家浇完开水,她则在一旁独自收拾着地上的猪毛。

七、杀猪菜

不一会儿,小黑猪就变成了白条猪,安静地躺在木桌上。杀猪的师傅拿出一把开膛刀,他反握刀把儿,在猪的胸前一捅,再向猪尾一划,小黑猪先是露出雪白的板油,慢慢地五脏六腑也呈现出来。

"腰子、沙肝,是我的,给我!"我冲着杀猪的师傅喊。大人们一听我这话哈哈地笑了起来,有人开玩笑道:"你一个小孩,要腰子干什么?那东西对你没有用!"

我急着说:"怎么没有用!解馋啊!"

"哈哈哈!"大人们又前仰后合地大笑起来。

杀猪的师傅说:"别急,别急,取出苦胆就给你拿腰子!"

杀猪的师傅伸手在猪的胸膛里小心地摸着,一个墨绿色苦胆被一点一点地拖了出来,师傅用细绳勒紧苦胆顶端的细管,用剪刀剪下苦胆递给了父亲,父亲急忙把苦胆挂到房檐下晾着。我曾听大人们说,这苦胆能治病,但我却是没吃过的。

这杀猪的师傅好像把腰子和沙肝的事给忘了,取出苦胆后,收拾家什就要走。我急了,对着师傅喊:"别走啊!腰子,沙肝!"

"王一刀啊,你别逗这孩子了,你看这孩子,为了腰子、沙肝都傻等了一早晨啦!快给他取下来吧,要不给他馋死了,你可赔不起!"邻居李大娘笑呵呵地对着师傅说。

"早取下来啦!故意逗他玩呢!在猪膛子里自己去拿吧!"师傅说完对我做了个鬼脸儿。

我双手捧着热乎乎的腰子和沙肝,真切地感觉到了小黑猪的体温，心中难免有些酸酸涩涩的。这小黑猪真是短命的鬼，才一年的光景，昨天还活蹦乱跳的，今天就……哎！

虽然我心里不是个滋味，难过得很，但是难过归难过，有什么能敌得过一个"馋"字呢！

姥爷正在外屋用大锅烧火，看见我后摸着我冻得通红的小脸蛋儿说："哎呀，这把我大外孙子冻的，小脸蛋儿冰凉冰凉的，来，搬个小凳坐下，烤烤火，我给你烤腰子吃！"

姥爷把腰子和沙肝放在菜墩上，用菜刀在腰子和沙肝上划出细长的小口，又从我家碗架的盐罐里摸出一把大粒盐，放到菜墩上用菜刀碾成细末。

我从锅坑里扒拉出一堆炭火，将小黑猪的腰子和沙肝放在炭火上，"滋啦"一声，一股浓浓的肉香味扑鼻而来，那味道真是人间美味啊！

烤腰子、沙肝是心急吃不了热豆腐的，得慢慢烤才香，一边烤一边撒点盐末儿，不停地翻动，直到烤到表皮酥脆、内肉松软，才有味道，嚼起来也更有嚼头，越嚼越香。

腰子和沙肝被炭火烤得直冒油，外皮干巴的打着褶儿，浓郁的香味越发诱人了，看得我直咽口水。

终于烤好啦！姥爷用剪刀把腰子和沙肝剪成块，放进铝钵里递给我说："吃吧，酥香、酥香的！你和你妹妹一人一半。"

这烤腰子和烤沙肝真是人间美味啊！看在眼里、香在口里、美在心里，把我和妹妹的小嘴吃得油滋滋的。姥爷一烟袋锅老

七、杀猪菜

旱烟还没抽完,这小黑猪"亲生"的两个"大件",已被我俩消灭得干干净净。

烤猪腰子的工夫,大人们已把猪肉卸下,猪头挂在仓房里,留着二月二龙抬头烀着吃;心肝肺、肠子、排骨、猪蹄等,自己家留着,等到过年再吃;其余的肉用刀剁成大块,该分给亲朋好友的分,该烀的就烀。再剩下的就用盆扣好,埋在雪堆里也成,放到窖子里也好,过年包饺子、包包子、炒个菜啥的,一头猪也就没了。

杀了年猪,家里的两口大铁锅也没闲着,母亲用屋里的大锅煎着猪板油和肥肉,我眼看雪白的板油和肥肉在大铁锅里先是吱啦吱啦的响,然后越来越小、慢慢融化。油花翻滚着,最终炼出了焦黄的"油渍勒"。我站在锅台边,恨不得在滚烫的油锅中伸手抓把"油渍勒"解解馋。

记得每当我谗肉的时候,母亲总会逗着我说,"谗肉啦?咬了舌头满口肉,慢慢吃吧!"这句话的味道远远要比肉的味道更有嚼头。

母亲看出我的心思,拿笊篱一抄,把"油渍勒"抄到铝钵里,递给我和妹妹说:"小心,烫!凉下再吃!"我和妹妹端着这人间美味,吧唧着嘴又咀嚼起来。好菜满桌子,不如吃口油渍勒。这味道,既地道又霸道。

炼好的猪大油可是个宝,用瓷坛子装好,放到碗架里,平常炒菜全靠它,用勺子抠点,这菜的味道很自然地就香了起来。

炼完猪油的大铁锅,也不必刷,直接炖上切好的酸菜,放上几根大骨头。酸菜上面支上锅帘,把装在铝盆里已经放好调料的猪血放到帘子上,闷上锅盖一并蒸上,就可以坐等猪血豆腐这道菜出锅了。

院子里的大锅已经烀上了"方子肉",放上几根大葱,再放上些大料、茴香,肉汤在锅里咕噜咕噜地响着,肉香四溢,闻着闻着我也就醉了。

屋里的酸菜已经炖好,屋外的血肠也灌好了,这血肠放到清水锅里一煮就算做好了,出了锅放到凉水里冷却。吃的时候再切成片,放到酸菜里炖,那味道就是我思念多年的乡土味道。

杀猪菜做好了,我帮着大人放桌子、拿碗、摆筷子,等待着这丰盛的年终大餐。当杀猪菜端上桌的那一瞬间,那满满的幸福与快乐一下子就升腾起来了!

"油渍勒"酥脆可口,美!

猪血豆腐鲜滑润口,美!

酸菜五花肉肥而不腻,美!

母亲边忙乎着添菜盛饭,一边叮嘱我和妹妹说:"少吃肥肉,别喝凉水,小心拉肚子!"

我哪管得了那么多,拉肚子就拉肚子吧!反正吃到嘴里是自己的。大人们喝着白酒抽着烟,你推我让,说说笑笑的,我则只顾着闷头吃肉。

男人们喝着白酒,女人们喝着果酒。果酒是用山楂做的,

七、杀猪菜

红彤彤的颜色，实在诱人。姥爷拿个小酒盅给我倒上说："酸甜酸甜的，喝一小盅儿没事！"

我将信将疑地抿了一小口，果然是酸甜的！我一仰脖，一盅果酒下肚，酸甜爽口，真带劲！喝了第一盅觉得不过瘾，又偷偷地喝了第二盅，喝了第二盅就想第三盅……就这样，几盅果酒下肚，我开始头发热、脸发烫、小心脏扑腾扑腾地就要跳到嗓子眼，手脚也开始不听使唤了。我大喊："妈！妈！我的心就要跳出来啦！"

姥姥和母亲急忙把我背到室外，拿起一瓶米醋就往我口里灌，咕咚！咕咚！两口米醋下肚，我的胃里有如小哪吒在闹海，"嗷"的一声，血肠吐出来了！"嗷"的一声，五花肉吐出来了！"嗷"的又一声，"肉渍勒"、烤腰子什么的都吐出来啦！这肉算是白吃了，但却是实实在在地饱了一把"口"福。

躺在热炕上，我迷迷糊糊地睡着了，半夜让泡尿给憋醒后，这口也干、舌也燥，胃里也烧得厉害，我起身下地，趿拉着"棉乌拉"（棉拖鞋）在外屋的水缸里舀起半瓢凉水，一饮而尽，喝了个痛快。然后又推开房门来到大地，对着雪地舒舒服服地撒着尿。抬头间，仰望天空，一轮皎洁的明月正悬挂在我的头上，月光像瀑布一样洒落在大地之上，真美啊！

八、年货

炕头灯窗下的墙上,挂着一本厚厚的农历牌,这农历牌被炕烟熏得有些发黄。母亲每天都会看看农历牌,每过一天便翻上一页用皮套夹好。

"农历腊月二十八宜:出行购买,忌:婚丧嫁娶。"

这一页不知什么时候被母亲用铅笔画了个大大的圈,空白处写着"买年货"三个大字。一看到这一页,我知道今天该买年货了,心中不由地欢喜起来,老老实实地待在家里,等待着跟父亲上街。

年货家里已经置备不少:杀年猪的肉、年糕、粘豆包、盘子里生的蒜苗、盆里生的豆芽,还买了一笼子国光苹果,一笼子"冻花盖梨"。

那时候,小孩子能在冬天吃上苹果和冻梨这两种水果,用现在流行的话来说——那真是极好的!因为那时的市面上好像只有一种苹果可以买到,叫国光苹果。这苹果红绿相间,汁水多,酸甜酸甜的,嘎嘣脆。

八、年货

苹果、冻梨买回家,放到菜窖里,和大白菜、萝卜什么的一起储藏。平常是舍不得吃的,母亲说要留着过年再吃。有时候我和妹妹实在是馋了,闹嚷着要吃,母亲没办法才会让父亲下菜窖拿苹果和冻梨。

看着父亲点着洋蜡,顺着长满白霜的梯子爬下窖子,用水瓢端回几个有烂眼的苹果和黑不溜秋的冻梨,我和妹妹马上就乐开了花。

母亲把冻梨放到装满凉水的水瓢里,再洗好烂苹果,在昏暗的灯光下用小刀小心翼翼地剜去烂果肉,剥去苹果皮。母亲是如此的小心细致,好像担心会一不小心把好的果肉也一起剜掉一样。

烂苹果在母亲那缠着橡皮膏、长着老茧的手中慢慢地变成了白白嫩嫩的苹果肉。这烂苹果经过母亲的手变得格外香甜,那滋味无可比拟,至今仍弥留在我的嘴边。

好苹果放久了,变成了烂苹果;烂苹果吃了,好苹果又变成了烂苹果。就这样,年前的那段日子,我们总是吃着烂苹果。

除了国光苹果和冻梨,我最期待的就是过年放鞭炮了。

腊月二十八的当天,母亲正趴在箱子上的收音机前,掐着手指在纸上写着要购买的年货单。我踮着脚尖,抻着脑袋站在一旁看,时不时地提醒她:"妈!还有小鞭没写呢!"母亲不说话,只顾若有所思地低头写。我怕她听不见,又提醒道:"小鞭!小鞭还没写呢!"母亲还是不理我,嘴里念叨着:"鱼、黄花菜、碗、筷子、瓜子……"我见母亲不和我说话，我也不再说了——我知道母亲的性格，我再说她会生气的。

这些日子，我一直在掰着手指头数，"姥爷能给我买盘小鞭，爷爷也能买盘，大舅也能买，还有姨夫……"数着数着，不由自主地乐了起来；数着数着，这年也要来到了。

母亲最后在年货单的底下写上了"小龙的鞭炮"几个醒目的大字，我悬着的心总算是落了地，高兴地搂着母亲的脖子说："妈！给我买两千响的那盘小鞭吧！我打听了，供销社卖货的叔叔告诉我，那小鞭三十晚上饺子下锅时点上，吃完饺子还响着哪！"

母亲笑着抚摸着我的小脑袋说，"只要你听话，好好学习，五千响的小鞭都给你买。"我兴奋地点点头，因为我知道这小鞭差不多能买了，因为寒假期末考试时，我在班里排前十名呢！不像开家长会时，兴奎怕挨揍，一大早就猫被窝里装睡觉。我则是在家看着黑白电视机，啃着大冻梨，悠然自得地等着母亲开完家长会回来。

果不其然，母亲从炕柜的被垛里掏出一沓钱，五颜六色的，有十块的大团结、五块的炼钢工、一块的女拖拉机司机……母亲喊来父亲，把钱和年货单递给了父亲，提醒他："小龙要两千响的小鞭，不贵的话就买一挂吧，还有，多买些橘子瓣糖给孩子吃。"

听了母亲这话，我高兴得不知该说什么，急忙戴上棉帽子、

八、年货

棉手套,抢着帮父亲拎袋子,嚷着要和父亲一起上街买年货。

要过年了,街上的人好像是凭空冒出来似的,摩肩接踵、熙熙攘攘。道路两旁摆满了小摊,卖的东西也是五花八门、琳琅满目:有卖鸡鸭鱼肉的、有卖水果蔬菜的、有卖锅碗瓢盆的……卖货的吆喝声、讨价还价声、鞭炮的噼里啪啦声……热闹非凡!

街上人太多,父亲怕我被挤散,紧紧地攥着我的小手不放松。父亲对照着年货单,一一地寻找着年货,而我的眼神只往日杂商店门口的鞭炮摊上看,忍不住拉着父亲往鞭炮摊挤去。

这摊上的烟花爆竹给我看花了眼,闪光雷、夜明珠、花皮炮、二踢脚应有尽有。看得我真叫一个眼馋,每看一样都会伸着手去摸几下。无意间,我发现鞭炮摊的最里面有一串被红纸包裹得极为醒目的一串小鞭,看这串的长度,这不正是我想要的两千响小鞭吗?我急忙拽了一下父亲的手,指着这盘小鞭说,"爸!我就要这挂!"

父亲拿起鞭问:"这盘鞭怎么卖?"

"四块五毛钱!"

父亲的脸一紧,一下子变得凝重了起来,哄着我说:"走吧,走吧!这小鞭我看没有两千响,也就一千五百响,我们回供销社给你买两包五百响的,一包连着放,一包拆着放,多好!"我没有中计,小脑袋摇得像拨浪鼓似的,眼神中满是祈求的目光。

父亲瞅瞅我，又瞅了瞅卖货的人，试探地问："能便宜点不？"

"就这个价了！这小鞭卖得可好了，两大箱子货，卖得就剩两盘了！"卖货的人神气十足。

我不停地摇着父亲的胳膊，赖赖唧唧地说："买吧，快买吧！不买就卖没啦！"

就在父亲有些为难，从怀里摸出钱，数来又数去地连数了好几遍时，这时两千响的小鞭就又卖出了一盘，我一下子就慌了，心想：万一供销社的小鞭也卖没了，那可怎么办？于是忙不迭地又拽了拽父亲。

父亲点出四块五毛钱递给卖货的人，深深地叹了一口说："儿子喜欢，买了！"我急忙拿起小鞭抱在怀里，心里这个美啊！一路上脑子里就像放电影似的，画面全是吃饺子、放小鞭。

回到家后，我爱不释手地摆弄着小鞭。先是打开包装纸、摊开鞭，然后把小鞭拉直，从炕头放到炕梢，再从炕梢转个弯折回来，这鞭真长啊！父亲看到后呵斥了我几句，不让我摆弄了，他说总摆弄这小鞭，里面的药都洒了，药如果洒了就放不响了。我很珍视这盘来之不易的小鞭，于是乖乖地听话，小心地把鞭重新卷起来，放到炕梢烘着——越是干燥的小鞭，放着就越响。

我正在摆弄小鞭的时候，隐约听见母亲问父亲："羊绒棉帽子怎么没买？"

八、年货

父亲叹了口气说:"给儿子买小鞭钱不够了,他就要这两千响的,挺贵的,要四块五呢,还不讲价!"

母亲一愣,看看我,想说什么,却又把话咽了回去。母亲又对父亲说:"帽子一定要买,你那帽子已经洗多少水了?都不保暖了!"说完,母亲咬了咬牙,寻思了下,从被垛里又掏出十块钱递给父亲说:"去买帽子去,快去!供销社这点还没关门,剩下的钱再买些鞭炮、刺花什么的,孩子喜欢就买!一年就过这么一次年,崩崩运气,再说上坟什么的也得放鞭炮。"

家里的大事小情都由母亲张罗,父亲是个老实人,烟酒不沾,别的老爷们儿们冬天"猫冬"时都会打打麻将、打打牌,我父亲却不玩儿,没事儿时就自己弄些塑料包装绳编个筐啊篓啊什么的。家里的钱父亲也不管,全都交由母亲保管着。那年代的人家里,最需要的是像母亲这样会持家过日子的人。母亲说过"吃不穷、穿不穷,算计不到准受穷",家里的钱母亲算计得很明白,每一分钱都要花在刀刃上。

我和父亲从供销社买完棉帽子回来,看到母亲拿出了小石磨,正准备做豆腐。心想,过年之所以吃豆腐,应该是"豆腐"的发音和"都福"相似,代表着"都有福"的意思吧。反正过年不管吃什么,好像都有点讲究,就像吃鲤鱼的意思是"年年有余",吃年糕的意思是"年年高升"一样。

做豆腐要挑大个饱满的黄豆,边换水边泡个三四天,待豆子被水泡得圆滚滚的发胀时,用来做豆腐最好。先是搓掉豆皮,再用小笊篱捞去搓豆皮时产生的渣滓。

母亲拿着小勺子，一勺一勺地扤豆子，将豆子放到石磨中间的窟窿里，再慢慢地摇动石磨把手，乳白色的浆水就从石磨的小槽里缓缓地淌出来，落入到石磨下方的盆里。

大铁锅的水烧开了，咕噜咕噜地翻着水花。父亲在大锅上挂上一块白包袱，把磨好的浆水倒进包袱里过滤下，豆腐渣就留在了包袱里，流进锅里的则变成了豆浆。

父亲拿着一个大勺子不停地在锅里搅动着豆浆，母亲难得有了空闲，于是舀了两碗豆浆端进屋，放在箱子上晾着，等晾凉了再给我和妹妹喝，然后又匆匆地回到外屋撤火，开始点豆腐。点豆腐用的是卤水，有句话说"卤水点豆腐，一物降一物"，这卤水能把豆浆点成豆腐，真是神奇得很。

母亲拿了一块卤水，用热豆浆融化，然后一点一点地倒进锅里，那豆浆就产生了奇妙的化学反应，慢慢地变成了豆腐脑儿。母亲和父亲又把豆腐脑儿捞出，再放回到包袱里，一起用力挤压水分，这豆腐也就做好了！

喝着热豆浆，再吃口热豆腐，那真是神仙般的日子。那个年月，连豆腐渣儿也不能浪费，可以用来做油炸丸子吃，咬上一口，满嘴流油，喷香喷香的！

那一天，吃饱喝足的我，还是忘不了我的小鞭，临睡觉的时候执意要睡在炕梢儿。母亲不让，说那炕梢晚上虽热，但后半夜会凉得很。我不干，坚持要在炕梢睡，母亲知道我的心思，

八、年货

还是答应了我。

  我如愿以偿地趴在炕梢的被窝里,却怎么也睡不着了,刚躺一会儿,就想起来摸摸小鞭,再躺下没多久,就又想爬起来再摸摸,再躺下。不搂着这小鞭睡觉,我的心总是觉得不踏实。

  人到什么时候都得有个念想儿,没有了念想儿,心里总是空落落的。那时候的我,过年时就想着吃好吃的、放小鞭;上学净就想着春游、开运动会;放假时就想着钓鱼、摸虾、打鸟。如果没有了这些念想儿,我还真不知道这一天天一年年的,还有什么乐趣?

九、过年

一年之计在于春,一日之计在于晨。大年三十那天,一家人一大早就起来了,早早地起来就为了图个吉利忙乎——新的一年要有好的开始。

母亲和妹妹一起打扫着卫生,她们娘俩儿把棚顶上、桌椅柜子、门框窗户上的灰尘都仔细地清扫了一番。过年嘛,讲的就是个除旧迎新——扫去旧的尘土,迎接新的一年。

我和父亲扫完院子,在房前的自留地里支上灯笼杆,挂上红灯笼,然后开始打浆糊贴春联。贴春联是件挺有意思的事,比如,在猪圈里我们贴上了"肥猪满圈",可是我们养的那头小黑猪却早已一命呜呼,被当做"年猪"杀了,成了年夜饭里的好几道大餐。虽然猪圈早已是猪去圈空,但这春联也得贴上,因为等到明年春天,家里还会再买头猪崽养上,养肥了到过年时再杀。一年一年,如此反复。

大门口的门头上,要贴上"出门见喜";仓房上要贴上"粮食满仓";大门上要贴上"门迎春夏秋冬福,户纳东西南北财";

九、过年

屋门口要贴上"出门见喜";家里的箱柜上还要贴上一个颠倒的"福"字,是说"福到了"的意思。

这春联可不是乱贴的,贴错了那可就要闹笑话了。你若是把"肥猪满圈"贴房门上,大人不拿柴火棒子给你脑袋瓜子削放屁了才怪呢!

打扫完卫生,母亲在外屋给大铁锅架上火,蒸上一大锅包子和馒头。大铝锅盖边"呼呼"地向外冒着热气,这年味儿一下子就沸沸腾腾、热热闹闹了起来!母亲一边蒸着馒头,一边不停地叮嘱着我和妹妹:"看着点儿,好啦,出锅啦!"

只听"当啷"一声,母亲拎起了锅盖,那打着褶儿的包子和雪白的馒头静静地躺在锅帘上,像母亲的脸一样正乐开了花。母亲说:"馒头开花是个好兆头,今年的日子一定会过得红红火火、蒸蒸日上!"母亲说得没错,我家的日子在父亲和母亲的辛勤努力下,过的真是越来越好,越来越红火!

蒸好的包子、馒头,还有年糕、粘豆包等等这些食物,都会放到屋外用大盆或面袋子装好,放到老鼠钻不进去的大缸里,再用高粱秆串的盖子盖好。东北的冬天就像是一个天然的冰柜,这些食物就储藏在户外,直到冻得可以用来当做打架的武器。正月里,每家一般都只吃两顿饭,这些食物就是主食,吃的时候放大锅里架火上,蒸汽一馏就好,既省时又省力。

吃完早饭,一家人又忙碌了起来。我趴在炕上打开一包两百响的小鞭,小心翼翼地拆着。妹妹则坐在炕头边吃边数着没有包装的糖块，因为没有包装，就像人没有穿衣服，所以我更喜欢叫这种糖为"光腚子糖"。这种糖五颜六色，有球形的、有橘子瓣形的，含在口里有股清香的水果味道，好吃得很。妹妹把糖倒在茶盘里，扒拉过来，又扒拉过去，把糖分成了四份。看着妹妹认真的样子，我心生鄙夷，"数四份干什么呀？费那劲儿，直接数两份就得了，爸妈的那两份还不是咱俩的！"

母亲又是杀鸡又是剁肉，准备着下午的饭菜，我打心底佩服母亲，做起事来总是干净麻利、有条不紊。单说这杀鸡，三下五除二就开始在菜墩上剁上肉了，我一直惦记着啃鸡爪，这东西味道绝顶的好，炖烂乎了放嘴里一抿，那肉艮纠儿纠儿、黏糊儿糊儿的，老有嚼头了。老人们都说这鸡爪小孩子是吃不得的，吃了之后写字难看，我看这是骗人的，我就爱吃这东西，可写的字老师一直夸着呢！

父亲忙乎着准备烧纸、香、酒这些上坟的物品。他挑选了几个大圆馒头，用毛笔蘸上清水，在红纸上一画，红纸上的颜色就粘在了毛笔头上，再往馒头上一点，一个红红的圆点便印在了馒头上。这馒头和鱼肉什么的，用来上供用，为什么要在馒头上点上红点儿，我不明白，父亲也说不出个一二，反正都是这么做，不点红点儿，切块红枣镶上也一样。

父亲对上坟这事虔诚得很，大捆小捆的烧纸买了一大堆。这烧纸先用刻有古代圆大钱图案的钱錾打纸，没有钱錾的就用钞票印下也可以。印上钱后，上坟时烧给过世的祖先，他们在

九、过年

那边的世界才能收到。

看着父母们各忙各的,我虽然无事可做,却又是舍不得出去玩儿的,光看着家里摆着的好吃的,我的心也就醉了。妹妹坐在炕上看电视,我摸着裤兜里拆下来的小鞭手就开始痒痒,于是从锅台坑里抽出根燃烧的木棍,"噗"的一下吹灭火,留着火红的木炭,在院子里放起小鞭来。木炭的火灭了就进屋再拽一根,接着放,顺便看看母亲做了几道菜。

母亲对照着菜谱,那边的大锅里"咕噜噜"地炖着鸡,这边的菜墩上"哐当当"地拍着蒜瓣,切着黄瓜丝。做好的热菜,少的盛在盘子里,多的盛在盆子里,用盘子、盖子什么的盖好,放到热炕头上焐,等到开饭的时候也能保持着温度。

吃午饭啦!母亲把丰盛的饭菜端上了炕桌,我和妹妹帮着拿碗、拿筷、盛饭,一家四口人,围坐在饭桌前,温馨地吃着这一年的盛宴。我心里想,要是这一辈子天天都这样该多好啊!

吃完午饭,父亲掐着点儿,4点来钟领着我,背着烧纸、香、鞭炮这些上坟的物品向房后的山上走去,年年都是如此,老祖宗的坟就在这后山之上。我想这活着的人是要过年的,那死去的人应该也是要过年的。有的人家,祖先的坟不在当地,不能去上坟,就在十字路口焚香烧纸、磕头作揖的,也算是祭奠过了。

烧完纸,父亲就嘴中念念有词地在坟前磕头作揖。叔叔们也来上坟了,大人们忙着挨个坟头焚香烧纸,我和叔家的弟弟忙乎着放鞭炮,"噼里啪啦"的小鞭、"叮——咣!"的二踢脚、带着笛音的钻天猴……

烧完纸,父亲就会喊我磕头。看着一个个坟头,我直犯迷糊。实在是分不清里面安息的都是哪位列祖列宗。我挨个坟前拜三拜,再磕三个响头,这一圈下来,二十几个响头是磕出去了,小脑袋瓜子磕得都起了包,生疼生疼的……

上完坟,天已落了黑,走在下山的路上,我俯视山下的家乡。远远地望去,火红的灯笼、袅袅的炊烟,天空中还不时地冒出几个大烟花,一片喜庆的景象尽收眼底。我瞪大了双眼慢慢地寻找着远方我那温暖的家,我知道,此时的母亲正坐在炕上,包着饺子等我们回家……

那时候家里买了台金星牌12英寸的黑白电视机,这电视机可是家里唯一值钱的东西,几乎花光了家里所有的积蓄。本来父亲不同意买,说等手头宽裕点儿再说。母亲却执意要买,母亲说孩子都喜欢看,买了就老实地待在家了,省得为了看电视,白天夜里的总往别人家跑。

电视对我的诱惑力实在是太大了!这小小的方匣子,一按开关就蹦出有说有笑的人影来,真是太神奇了!我清清楚楚地记得,我第一次看电视,是在生产队长家院子里看《霍元甲》。满院子里三层外三层的全都是人,围着一个闪着人影的小黑白电视机,好不热闹。

回到家,电视里正演着中央电视台的春节联欢晚会,我和妹妹爬上炕,"嘎嘣嘎嘣"地嚼着橘子瓣糖;父亲"咕噜咕噜"

九、过年

地喝着金猴茶水;母亲"咯噔咯噔"地在面板上擀饺子皮擀得桌子直响,但我们的视线都朝着一个方向,就是那台 12 寸的金星牌黑白电视机。

11 点左右,窗外传来了此起彼伏的鞭炮声,我知道属于我的时刻终于到来了!我拿着鞭炮一阵风似的出了屋,把鞭挂在院子里的葡萄架上,把扒好了捻儿的二踢脚立在雪窝里,像等待冲锋号的士兵一样,等待着母亲的命令……

父亲把灯笼从灯笼杆上顺了下来,换了根蜡烛,又升了上去。

"小龙,放鞭炮,下饺子啦!"屋里热气腾腾,母亲端着盖子"噼里啪啦"地往锅里下着饺子,我点燃了两千响的小鞭,同样的"噼里啪啦"地迎合着,好不热闹!可惜的是没等饺子煮好,这盘鞭就放没了,我心中很是失望,心想也没拆下几个这期待许久的小鞭就没了,供销社的叔叔不是告诉我说,这小鞭年三十晚上饺子下锅时点上,吃完饺子还响着哪吗?这句话我是听得清清楚楚、明明白白、真真切切的!现在怎么就没了呢?

放完自家的鞭炮,我站在房头的大地里抬头仰望天空,不知谁家的礼花弹在天空炸开了一个个漂亮的大花儿,红的、黄的、绿的……一朵朵的花瓣在天空中缓缓飘落,漂亮极了……我正看得入神,母亲喊我进屋吃饺子。一家人又团坐在炕桌前,吃着热腾腾、香喷喷的团圆饺子。

"哎哟！硌到牙了，妈！我吃到钢镚了！"

"好兆头！好兆头！有运气！有运气啊！"……

"当当当……"新年的钟声敲响。"过年啦！过年啦！"电视机里传来愉快的欢呼声，我也跟着欢呼了起来……

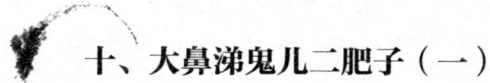

十、大鼻涕鬼儿二肥子（一）

大年初一放小鞭儿，吃完早饭，我迫不及待地从炕席上拿起一盘烘得热乎乎的小鞭。这小鞭我是不舍得整盘连着放的——那是浪费，得一个一个地拆下来单放，这样一来，既放得时间长，又放得过瘾。

我揣着鼓鼓的两兜小鞭，拿着一根香，牛气哄哄地就要出门找邻家的小伙伴们玩。母亲边刷碗边对我说，"轻点儿作啊！别把新衣服烧坏了！下午还要去你姥爷家拜年，早点儿回家。"我象征性地应了声，头也不回地捂着兜里的小鞭向大道跑去。

二肥子领着小猴子、大国子他们正在道边"噼啪"地放着鞭。二肥子年龄比我们大，是我们这片的孩子王。他名叫"二肥子"，其实人并不胖，反倒瘦得跟个猴儿似的，他一生下来，家人就给他起了二肥子这个小名，说是叫这名的孩子皮实、好养活。他一天到晚淌着大鼻涕，两条埋了咕汰的大鼻涕"哧溜哧溜"地没完没了。

二肥子他爷爷小酒喝得高兴了，总会笑眯眯地捋着胡子赞美般地说:"哪天就是鸭绿江的水淌干了,我家二肥子的那两条'河流沟',也绝不会断了流儿!"二肥子仰仗着这两条大鼻涕成了村里村外的名人,人送外号"大鼻涕鬼儿"。

他这"大鼻涕鬼儿"的外号,可不是浪得虚名的。有一次,我亲眼看见他那两条形影不离的大鼻涕探头探脑地流出鼻孔,随风潜入夜般地悄悄潜入上嘴唇。我忙提醒他说:"二肥子哥,你大鼻涕过河了,快淌嘴里啦!"人家二肥子不慌不忙地低头下看,双眼一扫鼻子,舌头从嘴中伸了出来,舌尖对准鼻涕,向上嘴唇一卷、再一抿,哎呀妈呀!两条大鼻涕就像变魔术似的神奇般地消失得无影无踪!这给我佩服得是不能再佩服了。

这二肥子不但是我服,大家也都服他,就连二肥子他爸都服他。一次,二肥子和同学打完架,又逃课跑江里洗澡,老师跑到大地里,找到正在开拖拉机翻地的二肥子他爸,义愤填膺地告了他一状。他爸急了眼,晚饭都没让他吃,用三寸来宽的牛皮裤腰带,直接给他捆在房头道边的歪脖柳树上,拿笤帚把儿一顿狂抽,把儿都打烂了,二肥子咬着牙、抬着头,纹丝不动,硬是没屈服。这要是放在战争年代,他绝对是个铁齿钢牙、老虎钳子也撬不开他的嘴的英雄!

他爸打累了,坐在树边的石头上抽着闷烟,不知道该怎么办了——这打也打不服,不打还有人卖着呆看热闹,实在是下不来台了。正在这时,二肥子她妈从江里洗衣服回来,看着二肥子皮开肉绽地被捆在树上,一副宁死不屈的眼神正直愣愣地

十、大鼻涕鬼儿二肥子（一）

盯着他爸。一下子就明白了，立马发了火，摔了洗衣盆，一手掐着腰，一手指着他爸，劈头盖脸地骂了起来："你个熊样儿！就知道拿孩子出气，你瞅把孩子打成啥样了！他自来念书就跟不上趟儿，你把他打傻了就称心了？打死了更好是不是？孩子犯错能都怪他吗？这不都是随根吗？你除了打打杀杀的还会什么……"二肥子他爸被骂得没话说，正好借着这个机会给二肥子松了绑，找了个台阶下。二肥子被他爸这一打，名气更大了，都说他抗打、皮实，有着不屈不挠的打不烂精神。

　　道边有户暂住的外人家，男的在什么机关单位上班，整天牛哄哄地戴着个蛤蟆镜，挺着个腰，骑个破摩托车，眼神里满是看不起我们这些菜农的神情。你看不起我们，我们还看不起你呢！所以他家和我们这些本地户基本没什么来往。不知谁给他起了个很贴切的外号叫"一脚踹"。为什么说这外号起得贴切呢？因为他骑的摩托车得用脚踹才能打着火，所以这"一脚踹"的外号送给他那真是再恰当不过的了。

　　一脚踹家养了条大狼狗，平常他出来遛狗，那狗看见我们这帮小孩，也狗仗人势地斜楞着眼，扑棱着爪子冲着我们咬，有几次差点儿就咬到我们的头头——二肥子哥。

　　二肥子领着我们在大道边，开心地放着小鞭，把小鞭插在雪窝里崩着雪玩儿；把小鞭踩在棉鞋底下崩着鞋底玩儿；把小鞭放在牛粪上崩着牛粪玩儿。这边小鞭一响，那边一脚踹家的狗就疯狂地叫。我放我们的小鞭，狗乐意叫就叫，本来相安无事，谁曾想一脚踹拎个柴火棒子出了大门口，冲我们比划着就骂："你们这帮小崽子，滚一边玩去！这大过年弄得鸡飞狗叫的不消停，你们想作死啊！"

我们吓得直往后退，这鞭放得正在兴头上，让一脚踹这一搅和，兴致全没了！二肥子可不惧这些，挺身上前就和一脚踹理论："我们在大道上放我们的鞭，又没到你家院里放，你管得着吗！"

一脚踹一脸不屑地看着二肥子，"你这小崽子还挺有种，你给我等着啊！"说完拿着棒子就想要上前揍二肥子，但转念一想，他转身又回到院子里，放下棒子，牵着狗就出来了。二肥子天不怕地不怕，就怕这狼狗。他一看见狗撒腿就跑，头头都跑了，我们也跟着二肥子一起跑。二肥子太瘦，底盘太轻，起步又太快，一不小心，一个大腔墩摔在了地上。

一脚踹见二肥子摔倒了，牵着狗大笑着说："小崽子，还嘚瑟不！怎么不摔死你！"这真是人欺熊的、狗欺穷的，一脚踹牵着狗把事都做绝了！我一个讲文明、讲礼貌的读书之人都看不下去了。一脚踹这个王八犊子，也太能欺负人了！一个大人，大过年的跟小孩儿一般见识，不是弄个棒子，就是牵个狗的出来吓唬人！太不是个东西了！

我拉起二肥子，一起向供销社那边跑去，二肥子边跑边回头朝一脚踹吐了口唾沫喊，"一脚踹，死得快！你给我等着啊！"

我们一口气跑到了供销社门口才站下脚，气喘吁吁地你看

十、大鼻涕鬼儿二肥子（一）

看我、我看看你，沮丧着脸，个个都是一脸的狼狈样儿。二肥子气得大鼻涕哧溜哧溜地直往外冒，他瞪着眼、咬着牙，怒火中天地说："大过年的，害得我二肥子摔跟头！这个仇我是报定了，此仇不报，我以后就不叫二肥子，我改名叫二胖子！"

听了这话，我们这些小伙伴都兴奋了起来。这二肥子可是个狠人啊！用东北话说，他二肥子就是苞米豆子他弟弟、苞米面子他哥，他可是个"碴子"！平时你不惹他，他都想找点事儿呢！

二肥子命令道："晚上大伙带上鞭炮什么的，到我家集合，咱们一起报这血海深仇！"大伙一听要报仇，一个劲地叫好！有人说："咱们得好好出出这口窝囊气！"有人说："咱要让'一脚踹'知道，咱们不是好欺负的！"有人说："二肥哥！你说怎么干，就怎么干，我们都听你的！"

听大家伙都要报仇，我也来了精神，想了想说："晚上报晚上的，白天报白天的！二肥哥，你看咱一会儿……怎么样？"二肥子一听高兴得哈哈大笑起来，大伙也跟着一起哈哈大笑起来！这欢快的笑声在寒冷的天空中飘荡着，仿佛我们已经取得了胜利一般……

就在大家信心百倍的时候，我却说了一句扫兴的话，"二肥哥！我这个主意倒是好，可是我天生胆子小，不是去干这等大事的料儿，谁去干呢？"

二肥子怒从心头起，恶向胆边生，拍着自己的胸脯，恶狠狠地说:"这仇我要亲手报,这事儿当然是我亲自操刀!如果我被抓到,和你们也没关系,就说是我自己干的!"

二肥子从兜里掏出两毛钱攥在手里说,"来!大家筹钱买弹药!有钱的多出点儿,没有的少出点儿!"大家你一毛、我五分地筹起钱来。虽然筹了不到一块五毛钱,但对我们来说已经够多的了!

我们一伙人进了供销社,拥到卖对联的柜台前,二胖子对我说:"小龙,你好好看下哪副好!"我一副副地看着挂在墙上的对联,有什么什么"福"的、什么什么"财"的、什么什么"兴"的。突然一副对联映入眼帘,我眼睛一亮,果断地对二肥子说:"就这副了!"

这副对联的上联是"母猪生仔仔生猪",下联是"肥猪满圈喜迎财",横联是"肥猪满圈"。看着这副对联,我心中不由地感叹,这对联写得真是好啊!

二肥子问卖货的:"这对联多少钱?"卖货的叔叔说一毛钱。二肥子点出一毛钱扔在柜台上说:"这对联我买了,给我卷上!"他又把剩下的钱"啪"的一声拍在柜台上,牛哄哄地说:"这些钱都给我拿夜明珠。"卖货的叔叔看了看歪着小脑袋一本正经的二肥子,笑了笑说:"你这小子,有点儿个性,买个东西还挺牛虎的啊!"说完点了点钱,拿了对联和夜明珠给我们。我们激动地接过,咋咋呼呼地走了。

二肥子带队,我们一干人马来到他家的仓房,放好夜明珠,

十、大鼻涕鬼儿二肥子（一）

他拿起对联看了看说："这大白天的怎么下手？一脚踹家有大狼狗，咱去了狗叫唤怎么办？"

我说："这不怕，咱们等机会就行。中午时，一脚踹和他老婆准去他老丈人家吃饭，我们就等他家没人时下手！"

小猴子说："对！他一过节就拎点儿东西带着他媳妇去老丈人家混饭吃，听说他老丈人是个单位的头头，这损犊子没事就跑他老丈人家舔屁股去了！"

二肥子眉头一皱，计上心头，对小猴子说："小猴子，你去一脚踹家门口把把风，一看到他和他媳妇出门，就马上回来喊我们！"

小猴子腿脚麻利，得了命令，便一溜烟儿向一脚踹家那边跑去。

二肥子又对大国子说："大国子，你不是整天吹你爷爷给你买了一大盘'十响一咕咚'吗？你回家拆几个'大炮'拿来给我！"大国子得令，二话不说扭头就往家里跑。

二肥子又对我说："小龙，你家有剩糨糊没？有就马上回家拿过来！"我想起我和父亲贴对联时，糨糊还剩点儿，就放在破铁锅里。我明白了二肥哥的意思，出了仓房，也急着向家里赶去。

十、大鼻涕鬼儿二肥子（二）

我回家时路过一脚踹的家门口儿，正见小猴子趴在道旁杨树下的大雪堆后，露着半个棉帽檐，贼溜溜地小眼睛往一脚踹家的大铁门那边撒眸着。见我来了，他赶忙地挥了下手，让我赶紧离开，我心领神会，一路小跑直奔家中。

跑回家，我在仓房里找到了那口打浆糊的小铁锅，还好里面还有些糨糊。我找了张纸把糨糊包好。回去的路上走到一脚踹家门口时，我特意看了下杨树下的雪堆，奇怪的是小猴子竟然不见了！

看着雪堆我正纳闷着，突然杨树旁的木厕所门开了一道缝儿，一只小手从里面伸出来挥了挥。哎呀！这小猴子竟然猫到厕所里了。我急忙跑开，边跑边想，不愧是小猴子，就是机灵，神出鬼没的，这活儿要是不让他干，岂不是白瞎了他这块材料吗？

我刚到二肥子家仓房，大国子也回来了。这家伙真够意思，拿了十来个"大炮"，想必这盘他当宝贝似的要留到十五闹花

十、大鼻涕鬼儿二肥子（二）

灯再放的"十响一咕咚"早已被他拆了个零碎。这"十响一咕咚"因响声而得名，一排的小鞭炮的后面有个大炮，放起来的声音是这样的"噼里啪啦……咕咚！"大国子一定是把这一盘鞭炮上的"咕咚"全拆下来了！

二肥子把"咕咚"给我们一人分了一个，又从口袋里掏出一盒大前门香烟，一人分了一根，接着眉飞色舞唾沫四溅地比划着，给我们讲解复仇计划。

听二肥子这么一说，大伙这个激动啊！不是说哪里有压迫，哪里就有反抗吗？我们这纯是让一脚踹给逼得走投无路，才揭竿而起的，不是吗？二肥子哥要带领我们这些受苦受难受压迫的劳苦大众起义造反报仇啦！

二肥子把浆糊要了过去，掂量掂量说："糨糊有点儿少，不够贴的吧？"

"就这些了，省着点儿应该够了。"我应道。

二肥子从仓房的大缸里摸出两个包子揣进怀里，深吸一口气说："都准备好了，就等小猴子的好消息了！"

这小猴子也不知是咋地了，左等右等，就是不回来。二肥子有点儿急了，叫我和大国子去看下是不是小猴子出啥事了。

在路上我和大国子说："这小猴子不会是掉厕所里了吧？回来的时候，我还看见他在厕所里猫着呢。"大国子快步走到厕所旁，轻声地对着厕所喊，"小猴子！"

厕所里面没动静，大国子又对着厕所喊了声："小猴子！"

里面还是没动静,大国子急了,上前猛地一把拽开了厕所的门。

"小崽子!你大白天的偷看老娘上厕所!偷看不说,还开门闯进来了你!你还想干什么?你个有娘养没娘教的小流氓!老娘今天和你没完,送你上派出所去!"

一脚踹的老婆提着她的大花裤衩,边骂边站在厕所板上,远远地看去,雪白的屁股露了一大半儿。大国子都吓蒙了,"妈呀"的一声双手捂住眼睛直喊,"我啥都没看见!我、我、我找小猴子,不是故意的!"说完扭头就跑。

我远远地看见小猴子趴在雪堆后,急得直挥手。等一脚踹的老婆提上裤子从厕所里出来时,我和大国子早已跑得没了踪影。

我俩回到仓房,二肥子忙问怎么回事,大国子惊魂未定地咽了口唾沫说:"大白腚!"

二肥子急问:"什么大白腚?"

大国子说:"没找着小猴子,我看到一脚踹的媳妇的大白腚了,有我们家老母猪的屁股那么大啦!大过年的看见这玩意儿,真倒霉!"

二肥子和其他小伙伴越听越迷糊,我急忙给解释。二肥子他们听完我的叙述,乐得捂着肚子在地上打起了滚儿,大国子拍着脑门,自己回忆了一下事情的原委,也跟着乐了起来。

大伙儿你一句我一句地拿这事和大国子逗乐子,大国子也

十、大鼻涕鬼儿二肥子（二）

不在乎，一个劲地说："真白啊，真的！就在我眼前晃悠着！"

正闹着，小猴子贼头贼脑、冻得哆哆嗦嗦地跑回来了。他摘下手套哈了哈手说，"一脚踹和他媳满大街地找大国子没找到，骑摩托走了。"二肥子"霍"地站起身来一声令下，"走，报仇去！"

我们七八个人在二肥子的带领下，迈着大步，雄赳赳，气昂昂地来到一脚踹家的大铁门前。小猴子站在道口把风，二肥子从怀中掏出个肉包子，扔进一脚踹家院里的狗窝中，那狗见了包子不哭不笑也不闹，摇着尾巴，只顾着低头吃包子。

二肥子把对联和糨糊递给我，我急忙给对联涂上糨糊，把"肥猪满圈"涂好后递给二肥子。大国子一猫腰，二肥子踩着大国子的肩膀就爬到大铁门上，把一脚踹家大铁门上贴好的横联用"肥猪满圈"盖上了。

我接着给上联"母猪生仔仔生猪"涂糨糊，还没涂一半糨糊就没了，二肥子干着急也没办法，只好从门上跳了下来。我看了看对联，乐了，对二肥子说："二肥子哥！你看看，这样更好！"二肥子看看贴好的对联也开心地乐了。

一脚踹家先前贴好的对联是这样的，上联：夫唱妇随此是聚财长富道；下联：父慈子孝才有子孙福禄绵；横批：家和万事兴。我们把横批"家和万事兴"给换成了"肥猪满圈"，这效果真是意想不到的妙，马上就变了意思。真可谓是，此联只应天上有，人间哪得几回闻不是？

我们点上烟,准备好大炮,二肥子从怀中又摸出个包子扔在狗窝旁,那狗仗人势的家伙又跑上前吃包子。二肥子又是一声令下:"点火!天女散花!"大伙儿用烟头一起点燃大炮,七八个火红的大炮从一脚踹家的大墙上飞过,刺刺地冒着火星子直奔狗窝!

那狗以为又来好吃的了,张着嘴,跳起来要接。突然一个大炮在半空中"咕咚"一声炸响,那狗被大炮连崩带吓地"嗷"的一声,扭头想往窝里跑。

晚了,一切都晚了。"咕咚!咕咚!……"大炮在狗的身边争先恐后地炸了起来。那狗早已没了往日的威风,被大炮崩得夹着尾巴,龇牙咧嘴地嗷嗷直叫,慌乱得不知道该往哪里跑,拽着铁链子在原地直转圈,以它的狗肉之躯,接受着大炮的洗礼。

狗窝上空飘荡起一团团夹杂着狗毛的灰土,那狗等到没了声响,夹着尾巴灰溜溜地钻进了窝,边哀嚎边用舌头舔着流血的爪子,好像是在说:"我错了,我再也不敢啦!二肥子哥就饶了我这条狗命吧!"

你这狗东西,你说你直到今日能知悔,何不当初莫去为?今天岂能就这般的放过你!

二肥子拍手直叫好,冲着狗喊:"炸飞你的狗爪子,看你再敢撵我!"大伙举着石头,正准备继续痛打这落水狗,这时小猴子在道口,边挥手边喊:"来人了!"

十、大鼻涕鬼儿二肥子（二）

二肥子命令道："快跑！都回家，晚上8点到我家集合。"大伙"嗖"的一下，脚底抹油般地窜了出去，各回各的家，各找各的妈。

下午，我跟家人去姥姥家拜年，吃过晚饭回来时，天已是黑黢黢的了。大红灯笼在杆上随着风轻轻地摆动着，像婀娜多姿的少女在空中翩翩起舞，那一颦一笑真是惹人浮想联翩。

赶到二肥子家集合时，只差小猴子还没到。二肥子说先等他一会儿，正好放几个钻天猴练练手。他拿出一个钻天猴，插在他爷家房檐下的雪窝里，用火柴点燃了引线，"哧——呦——"钻天猴钻出雪窝向上飞去，不曾想撞到房檐上又弹了回来，奔向了我们，吓得我们捂着脑袋就跑。没想到，那钻天猴打到地上一反弹，又改变了方向，奔着二肥子爷爷家的外屋就冲了过去。二肥子的爷爷正在外屋的供堂下虔诚地跪着，开着门、放着烟，边叨咕边烧着纸。这钻天猴疯了一样地钻进了供堂，一顿乱窜，最后"啪"地炸了个响儿，吓得二肥子爷爷东躲西藏的，险些把贡桌上的贡品撞了下来。

二肥子爷爷惶恐不安地急忙跪在供堂前，头拱着地，一个劲地磕着头，嘴里不停地念叨着："老祖宗啊！没吓到您吧！莫惊！莫惊！小孩子不懂事，一会儿我就教训他，回头多给你烧些纸钱压压惊！"说完拎起烧火的棍子就要追二肥子。

二肥子一看闯了祸，拔腿跑到大道边儿，叹了口气说："还好跑得快，要不又得挨揍。"他提了提精神喊来小猴子，让他去仓房里把夜明珠和钻天猴拿了过来。

月黑杀人夜,风高放火天。二肥子把弹药发放给我们,一挥手说:"出发,按计划行事。"几个黑黢黢的影子悄悄地潜到了一脚踹家的大墙下。也是奇怪,那狗竟然没了声响,大概是我们白天给它崩老实了,要不就是我们的脚步太轻盈,没有半点儿声响。

大伙儿把手中的钻天猴儿摆在墙头,对准了一脚踹家的窗户。接着蹲在墙角把下午没抽完的烟屁从兜里掏了出来点上火,慢慢地撕出夜明珠的引线。

二肥子带头站起身,大家用烟头点燃了夜明珠的引线,瞄准一脚踹家高高悬挂着的红灯笼,先来个"炮打小花灯"!一时间,弹丸纷纷从筒内射出,直奔红灯笼。赤橙黄绿青蓝紫,谁持彩弹空中舞?那红灯笼纵有天大的本领,怎能抵挡得住这万弹齐发,几个回合下来,便被打得千疮百孔,在高高的灯笼杆上燃烧了起来。

一鼓作气,再来个"火箭穿裤裆"!七八个钻天猴儿呼啸着飞向了一脚踹家的窗户,钻天猴打在窗户的厚塑料布上弹了回来,满院子乱飞。一时间狗的狂叫声、钻天猴的鸣叫声、一脚踹的怒骂声混成了一片。

一脚踹呀,一脚踹,你家这下子热闹了吧?二肥子带领我们组团给你拜年啦!常言道"欺老莫欺少,欺人心不明",你还是摘下你的蛤蟆镜,夹着尾巴学做人吧!

十一、值日生

年过的总是那样短暂,按风俗大年初二已经送走了年。而固执的我,坚持着要把年过到正月十五闹完花灯,等我背上军用小书包上了学,这年才算真正的结束。即便如此,这年过得还是如白驹过隙一般,忽然间结束了,留下的是那无尽美好的回忆。

坐在课桌的椅子上,我心不在焉地望着窗外,操场上融化了的雪水被阳光一照,反射出刺眼的光芒。房檐上挂着锋利的冰锥,水滴连着串地从冰锥上滑落,噼里啪啦地砸在地面上。教室中央的炉火烧得正旺,鼓鼓的炉壁四周被烧的一片火红,真担心这炉壁同那窗外的积雪一起慢慢地融化掉。

那时候学校的条件不怎么好,教室清一色的砖瓦平房。夏秋两季还好,初春和冬天这两个季节就冷得有些遭罪了。

每年到了冬天,老师总是想方设法地带领同学们共同抵御寒冷。教室的窗户先用长竹板支上,再用小板条和塑料布钉上,窗户缝也用碎棉花给堵上。班级的门框上挂条厚厚的旧棉被,正好把门裹了个严实。教室的中间再立上口大肚儿的铸铁炉子，一节节的炉筒连接在一起，一直通往窗外。

老师排了值日表，班里的同学每天轮流着来给班级生炉子取暖，打扫教室卫生。我、兴奎、士德三人分在了一组。生炉子这活儿可不是什么好差事，得保证在早晨上课前把炉火生好。这就意味着，你得起个大早，提前两个小时来班级值日。

冬天生炉火用的柴火是从学生家里凑来的，你家拿几捆毛柴，他家拿点干柴棒子，学校只负责提供煤。班级中间的那口大肚子火炉，好像永远也吃不饱似的贪婪地张着血盆大口，不管你有多少柴火多少煤总是填不够。

上了秋，学校买来了煤粉，这煤粉得和黄泥加水混着烧。这黄泥是起到增强黏性的作用，不用黄泥，煤粉和水不成团儿。

黄泥不用买，后山根下的黄泥坑里有得是。老师喊上几个体格敦实的男生，扛着铁锹、镐头，拎着土篮，推着小车去抠些回来就完活儿。

趁着天气干爽，老师领着我们在学校操场的僻静处脱起了煤坯。脱煤坯得用一种木质模具，把煤粉和黄泥按比例用水和好，倒进放在地上的模具里压实后，再拿起模具，一块煤坯就这样做好了。做好的煤坯远远看去黑压压的一片，整整齐齐地在操场边列队晾干，迎接冬天的到来。

三月的一天，轮到我们三个人值日。天还没亮，我便被母亲喊醒、起床，揉着惺忪的睡眼装上母亲给我带的铝饭盒，揣

十一、值日生

了个大地瓜,头顶着稀疏的星星,和兴奎、士德一起向学校走去。

这生炉火可不是件简单的事,毛柴早被烧光了,剩下的大柴火棒子,你要是不想点法子肯定是点不着的!世上无难事,只怕有心人;小鸡不尿尿,各有各的道。似乎没什么事能难倒我们。

趁天还没放亮,我们三个人拎条破袋子轻车熟路地来到道边的物资局门前。门口堆着一大堆沥青,我们知道,如果用这沥青来生炉火,那真是再好不过的了!

经过侦查,看大门的老头还没睡醒,因为屋子没点灯,还是黑着的。看着眼前堆得跟小山似的沥青,我们三个不由得乐了起来,精挑细选地捡了几块乌黑铮亮且正好能放进炉口的沥青块,麻溜儿地装进了袋子,背起就走。这沥青就像是自己家的一样,只不过没堆放在自己家的门口,取用时还得看看人家的作息时间罢了。

上学的路上经过荷花泡,夏天我们喜欢从泡边走过,看看别人钓鱼,再卖会呆儿。冬天我们更喜欢踩着光滑的冰面从泡子上穿过,顺便看看别人砸的冰窟窿里有没有鱼。

泡子上的冰,嘎嘣嘎嘣地脆响着,我担心这冰化了有裂缝,会掉到泡里去,不想在冰面上走。可兴奎却执意要从冰上过,一心想看看冰窟窿里有没有鱼。我和士德拗不过他,只好硬着头皮跟他一起下了泡子,来到了冰面上。

我低着头惴惴不安地看着冰面,想着赶紧走过去,这冰面实在是太危险，真掉进去那可不是好玩的了。当走到泡子中间时，兴奎兴奋了地喊了起来："鱼！鱼！鱼！大鲫瓜子，快来看！"

我和士德急忙跟上前去，只见泡子中间的一个大冰窟窿里，隔着薄冰黑压压的一片，全是鲫鱼的黑脑袋。"这鱼冻僵了好抓，你俩在这儿等着，我回班里去拿铁锹。"说完，兴奎抢过我俩的书包，头也不回地向学校跑去。

我和士德盯着冰窟窿里的鱼，看得眼睛都直了。那鱼头顶在冰面上一动不动，我俩跺了跺脚下的冰，鱼也没什么太大的反应，想必是真的冻僵了。

不一会儿，兴奎肩上扛着铁锹，手里拎着班里的小水桶跑了回来。二话不说，拿起铁锹猛砍冰窟窿上的薄冰，几下子就把冰给砍开了。他迅速地用铁锹往外捯鱼，鱼啪啪地掉落在冰面上扭动着身子。

兴奎捯鱼，我和士德便往小桶里捡。这鱼跟死鱼一样——肚子扁扁的，身体又瘦又长。不一会儿的工夫就抓了大半水桶。看看冰窟窿里的鱼也抓得差不多了，再说我们还得去班里值日，于是便拎着鱼直接来到了班级的教室。

校园一片寂静，来到班级点灯仔细看了下桶里的鱼，大概能有六斤多，没什么太大的，估摸着大点的鱼受到惊吓，都游到水底了。

看着鱼我们不知道该怎么处理，这毕竟是学校，小水桶也

十一、值日生

得给倒出来——一会儿还得用水桶打水打扫教室的卫生呢。这鱼又是不敢往家拿的,拿回家没法向父母交代——你说这鱼是在泡子的冰窟窿里抓的,准保要挨骂,没准儿还得挨揍!开学时冰雪已经开始融化,学校和家里的大人反复教导,不要走泡子,要走大路,冰面太危险!要是把鱼放在班里也不是个办法,老师来了又会发现。这可怎么办?总不能扔了吧!

正在我们犯愁的时候,教室的门开了,看学校门的老大爷走了进来,眼睛直盯着水桶里的鱼,那眼神好像是发现了什么稀世的珍宝。

老大爷笑眯眯地问:"这鱼哪里来的?"我心头一沉,这下子可完啦!这老头儿要是知道我们在泡子的冰窟窿里抓鱼,万一告诉老师怎么办?老师要是知道了,万一再告诉父母……

我们三个你看看我,我看看你,都低着头瞅着小水桶里正嘎巴嘴的鱼不知道该怎么回答。老大爷倒是看出来我们的心思,笑眯眯地又说,"是在荷花泡的冰窟窿里抓的吧?以后别去了,再去我告诉你们老师了啊!冰都开始融化了,太危险,掉泡里可就麻烦了!"

听大爷这么一说,我们才放下心来。大爷问:"你们抓的鱼要拿到哪里去?"我们三个直摇头,不知道该怎么说才好,大爷又说:"这鱼卖给我吧!"

我们三个一愣,不知道这老头葫芦里卖的究竟是什么药。兴奎问:"大爷你要吃鱼就拿去吧!用酱炖上老鲜亮了,喝点儿小酒正好!"

"你这孩子还真会说话,不是大爷馋,要吃鱼,是这么一回子事……"

原来老大爷的闺女刚生完小孩奶水不足,有人告诉他用活鲫鱼熬汤,喝完后对下奶特别有用。可是活鲫鱼在这个季节不太好弄,虽然刨冰窟窿能抓到,但是冰已经开始融化,基本没人敢去抓。所以大爷看见这刚抓的活鲫鱼高兴坏了,一个劲儿地要买。

兴奎留下几条鱼,其余的坚持要送给大爷。老头说什么也不肯白要,回值班室拿来他的洗脸盆装上鱼,硬是扔下了三块钱后,乐呵呵地走了。

看着钱,我们小哥仨真是乐坏了,都美出大鼻涕泡来了!三块钱,毕竟那时的学费才十块钱啊!兴奎说:"这钱收就收了吧,咱们三个人大清早地抓了半天鱼。鞋弄湿了、手冻僵了,遭了不少罪,也不是那么容易的,把这钱分了,正好一人一块!"

我们看着分到的一元钱红票子,大家的脸上都乐开了花。这钱是自己挣的,坚决不能交给家里。我小心地把钱装进贴身的棉袄兜里,美滋滋地想着等到春暖花开的时候,用这钱去买鱼钩、鱼漂儿、鱼线……

这鱼抓得痛快,钱分得愉快,活儿干得自然也勤快了起来。我们三个人热情高涨、不等不靠、积极主动地开始了值日生的活儿。兴奎拿柴火、煤坯生炉子,士德搬凳子扫地,我打来水

十一、值日生

往地上洒水、抹桌子、擦黑板。我和士德三下两下地就把教室打扫完毕,兴奎那炉火也着了起来,烧沥青的一股股浓烟从炉子盖的缝隙中冒了出来。

我急忙打开教室的门放烟,此时,天已微微亮了,各个年级教室外的长烟筒都冒着袅袅的青烟。开水房的热水也烧好了,我拎起暖壶打了一壶开水放到了讲台上。

"热饭吃吧!吃完好把火用煤坯压上。"兴奎看着炉火说。

大家拿出饭盒放在炉子盖上热着饭,我拿出地瓜,用削铅笔的小刀切成薄片分给他俩,在炉子上烤起了地瓜片。兴奎把留下的几条鱼拿了过来,简单地收拾了一下,一人分了两条,吱吱啦啦地烤起了鱼。士德拿出粘火勺,一人分了一个,也在炉边烤了起来。

这早饭真是够丰盛的,烤鱼、烤地瓜、粘火勺、大米干饭、酸菜炖粉条、炒鸡蛋、咸萝卜头,荤素都有,咸淡搭配。小哥仨围在火炉前吧唧着小嘴,吃得喷香有味,小肚子吃得鼓鼓的。吃完饭再从座位里拿出搪瓷茶缸,倒上一杯白开水喝上两口,那感觉给个活神仙都不换。

吃完饭,教室里的温度上来了,我把挂在炉筒上接烟油的罐头瓶摘下,清洗干净后重新挂上,兴奎用煤坯压上炉火,士德收拾了饭筷。等到中午和晚上放学后,再简单地打扫下教室,这一天的值日工作也就完成了。

天越来越亮,学校也渐渐地热闹了起来,三三两两的学生背着小书包,顶着朝日的霞光,有说有笑、蹦蹦跳跳地踏进校园大门,陆陆续续地走进了温馨的教室。

"叮、叮、叮"上课的铃声有节奏地响起,新一天的学习生活开始了。

"起立!"

"老师好!"

"同学们好!请坐!"……

十二、春游

十二、春游

  那一年的春天，阳光格外明媚，我走在上学的路上，春风痒痒地轻拂着我的脸颊。我惊喜地发现路边的一棵桃花树冒出了粉嘟嘟的花骨朵，我想那桃花一定是即将绽放，它一定是为我而开的。

  桃花如期而至地盛开了，花开的那天中午放学时，我特意地跑去小泡子找老柳头儿。大地里的拖拉机正在辛勤地耕耘着，新翻的泥土散发出春天新鲜的气息，地里的小草也冒出了新绿的嫩芽，有几个奶奶正在地里挖着荠荠菜。

  抬眼望去，小泡子旁还真有人在钓鱼——大地旁的小道上停着老柳头儿的自行车，老柳头儿正蹲在他的窝子边美滋滋地抽着烟，我疾步跑了过去，"柳爷爷，钓到鱼没？"

  "咦？是你啊！过了个冬天给你捂白啦！"

  "我变白了吗，爷爷？"

  "那是当然的了，我一个老头子骗你这个小孩做什么，不信你回家照照镜子。"老柳头儿边说边提起放在水里的网兜，鱼噼里啪啦地在网兜里翻滚着。这鱼个头真大,全都是二两左右的大鲫鱼。

"呀!你还长得壮实些了,过年净吃好吃的了吧?"老柳头儿拍了拍我的肩膀,我羞涩地挠着头笑了笑说,"是啊!过年我家杀猪,吃猪肉了!"

"你看,我说的吧!哈哈……"老柳头儿大笑了起来,随后又从包里掏出一个苞米面的菜干粮递给我说,"吃吧!我家那口子包的,荠荠菜馅的,老鲜亮了!"

母亲教育过我,不能随便要别人的东西,可是老柳头儿手中这金黄、香喷喷的菜干粮实在是太诱人了。我羞答答地接过来,毫不犹豫地咬了一大口。哎呀!里面竟然还放了油渍勒,真是太香了!

吃完菜干粮,时间已经不早了,如果回家晚了,母亲一定会训斥我,"柳爷爷,等放假我来找你钓鱼,你等我啊!"

我有些恋恋不舍,老柳头儿回答得倒是爽快,"好啊!你也别光想着玩,得好好学习!"

"嗯!"我笑嘻嘻地应了声,顺着小路向家跑去。

学校的生活并不紧张,但是很有秩序。每天上午第二节课一结束,就是做课间操的时间。课间操要做两种操,一种是"眼保健操",学校的大喇叭响起清脆的女童声:"为革命保护视力,眼保健操现在开始,第一节揉天应穴……"另一种是广播体操,大喇叭里又传出浑厚的男声:"第六套广播体操,现在开始!

十二、春游

音乐响起,第一节伸展运动,预备、开始做,一、二、三、四;二、二、三、四……"

做广播体操的时候,有两个左胳膊上戴着红杠杠臂章的学生,站在操场前的水泥讲台上领操,这俩学生一个戴着一道红杠,一个戴着三道红杠。这红杠杠是有说道儿的,不是谁都可以戴的——那可是学生干部的身份象征,红杠越多代表官越大。很遗憾,我从未戴过这红杠杠,真不知道戴上它是啥感觉。人家士德可是天天戴着的,因为他是班里的体育委员兼劳动委员。

课间操过后,大队辅导员领着几个学生干部开始检查各年级佩戴红领巾的情况,没戴红领巾的人会被记在本子上,扣班级的分。

平常做完课间操,检查完卫生和佩戴红领巾的情况后,各个班就会解散,回到教室。可是今天却有所不同,体育老师没有在大喇叭里喊"解散带回"的口令,我想一定是学校有什么事情要宣布。果不其然,烫着个波浪头的女校长挺胸昂头、不紧不慢地走上讲台,拿起麦克风说:"宣布件事,经学校研究决定,明天春游,下午全校放假准备春游物品,如果明天下雨就正常上课。"

一听春游,台下的学生炸开了锅,眉飞色舞地纷纷议论了起来。兴奎站在班级队伍的最后,冲着前排的我和士德就喊:"士德、小龙,咱们下午一起上街买吃的啊?"

"好!"我们异口同声地回答着。

春游对我来说是向往已久了的事情了,既有好吃的、又有好玩的,还不用上课,多好啊!

春游嘛,顾名思义,就是到水边、山沟去游玩,心情也是舒畅得很。中午一放学,我便跑到在市场卖菜的母亲那里伸手要钱,打算去买春游的物品,母亲怕小孩子买东西被人骗,只给了我两块钱,让我买些汽水、零食什么的,其他的东西她给我和妹妹准备。

平常汽水是很少能喝到的,这次借春游的机会,我一定要喝个够!

下午,我和兴奎、士德他们一起揣着钱,兴高采烈地上了街,在农贸市场、百货大楼、副食商店盲目地瞎逛着看热闹。

哎呀!卖东西的地方到处都是学生和家长在买春游的东西。说来也是奇怪,一春游就是好几个学校一起游,就像是约好了似的,难怪买东西的人这么多。就连母亲也意识到了这个商机,在早上还对父亲说:"多批点儿韭菜、蒜薹,这几天学生要春游,菜好卖。"

"张大妈你买肉要包饺子啊?"

"不是!这不小孙子明天春游,给他来个肉炒蒜薹带上。"

"妈!给我买点儿糖吧!明天春游带上!"

"行,春游嘛,一年就这一次,给你买!售货员,这糖怎么卖?"

"给我来根香肠,明天我姑娘春游带点儿好的,可不能让

十二、春游

同学看了笑话。"

一时间,这春游仿佛推动了红红火火的市场经济,提高了货币流通的速度……其实,我们也没什么可买的,一人只买了点儿瓜子、果丹皮、鱼皮豆之类的小食品。

我算计着留了一块钱,打算回家后去附近的小卖店买汽水用。在街里买了还得费劲地往回拿,弄不好再打碎了就太不划算了。再说小卖店卖的汽水同副食卖的价格一样,还都是"什锦汽"牌汽水。

小四子人还没到家,两个果丹皮就先造进了肚子里。他看了看书包里剩下的三根果丹皮,耷拉着小脑袋寻思了半天,一咬牙,又摸出了一根,麻利地剥了塑料包装皮就要往嘴里送,刚送进嘴里一半,又猛地给抽了出来,咂了咂舌头,咽了口口水,重新把塑料皮包好,很不是心思地又放进了书包里。想必他一定是怕吃光了,明天春游就没得吃了。可是这家伙的嘴却怎么也闲不住,一会儿又摸出一小把炒瓜子,一股脑地全塞进了嘴里。

这瓜子在他嘴里真不知道是怎么嗑的,反正他每走两步,就能吐出个瓜子皮来,一边嗑一边走,一边走一边嗑,这瓜子让他嗑得真是登峰造极绝到了家!

回到家,我躺在炕上,一想到明天就要春游啦,兴奋得怎么也睡不着。我偷偷地爬起来,把装在军用书包里的好吃的摆弄了一遍又一遍。

妈妈还给我和妹妹买了苹果和香蕉，香蕉金黄色的外表散发着淡淡的清香，虽然馋得不行，可我现在却是舍不得吃的，一定要留到明天春游时再吃。我拿着香蕉在手中把玩了一会儿，又轻轻地放回书包里。然后又忍不住地拎出一瓶汽水，"哧"的一声用牙起开了瓶盖，仰着脖颈，一小口一小口地喝了起来。汽水里饱含着碳水化合物，喝完之后打个响嗝，就像有一盆冷水从头上淋下，顿觉浑身清爽。

第二天一早，母亲正在厨房做着早饭，我急忙上前查看，想看看母亲为我的春游准备了哪些好吃的，当看到和去年春游的饭菜一样，还是大米干饭炒鸡蛋，不免有点儿失望。

吃完早饭，母亲已经用两个铝饭盒装好了饭菜，往我和妹妹的书包里一人放了一个，边放边叮嘱我们——饭盒里有香肠；香蕉别放书包底下，容易压扁了。然后又给了我和妹妹一人一块钱买冰棍吃。我这才笑逐颜开地高兴起来——没想到除了蛋炒饭，还有香肠呢！想必是母亲特意没告诉我和妹妹香肠的事，怕我俩嘴馋，惦记着睡不着觉。

刚走出家门，我发现今天的天阴沉沉的，还好天气预报说没雨，我这悬着的心也算是踏实了。记得有一次春游，走了大半天的路，刚刚到目的地，就下起了雨，这还游什么啊！校长一声令下"撤"！我们一下子全乱了阵脚，只见春游的学生一个个叽叽哇哇、叮叮当当地背着满书包的吃喝，跟着老师就往回跑，一个个弄得跟落汤鸡似的狼狈不堪，早没了人样。有的

十二、春游

人饭洒了,有的人汽水瓶碎了,还有的人解放鞋都跑丢了!这哪里是春游啊,整得跟逃荒似的,最后还是回班级吃的饭,弄得满教室里都是炒鸡蛋的味儿。

马上就要春游了!心里这个美啊!学校的集合铃一响,一个个小脑袋争先恐后地从教室里跑了出来,这身上的小书包一个个的都鼓鼓的,不知道里面都装了些什么好吃的。

队伍刚刚站好,就有几个忘戴红领巾的同学被老师撵回教室戴红领巾去了——学生就得遵守学校的纪律,特别是学校有什么大型活动的时候,更得遵守!说实话,那时候如果不戴红领巾,脖颈子总是觉得怪怪的,不自在。

学生们按班级列好了队,学校的大旗一挥——出发!浩浩荡荡的队伍涌动了起来。六年级的同学兴高采烈地走在队伍的最前面,越走步子越大;一年级的小朋友在老师的命令下,一男一女一对一对地牵着小手,跟头把式地走在最后。走着走着,一年级这帮小朋友的小手就牵不上了,队伍也没了形状。大队的辅导员老师看到这群小孩儿跟不上大部队,急忙喊:"前面打旗的压压脚步,一年级的撵不上了!"队伍的步伐慢了下来,那帮小朋友的小手再次牵上,优哉游哉地倒腾着小步,东瞅瞅、西望望的,这小手让他们牵得简直是浪费了懵懵懂懂的大好时光。

半路上,我们遇到了其他学校的春游队伍,大队辅导员又急忙喊:"快点儿走,快点儿走,走慢了好地方就让别的学校抢去啦！"这一急不要紧，原本还算整齐的队伍就像饺子下锅一样噼里啪啦地又乱了起来，牵着小手的小朋友呼哧带喘紧追慢赶地又把小手牵没了！

"快牵上！快牵上！一个看着一个，别走丢了！"班主任老师再旁边大声地发号着命令。

一路上，我们边走边唱："小鸟在前面带路，风啊吹向我们，我们像春天一样，来到花园里、来到草地上；鲜艳的红领巾、美丽的衣裳，像许多花儿开放。跳啊跳啊跳啊、唱啊唱啊唱啊，亲爱的叔叔阿姨，同我们一起、一起过呀过这快乐的节日！"

一首歌唱罢，余音绕梁之时，下一首歌马上跟上："春天在哪里呀？春天在哪里？春天在那青翠的山林里，这里有红花呀，这里有绿草，还有那会唱歌的小黄鹂，嘀哩哩哩嘀哩哩，嘀哩哩哩哩；嘀哩哩哩嘀哩哩，嘀哩哩哩哩，春天在青翠的山林里，还有那会唱歌的小黄鹂……"

我们一路欢唱地来到了春游地点，老师安排大家把东西放好后，我们围坐在杨树林的沙滩上，做起了小游戏：什么击鼓传花呀、什么丢手绢呀……不管玩什么游戏，输了的同学就要表演一个小节目，你唱歌，他打鼓，再来一段霹雳舞，一阵阵清脆愉快的笑声，在树林中迂回绵延地飘荡起来。

对了，每年春游都有一个振奋人心的游戏叫"挖宝"！这游戏很有趣，我对它总是情有独钟。游戏的玩法很简单：老师事先在一些小纸条上写上"铅笔一根"、"田字格一本"、"文

十二、春游

具盒一个"等等这些奖品的名称,然后派几个班干部在春游地点的周围把纸条藏起来,然后再让大家去找纸条,找到写有物品的纸条就可以到老师那里兑换纸条上的奖品。

挖宝开始了,同学们争先恐后地向埋宝的地点跑去,翻石头的翻石头,扒拉草丛的扒拉草丛,有的还爬到树上看看树洞里有没有,不放过每一个可能藏宝的地方。

"我找到一个!"

"我也找到一个!"

找到宝的同学们拿着纸条先是显摆一番,然后迫不及待地跑去领奖,没找到的同学瞪着大眼睛,手脚并用地继续搜索着。

在大家都忙着找宝的时候,我、士德、兴奎在一棵大杨树下正偷偷摸摸地干着"见不得人的勾当"。

"士德,你留了几个宝?"

"留了五个,两根铅笔、两个本,还有那个最大的奖文具盒也留下了!"

"你是班干部只埋宝不能挖,你把宝都给我俩,我俩假装去挖,一会儿把奖品领了,我俩一人留一个本,其余的都给你!"

"好,就这么定了!"

商议好之后,我们分头行动,兴奎在那边喊:"哎呀!我挖了一个!"我在这边也跟着喊:"哎呀!我也挖到一个!"我俩一唱一和地在士德的帮助下,顺顺利利地都挖到了宝,团队的力量被我们演绎得是如此这般的淋漓尽致……

开饭啦！我们几个围坐在一起，好菜好饭摆上可劲地造，拎着汽水猛劲地喝。兴奎勤快地遛着腿，跑到其他同学那里又划拉来点儿吃的，这野餐越发地丰盛了起来。

人生哪得几回游，痛痛快快玩儿一回。恰同学年少，风华正茂，能吃能喝，不得感冒……

可惜，这春游一年只有一次，要是再来个夏游、秋游、冬游什么的，那一定很有趣，我一定会高举着双手赞成！

一天的春游结束了，回到家，我的身子虽然躺在了土炕上，心却仍然停留在江边那片嫩绿的杨树林中，朦朦胧胧地看见兴奎和士德正招着手对我笑……

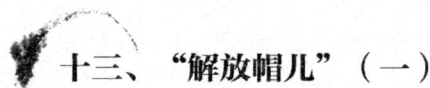
十三、"解放帽儿"（一）

太阳当头，春风拂面，水面上微波粼粼。我带着老桂头儿送我的这把韩国鱼竿来到泡子边钓鱼，这鱼竿的手感真是没得说，每次上鱼都会给你带来意想不到的惊喜。

泡子边钓鱼的人并不多，各蹲各的窝、各钓各的鱼。我正钓得酣畅淋漓，突然从身后传来了一个公鸭嗓般的声音："这孩子的窝子不错啊！一定是喂了吧，喂的什么东西？"

我回过头，一个戴着一顶洗得发黄的"解放帽儿"、背着一个黑色工具兜子的老头儿正站在我身后。

见我没说话，老头儿又说，"没喂窝子，直接甩竿就钓的？"老头儿边说边走到泡边儿，提起了我的鱼兜，嫉妒地说："这鱼还真没少钓！窝子不错，正好走到这儿了就在你旁边玩儿会吧！"

说完他摘下了帽子，帽檐儿黑漆漆、铮亮亮得像镀上了一层铁，帽边儿有棱角的地方被刷子刷得起了毛，看那样子，要是再刷几次准得烂掉。

第一眼看这"解放帽儿"老头儿,我对他就没什么好印象,不说别的,就他看我那贼溜溜的眼神,我打心底里是直膈应!人家老柳头儿那是和蔼可亲的眼神;人家那老桂头儿那是爽朗奔放的眼神,而他,一看他那眼神就知道不是什么好鸟!

他的长相也甚是了得:鹰钩鼻子、蛤蟆嘴,猪八戒的耳朵、小丑的腿,就和那小人书里画的奸臣一个熊样儿!就像是一个模子里头刻出来的!

他看了看我水中的漂儿,皮笑肉不笑地问我用什么钓的鱼?他这一开口不要紧,一股苦辣酸咸、腥兮兮、臭烘烘的味道扑面而来,弄得我都不敢和他面对面地说话,只能捂着鼻子、指了指地上装着蚯蚓的罐头瓶子。他倒是很实在,没经过我同意,径直弯下腰,从瓶里拿走了三条蚯蚓。我是不想给他蚯蚓的,可他已经拿走了,我没办法,只能干瞪着眼——一共才有五根蚯蚓,竟然让他一下子拿走了三根,这不就是明抢吗?

"解放帽儿"抢完了蚯蚓,从他那破旧的黑兜子里拿出一把"竹节插竿",接好竿子绑上线后,紧挨着我的窝子,钓起了鱼。我向他抛竿的窝子看去,只见平静的水面如镜面一般的光滑,却怎么没看见有鱼漂儿呢?莫非这老头钓鱼不用漂儿?那该如何判断鱼是否咬钩了呢?真是奇怪得很……

我的漂儿在水面上直挺挺地被鱼给顶了起来,这漂儿送得稳稳当当、漂漂亮亮,提竿时手感沉兜兜,似乎有鱼在动。拽鱼的感觉美滋滋、甜丝丝,真叫一个爽!没几下,一条二两多

十三、"解放帽儿"（一）

重的大鲫瓜子就进了我的鱼兜子。

"解放帽儿"看见我钓上了鱼，急得忙起竿，看看钩上的鱼饵还在不在。这时我才看见他的鱼线上串着七个不知道用什么东西做的块状物，我想这应该就是他钓鱼用的漂儿。我又仔细地看了一下，原来，这漂儿进了水里贴着水面只露出了三小块，另外的四块悬在水中，看起来就像天上的北斗七星一般。

说来也是奇怪，我的竿能钓上鱼，可他那竿还是没有动静。这"解放帽儿"看自己钓不到鱼就起了竿再抛，还是没有，就再起竿再抛……在不知不觉中，他的漂儿一点一点地向着我的漂凑了过来，这明显是要蹭我的窝子啊！他一点一点地蹭窝子似乎还觉得不过瘾，后来竟把他的漂儿直接扔进了我的窝子里，一边扔还一边恬不知耻地说："小孩儿，咱俩比个赛，看看谁钓得大，谁钓得多！"

我这个郁闷、这个气愤啊！心想，你这个老头儿在忽悠谁玩呢？我好歹也是个正在接受九年义务教育的学生，虽说没能学得圆满，只学了点儿皮毛上的科学文化知识，但是我深深地知道——你"解放帽儿"分明是看我的窝里有鱼，跑到我的窝子里捡便宜来了！你这个老家伙还好意思说什么"小孩儿，看看咱俩谁钓得大？"你怎么不说小孩儿，看看咱俩谁大呢？你还戴个解放军帽，真是往这神圣的帽子上抹黑啊！人家解放军不动群众的一针一线，夜晚行军打仗，宁可睡在大道边上，也不会到老百姓家里蹭炕睡。可你这老头儿却和土匪一样——除了抢还是抢，真不知道你还会干点儿啥？

我的心情本来挺好的，被"解放帽儿"一闹，都没心思钓鱼了。可我又能有什么办法呢，这泡子也不是我家的，再说我小，人家老，我也根本舞弄不过人家，更也不敢说什么，只能在内心里默默地忍受着、痛苦地抗争着……

但换个角度一想，既然他说比比谁钓得大，那就和他比试一番也好，让他也见识见识我钓鱼的本事！我的塑料漂儿和他的"北斗七星疙瘩块漂儿"紧挨着，我绷紧了心弦，屏住了呼吸，双眼恶狠狠地盯着我的漂儿，心里憋着这股火，全都发泄在这小小的鱼漂儿身上……

可气的是，我心里越是着急，这漂儿越是不争气，半天也没见个动静。我心想啊，可不能让这"解放帽儿"小瞧了我，我非得弄条大鱼压倒他不可！今天我要是不给他点颜色看看，让他知道知道我的厉害，以后他还不得往死里欺负我？他到我的窝子里蹭鱼倒是小事，要是让他赢了，他一得意忘形，再嚣张起来那还了得？弄不好再来个鸠占鹊巢，把我心爱的小草窝也直接抢了去可怎么办？这小草窝可是老柳头儿给我选的，他选的窝子鱼多得自然是不用说的——人家钓的鱼比我吃的米饭都多！我这么说可是一点儿都不夸张，想想那年头，谁家能天天吃上白米饭？

我越想心里越乱，越乱心里越急，越急这漂儿还越是不争气！我被煎熬得实在受不了，心想，是不是没饵了？于是提起

十三、"解放帽儿"（一）

竿看了看，鱼饵仍在，只是蚯蚓被水泡得有些发白，索性换个新饵接着再来！

我又看了看眼前"解放帽儿"这北斗七星疙瘩块漂儿。嘿嘿！他的漂儿也是老老实实地浮在水中，看来他也没比我强到哪儿去。

看看我这名门正派的塑料漂儿，再看看"解放帽儿"那邪门歪道的七星疙瘩块漂儿，他的漂儿悬浮在水里就像条蜈蚣，鱼没咬钩的时候，就像条死蜈蚣似的安安静静地趴在水里，鱼若是咬了钩，我想这条蜈蚣一定会摇头摆尾地活起来。刚一想到这儿，"解放帽儿"的蜈蚣突然动了起来。哎呀！不好！有鱼咬老头的钩了！我的心跳骤然加速，心中默默地祈祷："一定是小鱼闹钩，咬不上！就算咬上也得跑！不跑钓上来也肯定是条瓜子鲫！"

"嗖！""解放帽儿"一个大力扬竿，我还没来得及看清钓没钓到鱼，铅坠便带着双钩飞到他后脑勺儿的大地里去了。只听见从大地里传来轻轻的一声"啪"，不知是什么东西被甩落在了地垄沟里。"解放帽儿"高举着鱼竿，鱼线、鱼钩、鱼漂儿像商量好了似的，都围着他的身体不停地转着圈儿，他放下竿就往地垄沟里跑。

好生奇怪，他到底钓上了什么鱼？难道钓上了传说中会飞的鱼不成？连给我看清楚的机会都不给，就直接飞进大地的地垄沟里去了……

我正在努力的寻思（想）着，"解放帽儿"攥着拳头从大地返了回来，还边走嘴边骂："你个小玩意儿还嘚嘚瑟瑟地咬钩？就你这小嘴也能咬上我的大钩？让你贪吃，我让你贪吃！白白浪费老子一段蚯蚓，一会儿把你直接晒成干！"

"解放帽儿"摇头晃腚地走到我身边，慢慢地摊开他紧握着的拳头冲我说，"我先钓上鱼了啊！你看，虽然是条小草鱼，但是也是一条鱼！论条数的话，从咱俩比赛算起，你一条没有，我钓到了一条啊！"他的掌心里有个柳树叶大的长条东西，表面裹着一层黑黑的泥土，若不是这东西挣扎地跳了几下，我还真就没看出来这竟然会是一条鱼。

"解放帽儿"胳膊一扬，那鱼被他扔到了身后的地上，鱼蹦跶了几下慢慢地安静了下来。我想去把鱼捡回来扔回水里，可是好好地想了想，就算把鱼再放回水里，也未必能保住它的小命。你想啊，这条可怜的小鱼，先是被"解放帽儿"在手心里攥了个半死不活的，又被他一摔一晒，这一顿折腾下来，"解放帽儿"已经给它判了死刑，我能怎么办？

虽说救鱼一命，胜造七级浮屠，怎耐我无回天之术，看来这小草鱼我是救不了了！小鱼啊，你闭上眼睛安息吧！等"解放帽儿"这个坏老头走后，我挖个坑儿给你埋上，不让你去做那孤魂野鬼。尘归尘、土归土，来处来，去处去，愿你来生变成一条大草鱼，只咬我的钩吧，我会善待你的，相信我！阿门……

我在心里超度完小草鱼之后，可得再加把劲钓鱼了，人家

十三、"解放帽儿"(一)

"解放帽儿"好歹不说也弄了条鱼,我坚决不能输给他!不是咱输不起,如果输给了一个连我都看不起的人,那岂不是让天下钓鱼之人笑话!今后我还有什么脸在这个小泡子混?

想到这儿,我回过神儿来,突然发现我的漂儿没了!我赶紧提竿,竿尖一弯,那种熟悉的颤抖的感觉从鱼线传到了鱼竿,又从渔竿传到了我的手心里,再从我的手心传到了我的全身!我心中大喜,禁不住地喊了出来:"有鱼!"

"解放帽儿"那双贼溜溜的眼神"唰"地一下甩了过来,看着我水中的漂儿,耷拉着一张老脸对我喊:"往那边拉,往那边拉!小心点,别挂着我的线!"

这韩国竿子太软,我越想往我这边拉,那鱼越是往"解放帽儿"的七星疙瘩漂的方向跑,他吓得大叫一声,"不好!"一个旱地拔葱拎起了鱼竿。

只见那七星疙瘩漂儿带着钩"呜"的一声,如一道闪电朝着"解放帽儿"的脑瓜子奔了过去,他扭歪着老脸急忙躲闪,"哎哟、哎哟"地发出令人不寒而栗的吼叫。只见"解放帽儿"戴的那顶帽子被他的鱼钩钩飞了,露出个溜光铮亮的大秃头!鱼钩挂着帽子在空中转起圈来,"解放帽儿"想伸手抓又怕被钩扎到手,眼睁睁地看着帽子在空中飞舞,手足无措地不知道该如何是好。

看着"解放帽儿"这狼狈的熊样,真是给我乐坏了!想笑还不敢笑,不笑还憋得慌,直到憋得"噗"的一声,一个响屁崩了出来，我浑身上下顿时轻松了许多。

"解放帽儿"一门心思全扑在他那挂在鱼钩上的帽子，没心思注意我的一举一动，想必他一定没看见我在嘲笑他，要是看见了，我肯定就摊上大事了，按他的性格，他不把我扔水里喂鱼都怪了！

这鱼还颇有些力道，我感觉手中的竿子越来越沉，左窜右窜的就是不走直道。我气运丹田，狠憋一口气，使劲向上一扬竿，鱼终于浮出了水面。咦？这鲫鱼也不大呀？看起来还不到三两重的样子，竟然有这么浑厚的力量！钓个半斤大的鱼也没它这么费劲，这鱼难道是练柔道的吗？

这鱼势头正旺，居然在水面上横逛起来，左摇右摆个不停，我握紧了竿子不敢掉以轻心。"解放帽儿"干脆把竿子放到岸边，蹲在地上，摘鱼钩上的帽子，他边解鱼钩边自我安慰说："多亏是自己做的鱼钩，没有倒钅戋刺，要不准得把帽子给剐坏了！"

我好不容易才把鱼拖到岸边的浅水处，鱼躺在水里大口地吸着水。一看这鱼我就纳闷了，这鱼嘴上怎么没有鱼钩呢？再仔细瞅瞅，哦！原来是这么回事啊！其实这鱼并不是咬钩钓上来的，因为我清清楚楚地看见一把鱼钩正挂在鱼的后背上。怪不得鱼的力气这么大，左右摇晃得半天搞不上来。

我心想：""解放帽儿"，你只不过钓了条小草鱼，我这条大鲫鱼有你那小草鱼十几倍大了吧！你输定了，看你还敢再欺负我不？瞧不起谁啊！你个坏老头给我滚犊子，有多远就给

十三、"解放帽儿"（一）

我滚多远！别占着我的窝子乱拉屎！"

"解放帽儿"戴上帽子，两眼冒着绿光地盯着鱼说："真是见鬼了，这大鲫瓜子也能让你挂上来，你那软绵绵的面条竿子怎么还没被挂断呢？"

就知道"解放帽儿"的狗嘴里吐不出象牙来，常言说得好："良言一句三冬暖，恶语伤人六月寒。"听了他的这句话，我的火就不打一处来，心想你这老头算是个什么东西，蹭我的窝子钓鱼不说，又诅咒我断竿子！老没个老样的，你就是只癞蛤蟆——不咬人，但膈应人！

我左手扬起竿子，右手提起鱼线，想把鱼拎上岸。我这一提线不要紧，鱼使劲地一个翻身，脱掉了鱼钩，一个猛子，不见了踪影……

我傻愣愣地站在岸边，这个恼火啊！什么时候跑鱼不好，偏偏在这个关键的时候跑！哎！也是怪我着急了，要是慢点儿的话，这鱼也跑不了！鱼好不容易都拽到岸边了，那个"解放帽儿"也不上前帮帮忙，哎！这"解放帽儿"一来，我这运气都跟着糟糕起来了！

看着光秃秃的鱼钩，上面只有一片鱼鳞挂在鱼钩尖上，看得我心烦气闷。这时身后又传来了"解放帽儿"阴声怪气的嘲笑声："跑了吧？我早算计到了，这一把不是竿断就是鱼跑。你现在可是一条也没钓着，我现在还是以一条小草鱼领先你啊，哈哈！"

"解放帽儿"说得有道理,人家毕竟钓到一条小草鱼,咱这大鲫瓜子即使不跑,也是瞎猫碰到了死耗子,不是正儿八经钓上来的,就算是赢了,也是胜之不武,赢得不光彩。

十三、"解放帽儿"（二）

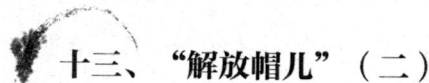

看看天上的太阳，估摸着也有下午一点来钟了。我想回家吃口饭，又怕"解放帽儿"在我回家吃饭的空当钓到鱼，那样我就得不偿失了！索性我饭也不吃了，赶紧下杆，不打败这个"解放帽儿"老头，哪里还有脸吃饭！

就这样，我们两个漂儿挨着漂儿、人挨着人，不知道的人还会以为我们两个人是一起来玩儿的，可是一起来玩儿得也不会离得这么近吧！因为离得近，我终于看清了"解放帽儿"的漂儿是用鹅毛管做的，铅坠很小，灵敏度极高。

这鱼也是怪，上午咬钩咬得好好儿的，我连着钓上来好几条鱼。可自打这"解放帽儿"来了之后，鱼咬钩轻了不说，现在连咬都不咬了。我的漂儿就像东海龙宫的镇海之宝——定海神针一样，笔直地竖立在水面上，"解放帽儿"的漂儿更像是一条死蜈蚣似的，悬在水里一动不动地探着个头儿。

"解放帽儿"渐渐地松懈了下来，从包里拿出一个军用水壶，打开盖子"咕咚"地闷了一口，然后又"啊"的一声吧唧下嘴儿，自言自语地说："好酒啊，够劲。"然后又急忙地拧上盖子，瞧他那德行，好像是生怕壶中的酒会挥发掉似的。喝了口酒之后，他倒是舒服了，可随之而来的却是一股浓浓的酒味夹杂着他身上特有的体味扑鼻而来，呛得我直犯迷糊！

"解放帽儿"喝了口小酒后，一下子兴奋了起来，嘴里像母鸡下蛋似的，再也闲不住了，忘我地唱起了二人转，"正月里探小妹啊正月正，西厢下院哪走出了崔莺莺，遇见了张君瑞呀。妹呀，红娘把信通啊咿儿呀儿哟！二月里探小妹啊龙抬头，小秦重大街上卖过香油，遇见了花魁女。妹呀，二人把情偷啊啊咿儿呀儿哟……"

二人转可是我们东北这喜闻乐见的民间艺术瑰宝，那调儿、那味儿贼拉的纯正，男女老少无不喜欢。可二人转从"解放帽儿"的嘴里唱出来就彻彻底底地变了味儿，就像他那臭气熏天的口臭气味一样，听得我是挠心抓肝的，跳到泡子里喂鱼的心都有！

"解放帽儿"玩的挺好，自己把自己给唱陶醉了，仿佛真有个妹子在他身边似的，越发地讨人厌恶！我真恨不得一脚把他踢泡子里让他舒服到家得了！但是说句实话——我还真没那勇气。

恍惚间我看见"解放帽儿"那悬在水里的死蜈蚣竟轻轻地晃动了一下，我以为是自己眼花了，定了定神仔细瞅去，死蜈蚣确实是活了起来，正频频地探着头。老头正唱到"正月

十三、"解放帽儿"(二)

里来龙抬",那"头"字还没唱出来,竿子已被他猛地抬了起来,"嗖"的一下子,鱼线被拉得笔直,竹子做的鱼竿尖又顷刻间低下了头……

大事不好,"解放帽儿"这老家伙又上鱼了,看起来还是个大家伙!果不其然,一条宽大的板鲫被他拉出了水面,鱼用力地在水面上扑腾着……

"解放帽儿"力气倒是不小,这鱼被他拉得直往岸边走,走着走着,鱼一个变向,竟奔着我的漂儿蹿了过去。

"把你的竿子赶紧给我起了!""解放帽儿"歇斯底里地喊道。晚了,一切都晚了,那鱼带着他的线与我的线没几下就难解难分地搅到了一起。我再想提竿线也来不及了,鱼把两把竿子的线绕了个实在!我这一提竿子不要紧,"解放帽儿"竿子的线也松了下来,鱼借着这个机会,摇头摆尾地跑路了。

这下子可把"解放帽儿"给气坏了,贼溜溜的小眼睛被气斜了,鹰钩鼻子被气歪了。他怒气冲冲地对我吼道:"都怪你!这么一条大鱼都让你给放跑了!我说我今天右眼皮怎么总在跳呢!原来遇到你这个倒霉蛋儿,就没做个好梦!""解放帽儿"的嘴里不干不净地嘟囔了起来……

我心想:你跑鱼跟我有一毛钱关系啊?我在我自己的窝子钓鱼钓得好好儿的,倒是你跑到我窝子来祸祸我的,现在反倒倒打一把埋怨起我来了?什么玩意这是!再说我的线老老实实地待在水里纹丝不动,是你这个老头的线,挂到我的线上了,怎么还是我把鱼弄跑的呢?

我故意地气他说:"这条鱼大是大,可惜跑掉了,真可惜啊!"他被我这话气得就像那离开了水的鱼一样嘎巴着嘴,半天才憋出一句话,"跑了也比你没钓到强,起码我还钓到一条草鱼!"

哎!这句话正中了我的要害部位,给我打得又没了精神。

我俩在岸边解开缠在一起的鱼线时,我发现"解放帽儿"的鱼钩应该是自己做的,因为这钩非常的粗糙,甚至连倒伐刺都没有,难怪跑鱼。

整理完毕,我俩重整旗鼓,漂儿又回到了水中。这次我的漂儿刻意地离他又远了些,而他的漂儿则完完全全地悬在我窝子的中央。这只大老鹰已经完完整整、彻彻底底地把我这只小麻雀的窝给霸占了去,我这只小麻雀却只能忍气吞声、哀叫着在窝边徘徊,惊慌地观望着老鹰的一举一动。

大半个小时过去了,我俩的漂儿一动不动地连条小鱼都没钓到。看来是"解放帽儿"跑的那条大鲫鱼闹得厉害,鱼一定是炸窝跑光了,这窝子里要是没鱼,那还钓个什么劲儿啊!我想收竿回家,可又一想,如果就这样走了,人家"解放帽儿"岂不是以一条小草鱼取得了比赛的胜利?不行,我绝不能就这样输掉了比赛!我要接着钓!

"解放帽儿"也稳不住了,嘴里嘟囔着:"还不是因为你把大鱼放跑,炸了窝子,这一时半会儿是不会有鱼来了,看

十三、"解放帽儿"（二）

来不喂是不行了！"他边说，边从包里摸出个铝饭盒，小心翼翼地打开了盖子，一股咸臭的味道慢慢地在我俩身边扩散开来……哎呀！这是什么味道啊！

饭盒里的东西表面长了一层厚厚的绿毛，"解放帽儿"满不在乎地用手把绿毛拨开，一点点地露出了像粪便一样的东西。啊！是发了霉的大酱，难道他这是要用这发霉、发臭的大酱来喂窝子不成？我不禁纳闷起来……

"解放帽儿"抓了两把长了绿毛、发了霉的大酱，又揉成了两团，对着他那趴在水里的死蜈蚣就扔了过去。"咚！咚！"两团子大酱落入水中，他的脸上露出了猥琐的奸笑。他把他的双手放到鼻子前猛吸了两下，整个人如梦似幻般的沉浸在了臭大酱那别有一番的滋味之中。

"解放帽儿"眯着双眼，感觉有点儿忽忽悠悠地飘，半天才缓过神来，睁开了眼在泡子边洗了洗手之后，又回头小心翼翼地把饭盒盖好，当宝贝似的放回了包里。随手又从包里拿出酒壶，拧开盖子"咕咚"一声喝下一口酒，一脸奸笑地瞥了我一眼，小曲又跟着哼哼了起来："王二姐在北楼哇，眼泪汪汪啊！叫一声二哥哥呀，咋还不还乡啊！哎哎咳呀！想二哥我一天在墙上划一道，两天道儿就成双。划了东墙划西墙，划满南墙划北墙。划满墙那个不算数呢，我蹬着梯子就上了房梁！要不是爹娘管得紧哟，我顺着大道哇，划到沈阳啊哎哎咳呀！"

我的妈呀！我可受不了啦！都快被这老头子给折磨死了。

你说这臭大酱能喂鱼吗？你这老头子难道是要做酱焖鲫鱼不成？你要是想做，就回家做去，爱怎么做你就怎么做，你用大粪焖我都不反对！可现在你却把这烂东西扔泡子里，这分明是要把整泡子的鱼一锅焖的节奏啊！

我这小草窝恐怕是要废掉了！你想啊，"解放帽儿"的这等神饵一入窝，何等鱼儿能扛得住啊？君不见，大酱入水咚咚响，窝水浑浊变粪汤；君不见，小鱼窝中翻白肚，东奔西游跑路忙！

这鱼我可是不钓了，本想好好弄条鱼和"解放帽儿"比试一番，看到这形势，我还是拉倒吧！不管能不能钓到鱼，我也实在是忍受不了"解放帽儿"对我人间地狱一般的折磨了！我就像那窝子里的小草鱼，这一口臭大酱水不把我呛晕都怪了！人家鱼儿都知道"闪"，我要是再不跑，我的书都白念了！

兵法有云："三十六计走为上"，我赶紧收竿、跑路、走人。"解放帽儿"看着我要收竿，嘲笑说："还没比完呢！走什么走，你输不起了吧！"

我一口气地收拾完竿子，头也不回地直奔家去，走出能有百八十米，突然想起鱼兜没拿，急忙扭头返了回去。刚一到窝子旁，我就看到"解放帽儿"正在窝子岸边拎着我的鱼兜美滋滋地看着我的鱼。他看得正入神，我的出现给他吓了一大跳。原本美滋滋的脸一下子拉下来，挤眉弄眼、不怀好意地说："这鱼你还要啊？我以为你不要了呢，正好我拿回去炖上，喝点儿

十三、"解放帽儿"（二）

小酒。"

"这鱼是我一大早到现在辛辛苦苦钓的，怎么就不要了？我只不过是忘记拿了。"说完我伸手去拿鱼兜，"解放帽儿"看看鱼，又看看我，极不情愿地把鱼兜还给了我。

我正要走，他说："咱俩钓鱼比赛你输了，再说你弄跑了我一条大鲫鱼，你得给我些补偿吧？"还没等我说话，他一把抢走我的鱼兜，贪婪地在我的鱼兜里挑起了鱼，边挑边说："挑几条大的明天上坟摆供用，鱼小了老祖宗该不高兴了！"

哎！几条大鲫鱼都被他拿走了，我咬着牙，也没说什么话，默默地向家里走去，此时愤怒的火焰已经在我的心中熊熊地燃烧了起来，我那小心脏啊，都要被烧化了！"解放帽儿"啊，你欺人太甚！俗话说："欺老莫欺小，欺小心不明！""解放帽儿"你等着，我也不是好惹的！咱俩的事是大地里的白菜，你就等着秋后算账吧！

回到家，我的心情久久不能平静，满脑子都是"解放帽儿"那张丑八怪的脸……

"解放帽儿"用大酱焖上了抢我的那几条大鲫鱼，这给他馋的，不时地就揭起锅盖抠口汤尝尝。鱼终于炖好了，"解放帽儿"坐在桌子旁喝着小酒就着鱼。这老家伙吃鱼是整条的吃，只见一条大鲫鱼从头至尾顺进了他的癞蛤蟆大口，他眯眯着眼睛嘴一抿、口一张，一副完整的鱼骨头就从他口中吐了出来。他拿起这副鱼骨架仔细地看着，像是在欣赏一幅艺术品。呀！

怎么还有一小块鱼肉挂在骨头上？"解放帽儿"伸长了他那长着绿毛的舌头，往那带肉的骨头上一舔，肉便卷进了他的口中，他猛地喝上一大口酒，连连叫香！他又贪婪地夹起一条大鲫鱼送入口中，一唧啦嘴，鱼肉入肚、鱼骨又吐了出来。他使劲地往下咽着鱼肉，越咽表情越是痛苦。他张开他的大口用右手指在嗓子眼里一顿乱扣，扣得直吐血，扣得他嗷嗷直叫唤。他扭曲着脸，面目狰狞，豆大的汗珠子顺着额头往下淌。"解放帽儿"张着大口不敢闭合，就像是挂在钩上的鱼一样。他哈着粗气，拿起筷子又在他的嗓子眼儿一顿乱捅，疼得他站也不是、坐也不是，躺在地上直打滚，哼哧哼哧地哀嚎着。

哈哈，"解放帽儿"啊！这就是报应啊！让你抢我的大鲫瓜子，我的大鲫瓜子是你能吃的吗？活该！鱼刺扎嗓眼里了吧？只听见"哈哈哈"一阵笑声，原来我被自己的梦里的笑声惊醒了。

……

窗外月明星稀，四周一片寂静，我的身上泛起了一阵阵寒意，被子不知什么时候被我蹬到脚底下去了。我急忙拉回被子裹住身体，心里暗骂："这死老头儿，害得我睡觉都睡不消停，都跑我梦里面来了……"

十四、看电影(一)

春来不是读书天,夏日炎炎正好眠;秋有蚊虫冬有雪,一心收拾待明年。

春日的阳光穿过班级的窗玻璃,暖洋洋地抚摸着我的脸庞。我迷迷瞪瞪地看着黑板,老师正在黑板上奋笔疾书,掉落的粉尘在刺眼的光线里飞舞着。

我不争气的眼皮还是打起了架,我有心拉架却力不从心,心中不由地感叹——哎,随它去吧!正在朦胧中,我的脑门中了一弹,人一哆嗦,立刻清醒了起来。

老师还在黑板上抄着数学题,根本就没空搭理我,这一弹定不是老师用她的绝技——弹指神功所发,我低头搜索也没有找到她的独门暗器粉笔头。正在我四处张望之时,兴奎正瞅着我嘿嘿地乐,并用手指了指我课桌前的地上,一个小纸团正安安静静地躺在那里。我捡起纸团展开,兴奎那歪歪扭扭的字呈现在了我的眼前,"晚上去看电影,新武打片。"

一看是要看电影,我这觉是没法睡了,课更是听不进去了,满脑袋胡思乱想着全是看电影的情景。

那时候有两个地方能看到电影,一个是在电影院里看,一个是在室外的野场子看,到电影院看是要买票收费的,看野场子不用票,完全免费。

最有名的电影院叫"东方红电影院",那时候以"东方红"这三个响亮的大字来命名的东西实在是太多了,什么"东方红拖拉机"、"东方红小学"、"东方红汽车"的屡见不鲜。

"东方红电影院"这几个字印入眼帘,墙上挂着电影的宣传海报。电影院有两个门,一个正门,一个侧门。电影开场检票时真是热闹,人挤着人,人挨着人的,生怕进去晚了,电影已经开演了。

这看电影的人多拥挤,正好给了那些想浑水摸鱼逃票的人一个有机可乘的机会。逃票的人夹着塞儿,混在人群中往入口处,若是被检票员发现没票,就扯着脖子喊:"票在后面人的手里啦!"还没等检票员反应过来,人早都挤进电影院里去了,电影院里面黑黢黢的,又满是人,想找都找不到。

我和兴奎他们看电影从不买票,有买票的钱还不如买点好吃的来得实惠!再说我们也没什么钱。我们到电影院逃票看电影,用的是最简单粗暴且行之有效的一种方法——跳大墙,这种方法最原始,风险也最大,而且这可是个体力加胆量的活儿,弄不好就会摔伤自己。

进了电影院的大门,就会看到墙上挂着马克思、恩格斯、

十四、看电影（一）

列宁、斯大林等等这些伟人的头像，再进去一个小门，就是座位区，一张大白布挂在前台的中央。最后一排的上面是电影放映室，灯一闭，电影一开演，放映机就"咔咔咔"地转了起来，一束白光直射到大白布上，电影画面晃晃悠悠地就出来了，这对于我来说，就像神话故事那样的奇妙。

电影一般晚上放两场，有时来了新电影还会再加场。那时候看个电影不容易，看完第一场，总是偷偷摸摸地跑到厕所里，等到第二场开场了，连着再看一遍。不知为什么，那时候的电影就是看不够，看一遍不够，看十遍也不够。

野场子电影是在露天里放的，也叫露天电影，这电影受天气的影响太大，下雨放不了，刮大风也看不了。野场子电影一般都在农村、乡镇的学校操场或打谷场这些平坦宽阔的地方放，看野场子电影比看电影院里的还过瘾，既热闹，还不用花钱买票。遗憾的是，看野场子电影，得自己准备小板凳，还要提前去占地方，去晚了就没地方了，坐到后面的话，看的也不清楚。有放野场子电影的地方，那里一定是过年般的热闹。四面八方的人，赶集似的向着野场子电影的大白布涌去。有拉着满满当当一箱板人的；有拖家带口开着拖拉机来的；有骑着自行车前大梁、后车座带着小孩来的；有赶着毛驴车拉着大姑娘、小媳妇来的；还有胳肢窝下夹着个小凳子、三五成群边说边笑走着来的。

这露天电影不收费倒是件好事，走村串屯地放，也方便群众。就是这露天电影没人管事，秩序混乱，卖东西的、孩子哭闹的、为了争地方吵架的，看的真是不消停！夏秋两季看野场子电影还真有点儿遭罪，蚊子、小咬（一种类似蚊子的昆虫）太多，每次看露天电影，都是这些昆虫聚众会餐的时间，不论是什么血型，只管让它们尽情地喝！而任凭它们鱼肉的我们，一个个一定都是轻飘飘地来、沉甸甸地走，不让蚊子给你叮个满身大包都奇了怪了。

不管怎样，大伙儿对这野场子电影还是情有独钟、厚爱有加的，有的人甚至为了看电影会追着放映队跑好几个乡镇，这个乡镇放完了，就跟着放映队往下个乡镇跑，不看个舒舒服服地不罢休。

父母那代人，对那些年他们看过的电影有着深刻的感触和精辟的评价——中国电影新闻简报，朝鲜电影又哭又笑，越南电影飞机大炮，阿尔巴尼亚电影又搂又抱。

在我的记忆里，印象最深的是"八一电影制片厂"和"上海电影制片厂"出品的电影。"八一"出产战争片，"上海"出产美术片，这两类题材的片子，对我来说是百看不厌的。特别是"八一"出产的电影，电影开场有个片头，伴随着气壮山河的军歌进行曲，火红的五角星里镶嵌着"八一"两个金黄色的大字，出现在大屏幕上，迎面而来，光芒万丈！屏幕底下清晰地印着"中国人民解放军八一电影制片厂"。每每听到这音乐、看到这画面，我总会有种莫名的兴奋与震撼，浑身上下充满着

十四、看电影（一）

取之不尽、用之不竭的力量。有的黑白老电影在开始播放前还有段毛主席语录的字幕，伴着字幕的是那慷慨激昂、铿锵有力的解说词："伟大领袖毛主席教导我们……"《地雷战》、《地道战》这些老电影不知道占据了我多少儿时的记忆。

吃过晚饭后，我们大伙儿如约而至，在兴奎家碰了头。小四子这家伙不知道从哪里打听到的信儿，赖赖叽叽地也要跟着去。我们都不同意带上小四子，不是我们不尊老爱幼，嫌弃小四子年龄小。主要是这家伙长得也实在是太小了，小鼻子、小眼儿的倒是无所谓，小胳膊、小腿的实在是让我们犯了难，要知道这是要翻高墙看电影，不是去钻地道打鬼子。电影院的高墙他怎能翻得过去？如果他被抓了，顶不住人家的威逼利诱，那还不得把我们都供出来？瞅他那个熊样也不是什么钢铁战士的料，准会连累我们。

怎奈兴奎经不住小四子的软磨硬泡，他还是像狗皮膏药般的贴在兴奎的后屁股上，兴高采烈地和我们一起上了路。

来到东方红电影院门前，天刚抹黑，售票处的牌子上写着"今日上映电影：武打片《无敌鸳鸯腿》"。

哎呀！真是武打片！这给我们眼馋的，眼睛都亮了起来。

电影已经开始检票了，看电影的人拿着票蜂拥着往门口挤去。我们几个不着急，这跳墙逃票看电影得等机会，因为电影检票时，院墙里面一般都会有人把守，专门抓跳墙的。我们得等人都进了场、大门一关，里面传来放电影的声音时，院墙里把守的人基本就撤了,这时候才是跳墙的最好时机。

电影院前有卖冰棍、瓜子的。这瓜子按杯卖,一毛钱一小杯,两毛钱一大杯,瓜子摊前摆着个嘎斯灯照明。兴奎买了一小杯香瓜子,每人分了一小把儿,大伙儿边嗑着瓜子边等里面的电影开演。光嗑瓜子不过瘾,士德又买了两根冰棍,你咬一口我咬一口地分着吃起来。剩下的一块冰棍带着棍儿统统给了小四子。这冰棍让他吃的,冰棍的棍儿放进嘴里也能咂上个三五口。

"铃……"电影院里面传出了悦耳的铃声,电影即将上演,我们不由得激动了起来。只听"咣当"一声,入口处的大门关上了,电影的声音慢慢地从里面传了出来。兴奎带着我们迫不及待地往电影院的侧门跑——我知道侧门那边有道大墙,翻墙跳进去就是电影院厕所的小道,顺着厕所的小道遛进电影院里,就能美美地看上电影了。

到了侧门的后墙,大伙儿摩拳擦掌地热热身子,正准备飞身上墙,谁知往墙上一瞅,一个个都傻了眼。哎!真倒霉,好不容易兴致勃勃地来跳墙看个电影,不知道哪个缺德的在大墙头上抹上了水泥,水泥倒是不打紧,可问题是这水泥上还插上了锋利的玻璃碴子!看着插在墙头密密麻麻的玻璃碴子,我不寒而栗,心都紧紧地揪在了一起,不由得望墙兴叹起来。

就在这时,电影院里面传来了"嘿!哈!啊!咣当!噗!啪!"的打斗声,这给我们急得真是没着没落的。小四子踮着脚尖,脸紧贴着侧门的门缝往里看,边看边说:"兴奎啊!里

十四、看电影（一）

面干起来了，那女的小飞脚老厉害了，一脚又干倒了一个！哎呀！躲啊！快躲啊！后面的坏蛋拿刀上来啦……"

小四子的解说很到位，我们几个禁不住诱惑也跑上前去，挤着小脑袋、抻直了脖子、瞪大了眼睛使劲地往里瞅。里面有门布挡着，只能看见电影屏幕的一个小框框。一会儿一个留着大胡子、拿着单刀的官兵跑进了小框框；一会儿一个扎着小辫、束着腰的女子跑进了小框框；一会儿一个拿着木棍、穿着褂子的男子又跑进了这个小框框，看得我眼花缭乱地直迷糊。

兴奎看累了，不耐烦地说："别看了，走！咱们去站前电影院看看。"

站前电影院我们基本不去，那电影院小得可怜，看电影的人也不多。这东方红电影院是跳不成了，去那边看看也好，于是我们转移阵地，跟着兴奎疾步向站前电影院走去。

十四、看电影(二)

站前电影院里的电影也放上了,里面传来了我们熟悉的歌声:"葫芦娃,葫芦娃,一根藤上七朵花。风吹雨打都不怕,啦啦啦啦。叮当当咚咚当当,葫芦娃,叮当当咚咚当当,本领大……"这给大伙听的,一个个脸上乐开了花。还等什么呀!跳墙看《葫芦娃》啦!

前门有人,大伙儿遛到后墙。真是老天保佑啊!这后墙没人不说,墙上还光秃秃的,没安什么玻璃碴子、带刺的铁丝网啊等等这些东西。事不宜迟,赶紧翻墙!

这墙虽然好爬,就是稍微有点儿高,我们几个勉强能爬上去,可是小四子这家伙肯定爬不过去。他试着伸了几次手,都没够到墙棱子,够不到墙棱子就没法往上爬。

大家合计着先把小四子弄上墙,让他进去探探风也好,毕竟这电影院我们不怎么熟悉。于是大伙儿托着小四子的屁股,一起使劲把他捅上了墙。

在月光下,小四子身影显得无比娇小。"兴奎啊!我先去了,

十四、看电影（二）

等着我啊……"话毕，一扭头，转身一个跳跃，纵身翻下了墙头……

咦？怎么没听见小四子双脚落地的"咕咚"声啊？难道他有身轻如燕、飞檐走壁、遁地无声的本领？我们正纳闷时，墙里面传来了呼喊声："你是谁？跳大墙进来的是不是？哪个学校的？哎呀！哎呀！你个完蛋的玩意儿！这是咋整的……"一束手电光在墙里面闪亮了起来。

听到里面的叫喊声，再看见手电光亮，我心想：坏了！小四子被逮现行了。兴奎反应快，说："快跑，小四子被抓了，他把咱们供出来就完了！"

我们一听，二话不说，一口气跑进了电影院后墙旁的一个黑胡同里，大伙儿气喘吁吁地趴在一堵大墙后面，探头探脑地向电影院后墙方向望去。我们逃跑时的"背景音乐"很有气氛，因为不知是谁家的狗，被我们的跑步声惊得一个劲儿地叫着。

距离太远，再加上还有狗叫，我们实在是听不见小四子那边又什么声响。只看见手电光闪了几下，一会儿又熄灭了。不知道小四子现在怎么样了，反正我们不能就这样扔下他不管。商议过后，大家凝神屏气、壮着胆子往回走，想看个究竟。

刚到那墙下，就听见小四子在轻轻地喊："兴奎！兴奎！"他的小脑袋从墙头伸了出来。咦？这小四子怎么自己又爬出来了？这都让人抓住了，应该是先批评教育，再登记姓名、学校，最后再从前门撵出来不是？还是这小四子机灵，自己跑掉了，又不敢从正门出去，所以就翻墙逃出来了？

小四子从墙里翻上了大墙，直挺挺地站在了墙头上。兴奎仰个脖子问："小四子，你怎么跑出来的？"小四子也不吭声，他居高临下，顿时显得高大魁梧起来，一副大义凛然、英勇无畏之气。

不对，这是什么味道！一股新鲜的、臭烘烘的气味从小四子脚下飘了下来，那味道是无法形容和比喻的，给我们臭得急忙用手指堵住鼻孔。

小四子还是不吭声，在墙上撒眸了半天，找了处较矮的地方双手攀墙，从墙上慢慢地顺到半空中，"咚"的一声跳下墙来。他这一跳不要紧，那臭味越发得浓烈了！

小四子看到兴奎之后，"哇"的一声大哭了起来，拼命地在地上蹭着脚上的黄胶鞋。兴奎说："别光顾着哭，是不是让人抓到了？登记没？供出我们没有？"小四子依然是不吭声，哭得更厉害了。兴奎急了："你就知道哭，瞧你个熊样儿吧！哭顶个屁用，到底是怎么了？不说你就自己哭吧，我们走了！"

小四子一看兴奎生气了，这才尽量抑制自己不哭出声来，抹了抹脸上的眼泪和鼻涕，哽咽抽搐着说起了事情的经过……

原来，这电影院的后院有个厕所，厕所旁边还有一块菜地。电影院打更的老头闲着没事就把菜地翻好了，准备种点小菜，正好这厕所里有现成的人工化肥，他就挖了个浅坑，把厕所的粪给掏进坑里，又弄了些稻草灰和大粪一起沤在坑里发酵。

十四、看电影(二)

这浅浅的沤粪坑正好在电影院后墙的边上,小四子那优美的纵身一跃,也是正好跳进这粪坑里了,难怪他跳下去的时候没听到声响。这粪坑里的粪、草灰,还有泥土,经过沤泡发酵一定会膨胀,踩上去软绵绵的,就像是踩进棉花堆一样,自然不会有什么声响。

那时的天已经黑了,小四子根本分辨不出墙下哪里是菜地、哪里是粪坑。他刚跳下去,就被上厕所的打更老头给发现了,小四子顾不上满腿脚的大粪想翻墙跑,又上不去墙;想往电影院里面跑,老头又挡在道中央,只好乖乖地束手就擒。

老头拿手电照见他腿脚上的大粪,恶心得也顾不上问他是哪个学校的,臭骂了他一顿,就赶他走了。被"提前释放"的小四子正要进电影院,想从前门出来,那老头死活不让,说要是让小四子带着满腿脚的大粪进了电影院,那还不得给里面看电影的人都熏跑了?于是,老头让小四子从哪里来的,就从哪里回去,小四子没办法,在后院找了根大木棒子卡在墙上,踩着棒子爬上墙头,这才翻了出来。

小四子说完,又悲伤地哭了起来,大伙儿一听是这么个情况,都憋不住偷偷地乐了起来。这小四子可真够点儿背的,随便一跳都能掉粪坑里去,真是太有才了!

小四子受了这等委屈,哭得实在是让人揪心。还是兴奎有办法,他从兜里抓出一把香瓜子塞到小四子手里说:"吃吧,香着呢!别在这儿哭了,把老头哭来登记怎么办?没什么大事,我们陪你去大江里洗洗去。"

小四子一听老头要来登记，吓得也不敢哭了，再看看这香瓜子，也不哽咽抽搐了，"嘎嘣嘎嘣"地嗑着瓜子向大江走去。

一开始我们几个跟在小四子后面走，走着走着发现不对劲儿，小四子身上那沤过的大粪味儿，杀伤力实在是太强，熏得我们眼睛都睁不开，我们在他身后走，这味道总是摆脱不掉。兴奎让小四子停下脚，反过来跟在我们的身后走。跟得太近也不行，最起码要保持十来步的距离。小四子也不挑这些，满不在乎地嗑着香瓜子，又跟在我们的屁股后往江边走去。

我忍不住偷看了一下身后的小四子，这家伙嘎巴着小嘴，瓜子嗑得正香。我想，小四子腿脚上虽然是臭烘烘的，但这口中的瓜子可是香喷喷的。从脚到口，再从口到脚，真可谓是一面冰山、一面火海，冰火交融，人生百味……

江边凉飕飕的，江面上雾气蒙蒙，五月的江水还是凉得很。望着绵绵不绝的鸭绿江水，我心想，小四子这热乎乎的肉体，马上就要投身于这冷冰冰的江水之中了……一想到这儿，我的心头不由得一紧，自己先打了个冷战。

鸭绿江边的夜晚静谧得很，江水静静地流淌着，月光勾勒出对岸朝鲜山脉蜿蜒起伏的轮廓。叉鱼人的嘎石灯光，在江边若隐若现着……家乡的夜色没有华丽的外表，那是温柔而朴实的美！

"哗啦！哗啦！"一阵急促的江水声打破了江边的宁静。

十四、看电影（二）

小四子站在江边的浅水处，双脚猛劲地搅着水，涮着腿脚上的大粪。

兴奎说："你穿着衣服、鞋啥的，能弄干净吗？脱下来好好洗洗吧！洗不干净，回家让你哥知道了，你又得挨揍！"

"兴奎啊！这没刷子，怎么刷鞋啊？"小四子委屈地说。

"你是真够笨的了！你不会用江边的沙子搓？使劲地搓！搓完再好好地涮涮！"

小四子双腿跪在地上，在江边划拉了一小堆沙子，把两只鞋埋了进去，那埋了鞋的小沙堆让小四子拢得像座小坟丘似的。

"你这是修土地庙呢还是咋地？赶紧蹭蹭鞋、洗洗裤子，收拾完了好回家。"兴奎唧唧歪歪地说。

小四子连忙说："好！我这就搓，我还寻思多埋会儿，味儿就去掉了呢。"小四子反复地搓涮着他那双黄胶鞋，直到他自己嗅嗅鞋子，满意了才停手。

接着小四子脱光了衣服，又像搓鞋子那样搓涮起裤子来。兴奎又说："把身子也搓搓，身上还有味呢！"

小四子抱着肩膀，颤颤巍巍地下了江，他先双手蘸水搓了搓身子，"噌"地一下蹲了下去，捏着鼻子在水里扎猛子。然后又"哗哗"地跑上岸，抓了两把沙子猛搓着自己的双腿，搓得龇牙咧嘴地直呻吟。他这是要把这些污秽搓得干干净净，似乎是要搓去肮脏的过去，搓出一个崭新的未来似的……

小四子豁出去了，赤裸着身子在江水中可劲地扑腾，涮着身上的沙子，扑腾声把叉鱼人的手电光吸引了过来。小四子吓得急忙跑上岸，双手紧紧地抱在胸前，牙冻得直打架，腿也打着哆嗦。他那稚嫩的身体一览无余地呈现在了我们面前，塌瘪瘪的小肚子上显露着两扇排骨，雪白的小屁股凹凸有致。

小四子上岸后，大伙儿忙开了，分头在江边捡了一堆干树枝，兴奎掏出一盒火柴点着火，给小四子烘烤裤子和鞋子。哎呀！小四子这衣服和鞋肯定没搓干净，这火一烤，又散发出一阵阵臭味来。

火光映照在几个顽皮少年的脸上，虽然夜晚的空气依然寒冷，但是每个少年的心中却是火热的。火光映在江水里，江水也跟着红火了起来，明月当空，月光正是温柔时……

此时此景，别有一番滋味在心头。像张若虚的那首诗一样：
春江潮水连海平，
海上明月共潮生。
滟滟随波千万里，
何处春江无月明！
江流宛转绕芳甸，
月照花林皆似霰；
空里流霜不觉飞，
汀上白沙看不见。
江天一色无纤尘，
皎皎空中孤月轮。

十四、看电影(二)

江畔何人初见月?
江月何年初照人?
人生代代无穷已,
江月年年望相似。
……

十五、啪叽、流溜、小人儿书

春天来了,山上的映山红和迎春花已经开了,粉的一簇、黄的一点地映衬着青山的新绿,远远地忘去,真让人心旷神怡。现在虽然是周一上午的第一节课,可是我的心却早已飞到窗外花红柳绿的世界中去了。

在校园里的日子,虽说没有放假在家的那种天马行空般的自由自在,可是善于琢磨,勇于探索的我们一直在孜孜不倦地追求着属于我们的乐趣所在——啪叽、流溜、小人书在不知不觉中成了校园生活的三件宝。

1、啪叽

啪叽分两种:一种是用纸叠的、四方形的。这种啪叽已经跟不上时代的滚滚潮流,基本上已经被淘汰,没什么人玩了。即使有玩的,那也只是哄哄一年级以下的小朋友而已。时尚的主流毕竟还是属于我们这一代的人,因为我们年轻,对生活充满了无限的热爱。

另一种是最流行的圆啪叽。这种啪叽带图案,美观、时尚、

十五、啪叽、流溜、小人儿书

大方、玩法多样,这是它吸引人的魅力所在。这圆啪叽也分两种:一种是动物的,一种是人物的。

动物的圆啪叽也叫"动物棋",配有棋盘,可以两个人博弈。顾名思义,动物啪叽当然是由动物的图案组成的,按动物在自然界的排名,一级比一级大,大的可以杀掉小的。比如,猫吃鼠、狗吃猫、狼吃狗,以此类推,最后大象吃老虎。如果你觉得大象就是终极BOSS了,那你就错了!大象再力大无敌,也抵不过一只小小的老鼠——鼠钻象,大象便败在了这小小的老鼠脚下。接着猫又吃鼠,狗又吃猫,反复地循环。也不知道这规矩是谁设计的,反正这么玩比较有趣。

我喜欢带人物图案的圆啪叽,因为这人物啪叽取材广泛,涉及的人物也是多种多样。说是喜欢人物啪叽,倒不如说我更喜欢啪叽上的人物。人物啪叽上的图案基本取材于当时流行的评书和古代的一些名著,比如《隋唐演义》、《水浒传》、《岳飞传》、《封神榜》这些评书里的人物;还有的取材于当时热播的电视剧、电影中的人物,比如《少林寺》、《霍元甲》、《射雕英雄传》等等。

我最喜欢以《隋唐演义》里的人物为题材的圆啪叽,什么第一条好汉——西府赵王李元霸,他天生力大无穷,坐骑名曰"一字墨雕板肋赖麒麟",手舞一对"擂鼓瓮金锤",有万夫不当之勇;第二条好汉——天宝大将宇文成都,胯下一匹"赛龙五斑驹",掌中"凤翅镏金镗",勇冠三军;第三条好汉——

银锤太保裴元庆裴三公子,胯下是"一字没角癞麒麟",掌中一对"八棱梅花亮银锤";第七条好汉少保罗成,胯下一匹"西方小白龙",掌中"五钩神飞亮银枪"……这些人物都栩栩如生,看得我是如痴如狂。

整张圆啪叽中一般有一枚大的,我们管它叫"大盖",这个大盖画的是这张啪叽里最厉害的人物。

圆啪叽有两种玩法,一种是互打,这种玩法最简单,在地上把啪叽放好后,先猜拳,谁赢了,谁就先拿自己的啪叽打对方的,如果把对方的啪叽打翻了,那就算赢了。作为惩罚,输的那方要把啪叽送给对方。

在地上放啪叽也叫"下啪叽",这下啪叽是有说道儿的,如果你下不严实,别人打你的啪叽时就可以"乘缝而入",一股气流直接把你的啪叽掀翻,你也就只有输的份儿!所以,你得把啪叽下得四周完全贴地,最好一点缝隙不留!下啪叽前你得用你敏锐的眼光选好场地,地上有石子那是不行的,大石子可以直接捡走,小的石子你可得下番功夫了。我的做法是先用脚蹭平你选好的场地,再趴在地上憋足气使劲一吹,吹掉场地上的浮尘,再把啪叽压平放下最好!看一个人是不是打啪叽的高手,从他下啪叽的一招一式你完全能看得出来。对于打啪叽来说,我的名言是"啪叽不是买来的,啪叽是要赢来的。"

互打啪叽还有一种玩法叫拍圈儿。玩法也很简单——先在地上画个圈儿,啪叽下在圈儿里,谁把对方的啪叽在圈儿里打

十五、啪叽、流溜、小人儿书

翻，或者是打出圈儿都算赢。那时候打啪叽打得啪啪的，甩得肩膀生疼，但也玩儿得真叫一个痛快！有时候，玩儿啪叽也是一个危险的游戏，你一不小心，手指甲直接打到地上，轻则刨了块泥土，重则指甲劈裂、手指流血。所以在你打之前，一定要看看场地上有没有玻璃碴子这些东西，有的话赶紧换地方，不然的话，粗心的代价绝对是惨痛的。

圆啪叽还有一种玩法，这种玩法适用的范围广，在地上、课桌上、炕头上都能玩儿，这种玩法叫"掐啪叽"。它不需要什么体力，注重的是技巧。玩儿法就是把你的啪叽插在对方啪叽底下翘起，再一掐边儿，如果把对方的啪叽弹翻就算胜利。

2、流溜

流溜是东北的土话，学名又叫玻璃球。我见过的流溜有三种样式：一种是水泡子流溜；一种是花瓣流溜；还有一种叫激光波流溜。

水泡子流溜应该是用来制作玻璃产品的半成品，由于清亮通明、颜色如水一般，我们都管它叫"水泡子"。花瓣流溜要比水泡子小一圈儿，这种流溜像工艺品似的，中间夹杂着五颜六色的花瓣，非常漂亮。激光波流溜不很常见，这种流溜的表面涂了一层光亮的东西，在阳光的照射下能发出五彩缤纷的光，如同激光一般闪亮。

我们经常玩儿的是水泡子和花瓣流溜，激光波流溜虽然是漂亮的稀罕之物，但只是徒有外表，并不实用。它那表面的激光层经不住炮火纷飞的战场洗礼，几个回合下来便被打得遍体鳞伤。这表皮的激光层一掉落，就变得疤疤癞癞的，也没了先前明亮的光彩，难看死了！所以说，激光波流溜中看不中用，冲锋陷阵还得是水泡子和花瓣流溜，它们皮厚、抗揍，还不掉色。

这流溜的玩法有"溜坑"的、有"打准"的，玩儿法很多。坑又分什么大皇坑、二皇坑的，就跟考驾驶证一样。谁的流溜先进入了大皇的坑，那谁就是皇上了，成为了大赢家。几个人玩儿到最后，那个没进大皇坑的就是老百姓，是输家。输的这个老百姓得向赢的皇上进贡，进贡物品当然是一个流溜了。

我喜欢的还是"打准"玩法，把流溜架在右拇指与食指中间，送到嘴边哈口气，这哈口气可是有科学道理的——哈气能起到打流溜防滑的作用。哈口气后，再抬起胳膊，端平手臂，用自己指上的流溜按"两点一线"的原理瞄准对方的流溜，使劲一弹，这流溜便射了出去，打得准的，"啪"的一声打在对方的流溜上，对方的流溜一下子被打得咕噜咕噜滚得老远，留下自己的流溜在地上猛烈地转着圈。打流溜的高手有时能用自己的流溜把对方的流溜一下子打碎，这深厚的功力可不是一般人能练出来的。

我总是把赢来的漂亮流溜挑选出来留下，装进盛满清水的罐头瓶子里，放在家里的写字台上。水的浸泡给流溜披上了一层润泽的外衣，阳光一照，越发清新亮丽起来，漂亮极了！

十五、啪叽、流溜、小人儿书

3、小人儿书

我同桌小武是个武侠迷,在我还不知道梁羽生、金庸是何等人物的时候,人家已经看完了《七剑下天山》和《天龙八部》等武侠小说了。这些大书一套有好几个大厚本,真不知道这家伙是怎么看的。我对看大书不感兴趣,一看到那些厚厚页数,我就犯迷糊。

我喜欢看小人儿书版的武侠故事,简单易懂,看着还不累。画本里的人物只是寥寥几笔就被勾勒出来,一个个活灵活现、栩栩如生的跃然纸上。

小人儿书又叫"画本",图画下面还配着文字。看小人儿书可以一边欣赏着图画,一边咀嚼着文字,我会在不知不觉中走进书里,有着身临其境一般的感觉——这是我最喜欢的了。

看着武侠话本里的人物又是刀光剑影,又是飞檐走壁的,我真是好生羡慕。我想我要是有一技武功在身的话,就不用受那个戴"解放帽儿"的老头儿的窝囊气了!他若是再敢惹我,本少侠就气运丹田,来个降龙十八掌亢龙无悔式"啪"地照着老头胸口就是一掌,那老头儿就会凌空飞起,"咚"的一声掉进了我的小草窝里,口中还拼命地喊:"少侠饶命!少侠饶命!饶了我这条老命吧!"如此这般,那真是极好不过的了!

想毕竟是想,现实毕竟是现实,从现实来讲,我啥武功也不会。"解放帽儿"会不会武功我不知道,但是从我在画本里了解到的江湖奇门异术上来讲,这"解放帽儿"他一定会用毒!

这不是我简单的猜想,单凭他的体貌特征和他身上杀伤力极强的体味,就和书上所说的用毒高手有着惊人的相似之处!

我也曾问过小武子,有什么速成的武功秘籍适合我来修炼,练成好去对付"解放帽儿"。他告诉我的答案是:天下武功没有一朝一夕就能练成的,少则练个三年五年,多则练个十年八年的也未必能练成。小武子还告诉我,绝顶武功不是要打通任督二脉,就是要挥刀自割"小鸟",再不就是男女混合练。这些练功方法都不适合我——不是我找不到任督二脉,就是嫌割"小鸟"太伤身体,再不就是没女生能和我一起修炼。

他还推荐我练铁砂掌,他说铁砂掌只需一口铁锅,一堆沙石子,再来点柴火就可以练了。我对练铁砂掌确实动了心,可是一想到要用我这细皮嫩肉的小手在火热的铁锅里炒沙子,我就害怕。这到底是要拿我的手掌在大铁锅里炒砂子练功?还是要用大铁锅的热砂子炒我的手掌做菜啊?仔细想想,我还是放弃了吧。

小武子有一书桌的小人儿书,他的书桌装满了,还会占用我的书桌放上几本。

小人儿书那时挺贵的,要几毛钱一本,说实话,我是真心买不起的。车站、百货商店、书店门口这些热闹的地方,一般都有出租小人儿书的摊子。书按着不同的新旧程度,两分一本,或者五分一本地往外出租。摊子很简单,拿块塑料布往地上一铺,摆上书就可以做生意了。有的摊主还会钉个放书的木架子,

十五、啪叽、流溜、小人儿书

再准备几张小凳子方便租书的人取书阅读。不论租书摊的大小，摊前总会围着一堆人，津津有味地看着书。

"哎呀！有新画本《三国演义》啦！"

"《岳飞传》第五册终于找到啦！"

人们边看，边如此议论着……

那天小武子在我的书桌里放了一本《水浒传——智取生辰纲》，看到这本画本，我如获至宝一般，全然不顾老师正在上课，愉悦欣喜地低着头，偷偷翻阅起来。

这本书讲的故事大家都知道，杨志受朝廷之命，押运生辰纲，在路上被晁盖、白胜他们使用计谋而丢了生辰纲的故事。看完这本书倒是给了我一个很大的启发，我眉头一皱、计上心头。这真是踏破铁鞋无觅处，得来全不费工夫！有了这等妙计，"解放帽儿"啊"解放帽儿"，咱俩就好好地走着瞧吧！

对付"解放帽儿"，我心中自有打算。话说善恶到头终有报，只争来早与来迟！这事还得从长计议，不能心急，要耐心地等待机会，只求老天爷给我一次机会，我好好地把握住这个机会就够了……

十六、我、张老二、"解放帽儿"（一）

学校连放三天假，这可是钓鱼的好机会，我正美美地想着，终于又能好好地甩上几竿子了！恍惚间，阴魂不散的"解放帽儿"皮笑肉不笑地又在我眼前晃悠了起来……

为了对付这"解放帽儿"我可真是煞费苦心，自从那天我被他欺负了之后，我的脑子一有空就琢磨着复仇这件事。动武我定不是他的对手，瞧他那个阴险的样儿，随便使出一招猴子摘桃，我的小弟弟肯定遭殃……敌强我弱，不可强攻，只能智取，这才是上上策。

要不是那天看了小武子的《水浒传——智取生辰纲》那本小人儿书，我还真是没想出好办法去对付这个"解放帽儿"。看了"智取生辰纲"的那段描述，倒是让我想出一个绝妙的主意——杨志喝了晁盖、白胜他们下有蒙汗药的酒水后被撂倒，空有一身绝世武功，但还是丢了生辰纲。

蒙汗药我虽没见过，我也弄不着，但是我知道有一种能让猪吃了跑肚拉稀的东西叫巴豆，这东西我家就有现成的。我亲

十六、我、张老二、"解放帽儿"（一）

眼见过母亲曾给我家的猪吃过这东西。我家猪有时候吃多了玉米皮子之类的东西会大便干燥，嗷嗷叫唤着拉不出屎来，憋得难受。这时用水泡点巴豆粉给猪灌下，问题就解决了，那猪用不了多久就会拉稀，而且拉得稀里哗啦的。

这种巴豆人也是可以吃的，邻居家的小孩秋天吃山梨吃多了，那山梨的渣滓堵在肠子里拉不出来，也是吃这巴豆吃好的。不管是人还是动物，吃了巴豆这种东西，肯定是要拉稀的，不拉个天翻地覆肯定不会算完！

我家给猪吃的巴豆就放在猪圈篷子下面的横梁上，用一个小布袋装着，一定是大人怕我们这些小孩误食了才放到这猪圈里的。

我偷偷跑到猪圈把巴豆粉找了出来，在纸上倒了一点包好，带在身上。我心想，"'解放帽儿'咱俩走着瞧，看我怎么对付你！我不给你弄个跑肚拉稀的我都不算完！"

这个"解放帽儿"太不是个东西！同样都是老爷爷，人家柳爷爷什么事都会帮别人，不管是孩子还是大人，谁向他要个鱼什么的他都给，那次我亲眼看见他把辛辛苦苦钓了一上午的鱼硬塞给了张老二。再看看这"解放帽儿"不欺负你就不错了！我钓的大鱼都被他抢走了！想到这儿，我的牙"嘎嘣嘎嘣"地响了起来……

放假的第一天，一大早我刚要起床，听见窗外"哗哗"地响，我揉了揉双眼趴在窗前向外望去，心里顿时倒吸了一口凉气。完了！这鱼恐怕是钓不成了，外面正下着倾盆大雨。

母亲看到我起来了，对我说："下雨了，就别出去嘚瑟了！"我知道她这是不让我去钓鱼，我极不情愿地点了点头，爬回被窝儿想接着睡，可是怎么也睡不着。索性打开书包拿出本子和笔，趴在被窝儿里写起了作业。我心想，趁这个机会赶紧把作业写完，等雨停了就能去钓鱼了。

我一边写着作业，一边看着窗外，心里火急火燎的，希望这雨能快点停下来。母亲看出了我的心思，数落着我说："我看你是身在曹营，心在汉啊！"这话真是说到我心里了，直接说到我的心坎儿里去了。

吃完早饭，母亲和父亲披着塑料布，推着推车去市场卖菜，临出门时母亲还命令我，说什么下雨不能去钓鱼之类的话，然后还不放心，又嘱咐妹妹看着我。我这个郁闷，本想等父母走后，我好偷偷地跑小泡子玩去，怎奈母亲竟安排她的得力亲信——妹妹在家看着我，这分明是把我软禁起来了！

不到一个小时，作业便被我毛毛草草地写完了，我坐立不安，不停地看着窗外，这雨似乎在和我作对，根本就没有停的意思。我想起春游时，还剩了两个果丹皮，于是灵机一动想到了一个好主意。

妹妹正在背课文，我拿着两个果丹皮嬉皮笑脸地来到她身边，"妹啊！背课文呢？"妹妹不吱声，我再接再厉，"我这儿还有两个果丹皮你吃不？"妹妹放下书看看果丹皮，一把拿

十六、我、张老二、"解放帽儿"（一）

去毫不犹豫地吃了起来。

"有戏啊！"我心里暗想，耐心地看着妹妹把两个果丹皮吃完，说："哥去钓鱼去，别告诉妈行不？"妹妹的小脑瓜像泼浪鼓似的摇了起来，继续背着她的课文。我急了，说："你要什么？我有的都给你！只要别告诉妈我去钓鱼就行。"妹妹放下书想了想，眨眨眼睛说："那你把你的那些像章都给我，你出去，我准不告诉妈。"

妹妹所说的像章是毛主席像章，家里有二百多个，都是父亲收藏的。像章被我和妹妹平均分配了，一人分了一百来个。妹妹一直想把我的也要过去，我一直没答应。她真是够聪明的了，在这个节骨眼儿向我要像章，我想不答应也不行……

泥泞的田野上留着一对崭新的小脚印，我像笼子里刚放出的鸟，在广袤的天空中自由地挥动着翅膀。

泡子涨了水，水草不知什么时候在水中东一簇、西一簇地冒出了尖尖的绿叶，几声清脆的青蛙叫声传来，听得我心里美滋滋的！泡子边钓鱼的人还真不少，老柳头儿也正穿着雨衣蹲在他的窝子旁钓鱼。

雨点稀稀拉拉地打在泡子的水面上，雨显然小了很多。"这大下雨的天也跑来钓鱼，家里的大人知道吗？"老柳头儿抖抖雨衣上的雨水对我说。

"他们当然知道，有柳爷爷在，他们也放心！"苍天啊！为了能钓鱼玩，我竟然撒谎了！

"这孩子,就弄了块塑料布披着,也不打把伞,浇了雨是要感冒的!拿去用吧,我穿着雨衣,伞也用不上。"老柳头儿把一把长把黑伞递到了我的面前。

我高兴地从柳爷爷的手中接过雨伞,看了看我的小草窝竟然没人,我有点儿失落,"柳爷爷啊,我那小草窝,最近没人来钓鱼吗?"

"当然有啊!有个戴帽子的老头,这几天常在你的小窝子钓,还钓了不少鱼呢!你快点儿去你窝子钓吧,一会儿他来了你可就没地方了。那小老头儿不怎么招人稀罕。"

好哇!"解放帽儿"这老头还来我的窝子钓鱼,看来有戏!我忍不住地摸了摸兜里的小纸包。出家门时我怕这包巴豆粉被雨浇湿,还特意弄了块塑料布把它裹上了。

"还站着干什么,这下着小雨刮着微风的天气,鱼最爱咬钩了!快钓吧,过了这个村可就没这店了。"老柳头儿看着我的窝子对我说。

我的手上被雨淋的湿漉漉的,捏不住蚯蚓,想把它挂上钩太难了,于是我挂上了大米饭粒抛进了小草窝。这鱼口还真好!刚下钩就有鱼口,不到一袋烟的工夫,几条小鲫鱼轻轻松松地上了岸!

雨在不知不觉中停了下来,雨一停,风也跟着去了,水面平的像一面镜子,钓鱼的人每一次抛竿扬竿,都会在水上荡起点点涟漪。

十六、我、张老二、"解放帽儿"（一）

"呀！你这小子跑我窝子钓什么！让开，让开！我昨个黑天前先喂的窝子，你倒是先钓上了！"

听到声音，我不由地又摸摸兜里的巴豆粉，我知道我要等的人来了。我心想，你来得正好，我可是等候你多时了。我深吸一口气，假装着镇定地扭过头去。不错，身后的这个人正是我咬牙切齿、朝思暮想的"解放帽儿"！

雨后的空气本来清新得很，他这一来，空气都变得浑浊起来，一股臭味夹杂着酒味向我扑面而来，让人猝不及防，胃里面一下子翻江倒海起来……

"这小草窝去年夏天我就在这儿钓鱼了，什么时候变成你的了！"我反驳道。

"嘿！这小崽子还有点小个性！你钓吧，你钓吧！""解放帽儿"一脸不屑地歪着脖子看着我。

我借机在"解放帽儿"全身上下打量了一番，咦？他难道没带酒壶不成？不可能啊！他那嗜酒如命的熊样儿，一顿不整它个半斤八两，估计都活不到天亮！难不成酒壶放在了包里？

他这一来，我早没了钓鱼的心思，在我的内心世界里，复仇的火焰正在熊熊燃烧着。我急切地想看到"解放帽儿"吃下我给他准备的巴豆粉，拉得天翻地覆、死去活来的样子，然后再像条狗似的趴在地上向我求饶，"这位少侠，恕老贼我有眼无珠，太岁头上动了土，请少侠手下留情，饶老贼一条狗命，日后不敢再犯！"

"解放帽儿"在我面前就像只弱小的蚂蚁，我只要轻轻地动一动脚指头，便能要了他鲜活的生命！

"起来吧！我给你自由，你的身子正好从狗洞子里爬出，滚！你的思想有多远，你就给我滚多远……"

我正在这里美滋滋地想着，突然听到"解放帽儿"嚷着："让开！让开！我要甩大坠，别挡着！""解放帽儿"从包里拿出一个缠着鱼线的线轱辘，一连串挂着蛆虫的鱼钩绑在线上。这蛆虫应该是他在家里早已挂好的。奇怪的是，这鱼线上还拴了个水滴形状的大铅坠，没有竿，也没有漂儿，这怎么钓鱼啊？这老头就像他本人一样，总能弄出些稀奇古怪的东西，他这又是要耍什么鬼把戏？

"解放帽儿"放了放缠在线轱辘上的线，拿起这鱼线头在空中抡了起来。他盯着泡子的中间，抡了一圈又一圈，冷不丁"呜"的一声，一个大铅坠带着鱼线在半空中划出了一道弧线，直飞向这小泡子的中间，"咚"的一声钻进了水里，这声响可着实吓了我一大跳。

"解放帽儿"拉了拉鱼线，让鱼线绷得更紧，又从包里拿出根扫把条插在了泡子边，然后把鱼线拴在了扫把条的尖上，扫把头被鱼线这么一拉马上就弯下了腰，像是在像我的小泡子谢罪一样。"解放帽儿"还没停手，接着从包里又摸出个小铃铛系在了扫把头上。弄完这些之后，他才得意地又唱了起来："正月里来是新年哟，大年初一头一天呀！家家团圆会啊！少的给

十六、我、张老二、"解放帽儿"（一）

老的拜年呀哈！也不论啊男和女呀哎哟哟哟哟哟、哎哟哟！都把新衣服穿哪，哎哟哟哟哟，都把新衣服穿哪，哎哟……"

哎哟！这老头儿到底是唱的哪一出啊？弄根小竹条、弄个小铃铛、弄根长鱼线、弄块大铅坠，不用漂儿这也能钓鱼吗？真是搞不明白他是来钓鱼，还是又来捣乱的！总之，遇到这老头儿准没好事儿！

"解放帽儿"的"七星蜈蚣疙瘩漂儿"又和我的塑料漂儿缠到了一起，还别说，你不服还真不行，他这条"大蜈蚣"一来，这泡子里的鱼口就没了，我心想，准是这蜈蚣把鱼都给吓跑了。

天放晴了，太阳偷偷地溜了出来，大地冒着热气，给我闷得只好脱下外衣，只穿着一件小背心，站在岸边看着鱼漂儿。等了半天，也不见有鱼咬钩，我转过头看了看老柳头儿，见他正收着竿准备走，我急忙跑过去把伞还给了他。我问老柳头儿，"解放帽儿"扔到水里的是什么东西。老柳头儿告诉我，"解放帽儿"这是甩大坠、打串钩钓鱼。这种钓鱼的方法不用漂儿和竿，等鱼咬钩了，铃铛就会响，然后直接拽线拉鱼就行了。这种钓鱼的方法能钓到鱼竿够不到的深水里的鱼，而且钓的还全是大鱼！

我似乎听明白了什么，我问老柳头儿，既然这甩大坠能钓到大鱼，你为什么不这样钓呢？老柳头儿告诉我，这种钓法一般在河里和水面大的地方钓，这小泡子太小，坠子落水响声太大，会影响到别人钓鱼，所以也就没人在这小泡子里用这种方法来钓鱼。他还告诉我，钓不钓到鱼没什么，就是个娱乐、就是个玩儿，关键是不能影响到别人，钓鱼的人一定要有钓德。

我明白了，不仅仅是我讨厌"解放帽儿"，看来钓鱼的人都讨厌他。这个贪得无厌、自私的家伙，甩大坠到泡子中间钓，原来是奔着大鱼去的！干的是损人利己的勾当。我一定要好好教训他，这不仅仅是我和他个人之间的恩怨问题了，而是所有在这小泡子钓鱼人的共同问题了！我感觉自己肩膀头上的担子一下子重了起来……

老柳头儿走了，"解放帽儿"也热得脱去了外衣，留着件白色跨栏背心粘在肩膀上。这背心虽然是白色的，可是被他穿得那真是叫一个邋遢——白中带着黄，黄中带着黑，有几处还露着小窟窿，远远一看还以为是镂空的，透过这些窟窿，隐隐约约地能看到他身上的闷骚肉，我真不知道他这是性感还是感性。

那背心的前胸口处还有几个斑驳的红色印字——"青年突击队"。哎呀！看到这几个字我不由地打了个冷战！这还了得？想不到"解放帽儿"还是有队伍的人啊！我看过电影，见识过什么"敌后武工队"、"铁道游击队"、"洪湖赤卫队"的，我深深地知道这队伍的厉害。可我就纳闷了，就"解放帽儿"这样的人到底是怎么混进这"青年突击队"中的？这"青年突击队"到底是干啥的啊？

话又说回来，我对自己最准确的定位是"少先队"——少

十六、我、张老二、"解放帽儿"（一）

先队员的身份可是一点儿都不会含糊的，歌不是这么唱的嘛："我们是共产主义接班人，继承革命先辈的光荣传统，爱祖国，爱人民，鲜艳的红领巾飘扬在前胸。不怕困难，不怕敌人，顽强学习，坚决斗争，向着胜利勇敢前进，向着胜利勇敢前进，前进！……"

对！对！对！我是光荣的少先队员，不怕困难，不怕敌人，顽强学习，坚决斗争，向着胜利勇敢前进！我和"解放帽儿"之间的战争，一定要像歌里唱的那样，向着胜利勇敢前进！

咦！我寻觅已久的酒壶竟然挂在"解放帽儿"的腰上！哈哈！我心中暗喜起来，这真是踏破铁鞋无觅处，得来全不费工夫啊。"解放帽儿"要是不脱去外衣，我还真看不到这酒壶！我双眼紧盯着酒壶，心里开始坏坏地琢磨了起来。

十六、我、张老二、"解放帽儿"（二）

"这老娘们，就是差劲！下雨的时候非让我去市场送菜，没赶上钓鱼的好时候，这天都放晴了才忙完，也不知道还咬不咬钩。喂！老五，咬不咬，钓着没？"

"刚才下小雨的时候咬得好，天一晴不怎么爱咬了。钓了能有三斤多吧！"

"哎！我说吧，这好时候肯定错过去了！既然都来了就玩儿会儿吧！"

一听声音我就知道是张老二来了，他还是穿着水裤下水，蹚到对面芦苇荡里那块他自己为钓鱼专门打造的钓台上，支好了鱼竿。因为这个台子在水泡子中间，没有水裤的人自然是过不去的，那块窝子就成了张老二的专属领地，这专属领地上还有张老二的专属构筑物，可见张老二这鱼钓得也是颇有番境界的。虽说他不是什么大神级的人物，但说他是大师级的人物那绝不为过。

"解放帽儿"的酒壶贴身地挂在腰上，我实在是无从下手，

十六、我、张老二、"解放帽儿"（二）

看来只能耐心地等待时机了。此仇不报，非君子！不是不报，时机未到！我暗自地给自己打着气……

"铃铃铃"几声清脆的铃声响起，顺声看去，"解放帽儿"插在泡边竹梢上的铃铛晃动着响了起来，绷直的鱼线也耷拉了下来，竹梢头弯得离水面越来越近了。"解放帽儿"大喊一声："中了！"两个箭步冲到竹梢前，一把抓住鱼线拼命地往回拽着。

一条半斤多的大鲫鱼很快被"解放帽儿"拖上了岸，嚷嚷着："哎呀！这条大！这条大！"然后一脚下去，恶狠狠地踩在了鱼的身上。当鱼被他解下钩时，我清楚地看到它的一个眼珠子都被踩得冒了出来，已经是半死不活的了。这鱼的命也真是够悲催的了，不知道它上辈子作了什么孽，你说它咬谁的钩不好，偏偏……真是自寻死路！临死还要遭受这老头子这般的践踏与蹂躏，好端端的一条大鲫鱼……哎……

"解放帽儿"钓了条大鲫鱼很是得意，摸起腰间的酒壶，拧开盖子"咕咚"了一大口。哎呀！美得他摇摇晃晃地嘚瑟起来。

"解放帽儿"喝完酒，酒壶顺手放在了他身后的土包上，正低头专注地上着鱼饵。我一看，机会终于来了！我一定要把握住，机不可失，失不再来！我摸了摸衣服兜里的巴豆粉，挪着小碎步向酒壶蹭去。

我的小心脏越跳越厉害，手心里冒着热汗，小腿肚子直哆嗦，就像做贼一样，偷偷摸摸正干着见不得人的勾当……

我到酒壶的距离只有七步那么远，这七步我走得却又是如此的艰难与漫长。想想红军爬雪山、过草地也不过如此。我一步一回头地看着"解放帽儿"、两步一回头地看着"解放帽儿"、三步一回头地看着"解放帽儿"……慢慢地，我离酒壶越来越近，终于来到了酒壶前。为了舒缓我那紧绷着的神经，我像百米运动员要起跑时那样，猛吸了一口气，又长长地吐了出去。慢慢弯下腰来，扭着头看着"解放帽儿"，手微微颤抖着伸向了酒壶。

我从兜里轻轻地摸出巴豆粉，打开包在外面的塑料布，正要打开纸包，"咚"的一声响，吓得我全身肌肉一紧，差点儿一屁股蹲在地上。只见"解放帽儿"的大坠又甩进了泡子里，那"咚"的一声正是这大铅坠落水的声音。他正在扯鱼线、插竹梢时，我抓紧时间，迅速拧开酒壶的盖子，一股辣蒿蒿的酒味儿熏得我鼻子直痒，真想打个喷嚏，怕被"解放帽儿"发现，我那呼之欲出的喷嚏又硬生生地给憋了回去！刹那间，我的鼻涕眼泪就像受了委屈似的，有如洪水泛滥，一下子决堤而出！

我重整旗鼓，眼瞅着酒壶的小黑洞，刚要把正义的巴豆粉倒进酒壶，完成我的复仇大计，突然一声厉喝传来，一下子打碎了我完美的计划。

"你眼瞎啊！瞎撒什么！都撒到我窝子里来了！你欺负人真是欺负到家了，想骑在我张老二的脖颈头上拉屎，门都没有！你别倚老卖老，我早就看你不顺眼了，满泡子的人没有一个不膈应你的！那天要不是老柳头儿拉着我，我早拿鱼竿抽你了！"

张老二站在水里的钓台上，挥着鱼竿扯着大嗓门对着我这

十六、我、张老二、"解放帽儿"（二）

边骂了起来。把我吓得一把攥住手里的巴豆粉，两下子拧上酒壶盖，故作镇定地站在泡边看起热闹来。

"我钓我的鱼，你钓你的鱼，关你屁事！泡子又不是你家的，我乐意往哪儿甩就往哪儿甩！你能把我怎么的？""解放帽儿"冲着张老二喊道。

"你个老蹚官，你还不讲道理了是吧？我和你也讲不出个道理来，那个谁家的那个小龙你躲远点儿！"张老二说完，下了钓台蹚过芦苇荡上了岸，在岸边东撒睁、西撒睁地不知在找什么。

我一听张老二喊我让开，急忙扛着竿，提着鱼兜跑到老柳头儿的窝子旁卖呆观看。在泡子钓鱼的人看到张老二和"解放帽儿"这是要打架，也都放下竿子，看着热闹。围观的人倒是不少，就是没人站出来劝架。想想也是，劝什么劝？这可恶的"解放帽儿"想必也是大家的眼中钉、肉中刺，也就得张老二这样粗鲁的人才能好好儿治治他！

张老二一手攥着一块石头，呼啦呼啦地蹚着水又往钓台走，边走嘴里边大声地嘟囔着："我今天就让你知道知道——不是谁都是好欺负的！我一石头子削死你这个老蹚官，看你再嘚瑟不！"

张老二气喘吁吁地回到钓台上，右手一扬，一块石头呼啸着奔着"解放帽儿"就飞了过去。原来张老二这是要和"解放帽儿"玩"空中隔泡大战"啊！

"解放帽儿"也不示弱,急忙甩起大坠,往张老二的窝子里扔,张老二则撇石头进行还击,一场空战就这样展开了。

"解放帽儿"看张老二的石头飞来,急忙后退躲闪,一脚踩在了酒壶上,脚一扭一下子失去了平衡,"噗通"一声摔在了泡子边。只见那石头"嗖儿——咣!"地纷纷落在"解放帽儿"的脚前,打得地上的湿泥土飞溅了起来。

张老二看"解放帽儿"摔在地上,嘴里又嘟囔着:"老蹬官,你服不?没削着你算你命大,你信不信我再削你一石头!"说完右手接过左手的石头又高高地举了起来。

"解放帽儿"也不是吃素的,别忘了人家可是"突击队"的人,他从地上爬起对着张老二喊:"你个没老没小的王八羔子!你这是动真格的下死手是不?你是不是看我岁数大了好欺负?我钓鱼的时候你还穿开裆裤呢,我今天就好好陪你玩玩!"

"解放帽儿"捡起张老二扔来的那块石头,"呜"——的一下,又给张老二飞了回去,那石头虽然后力不足没飞到张老二钓台上,但"扑通"一声掉入了钓台前的水中,溅起的水花落在张老二身上,也给他吓了一大跳,差点儿从钓台上掉进泡里去。

我心里暗暗为张老二捏了把汗,泡子边的人都瞪大了眼睛,目光齐聚在张老二的身上,一个个焦急万分地都在替他担心着。

"解放帽儿"这一石头彻头彻尾地把张老二惹怒了,张老二没曾想到这"解放帽儿"会还手,张老二被打得是措手不及、

十六、我、张老二、"解放帽儿"（二）

慌乱不堪，明摆着在大家面前丢了面子。

张老二冲着"解放帽儿"吼道："你个老不死的！还敢还手？敢和我张老二舞扎的人还没几个！这回大家可都看见了啊，别说我欺负这个老瘪犊子！"说完，张老二握着石头，甩了甩膀子，瞄了瞄准，"呼"的一石头又打向了"解放帽儿"，这"解放帽儿"的身手也甚是了得，像个猴子似的一低头、一猫腰，那石头从他的秃头顶飞过，落到他身后的大地里，"噗"的一声，砸了一个坑。

张老二这一石头，就好比是高高飞起的炮弹，在长空划了一道漂亮的大弧线后落在了地上，这给"解放帽儿"炸得是捂着头、猫着腰、撅着屁股，一副狼狈不堪的样儿。

我在心里暗暗地又给张老二叫起好来："张老二！加油！张老二！加油！张老二要给我报仇啊！"泡子边的人也都松了口气，有的人还趁这空当儿点上了烟，优哉游哉地看着戏。

"解放帽儿"见石头没打到自己，慌忙地直起身来，在泡子边四处划拉起来，什么石头、砖头、瓦片子、空瓶子之类的东西弄了一小堆。他气急败坏得像机关枪一样，"突突突"一股脑地向泡子里钓台上的张老二扫射过去，边扔还边喊："小王八羔子！我干死你！干死你！……"

这下张老二可惨了，他被"解放帽儿"打得捂着个脑袋在钓台上一顿乱蹦，这边的刚躲过去，那边的又飞了过来，钓台边的水泡"咚！咚！咚！"地被"解放帽儿"的"机关枪"扫射得炸开了花。

这下子可是真的完了！张老二被"解放帽儿"打蒙圈了！站在钓台上晕头转向地嗷嗷直叫，连条退路也没有，只知道捂着头防守，毫无还手之力。有句话说得好："人为刀俎，我为鱼肉。"我看啊，此时的张老二连鱼肉都算不上，那真是叫天天不灵，叫地地不应！

泡子边看热闹的人也神色凝重了起来，抽烟的也没了心情，烟头朝着水泡里猛地一弹，"嗞啦"一声湮灭在了水中。

"老二！小心左边！"

"大外甥！右边又来啦！"

"二叔啊！往后退！往后退！"

……

张老二的鲁莽大意决定了这场大战的胜败，他在水里，人家"解放帽儿"则在岸上。他着急忙慌地上岸弄了两块石头，再回到水里跟"解放帽儿"打空战，这不是找死嘛！你想啊，他那两块石头一打出便弹尽粮绝，只占"人和"的优势。人家"解放帽儿"弹药充足，虽无"人和"，却占尽了"地利"的优势。更何况张老二的"人和"，也只是精神上和语音上的"人和"，就好比在破釜沉舟、大义凛然地背水一战，而你的兄弟们却在对岸加油助威、排兵布阵一般，战场上寸土寸焦，而对岸则人声鼎沸。这空战打得太失败，张老二这亏可是吃大发了！

张老二在小小的领地上，空有一身好本领却施展不得，真

十六、我、张老二、"解放帽儿"（二）

是巧妇难为无米之炊，只有四面楚歌的份儿。我的心一下子掉入了万丈深渊之中，心想这张老二自身都难保了，哪里还有能力给我报仇？

这"解放帽儿"实在是阴险，丝毫没有停战之意，一副小人得志的样子，雨点般没完没了地向张老二扔着石头。杀人不过头点地，得饶人处且饶人，这"解放帽儿"分明是要把张老二往死里逼啊！

张老二也豁出去了，一下子跳进泡里，也顾不上什么面子不面子的了，连滚带爬地上了岸。嗓子里怒吼着："老蹬官！今天我要是向你服软我就不姓张！你别跑给我等着！"说完从岸边的大地里拎了根木棒，气势汹汹地绕道奔了过来，边走边嘟囔着，看架势这是要好好收拾"解放帽儿"。

"解放帽儿"真是老奸巨猾，一看这张老二不跟他玩儿空战，又转为陆战了，再看看张老二那满身杀气的样子，吓得他几下子收拾了竿具，拎起那大鲫鱼，瘸着腿，深一脚浅一脚地拔腿就跑。张老二气得远远地挥舞着木棒骂："老蹬官！你别跑，你给我滚回来！"

看着"解放帽儿"一瘸一拐远去的背影，张老二气愤地站在泡边嘟囔着："占了便宜就跑，什么玩意儿？有种跟我血战到底！我不给你脑袋瓜子削放屁了才怪！"

看着张老二一身污泥的落魄样儿，实在是滑稽得很，可我却怎么也笑不出来。这张老二曾给我们这个小泡子带来多少愉快的笑声,今天他落得这副难堪样,我的心里真是失落极了。

泡子边的人纷纷安慰起张老二来:"老二,这老家伙要不是腿快,你准把他扔泡子里了!"

"他二哥,你瞧那老头的熊色儿(熊样),动真格的就他就是泡尿泥,瞅瞅你给他吓得,屁滚尿流地跑了,一定是吓尿裤子了!"

"就是,就是!还是大兄弟厉害仗义。我看这老犊子,这次可是知道你是谁了,以后不敢再惹乎你了。"

……

听了大家的这些话,张老二渐渐地恢复了以往的神气,虽败犹荣地说:"算了吧!今天就饶他一次,岁数也不小了。真给他干个三长两短的也不是那么回事,毁了我多年的好名声,看把他吓得腿都瘸了,哈哈!"张老二给自己找了个台阶下,昂头挺胸地嘟囔着走了。

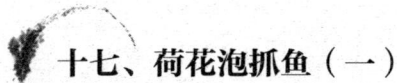

十七、荷花泡抓鱼（一）

星期天的上午写完作业，我闷在屋子里有些无聊，走出房门正看见我家的老母鸡领着一群小鸡崽，在房檐下的犄角旮旯处扒拉食儿吃。老母鸡用它锋利的爪子猛刨两下土，小鸡崽便围了上去，抻着细脖子仔细地寻觅着。

我回屋拿出一个苍蝇拍，满院子"啪啪"地打起苍蝇来。打到苍蝇，就用苍蝇拍锉起，噘噘着小嘴对着小鸡崽发出"啾、啾、啾"的声音，小鸡崽好像听懂了我的意思，离开老母鸡扑棱着小翅膀，跑到我的身边，争抢着吃起苍蝇来……

在我喂小鸡喂得正起劲儿时，我突然想起兴奎曾说过，星期天要是不下雨的话，要到荷花泡下网抓鱼去。于是我扔下苍蝇拍，直奔兴奎家。他家锁着门没人，邻家的小孩倒么鞋正拿着块"白滑石"在胡同的大墙上乱画着。

"倒么鞋，看见兴奎没？"

"兴奎领小四子他们到荷花泡抓鱼去了，我想跟着去，小四子这个坏蛋就是不带我！"倒么鞋撅着个小嘴生气地说。

远远地看去,兴奎他们果然都在荷花泡边上。兴奎拿着根小棍子不知道在抖搂着什么,士德、球子、小四子他们在一边上看。小四子喊:"兴奎!那边有个大母鲍子,过去钓,快过去钓!"

原来他们在钓青蛙呢,我顺着泡边往他们那边走去。小四子见我来了,对着我喊:"别往那边走,离泡边远点。兴奎的网下在那边,绕道过来吧,别把鱼吓跑啦!"

这小四子还挺能管事的,我绕着道来到他们身边。兴奎用木棍子当竿、白线绳当线、大头针做钩、牙膏皮当铅、青草当饵,正在钓青蛙。兴奎抖着线,挂着草的钩在青蛙面前跳来跳去,青蛙很快注意到这青草,瞅准时机一个猛扑,咬上了钩。

兴奎见青蛙咬钩了,把木棍向身后一甩,线带着青蛙飞上了天,接着又"啪"的一声,哎呀!那画面太惨了!我实在是看不下去!只见那青蛙被兴奎甩得从空中直接摔落在岸边的地上,不停地蹬腿,蹬着蹬着就玩儿完儿了,仰着脑袋,双腿僵直地躺在地上没了反应。看到这个场景,我浑身不舒服,心里隐隐作痛,扭过头去,尽量不去看。

不知道为什么,我最见不得的就是青蛙临死前蹬腿的样子,就连想一想,也是浑身的不自在。

士德和球子站在泡边的凉亭上喊我们,这俩家伙可真有能耐,凉亭那么高,真不知道是怎么上去的。

"上亭子上干什么啊?"小四子悄声地喊,球子从兜里

十七、荷花泡抓鱼（一）

掏出扑克说："快上来打扑克，输了贴小纸条。"一听打扑克，兴奎也不钓青蛙了，直接把棍子扔在岸边，来到凉亭下。

这荷花泡是公园里的，到了夏天，荷花一盛开非常的漂亮，泡边的凉亭是修来给游人休息、纳凉、避雨的地方。亭旁有个小水池，水池子里有个用水泥和石头建造的假山，球子他们就是爬着假山上到凉亭顶上的。我和兴奎、小四子也顺着假山爬上了凉亭。亭子上面既宽阔又平坦，有半个屋子那么大，打起扑克还算绰绰有余。

站在这凉亭上视野开阔，泡子被看得一清二楚，几处的水面上冒出了嫩嫩的荷叶，像碧绿的翡翠一样点缀在明亮的水面上。公园没什么游人，零零散散地有那么三五个人正在泡边悠闲地钓着鱼。

兴奎手指着一块水面说："在这亭子上正好可以看到水里的网，你们看，连那浮漂儿都能看到。"顺着兴奎手指的方向，我们隐隐约约地看见水里有一排泡沫漂浮在水面上。

我问兴奎："网上有鱼没？"

"有啊！你看漂儿头那块，漂儿一直在动，肯定有鱼。"

"那赶紧收网，起鱼啊！"我有些迫不及待。

"别急多等会儿，老人说晚上傍黑的时候最容易抓鱼，抓得还多。因为天一黑，鱼看不见网就撞上了。"

小四子自告奋勇地把上衣脱下，捐献了出来，铺在凉亭顶的水泥面上。球子从随身背的书包中拿出一本算草本，撕下两页后，又撕成了一条条的小纸条递给了我。

兴奎、士德、球子、小四子他们四个玩着扑克，我在旁边卖呆，给他们贴纸条，谁输了我就用舌头弄点唾沫往纸条上一舔，贴到谁的额头上，额头贴满了，就往脸上贴，大家你看看我，我看看你，玩儿得真叫一个开心啊！

正玩得起劲，小四子尿急，扣下牌对兴奎说："兴奎啊！憋不住了，嗞泡尿，谁也不许动牌，别耍赖！"

"赶紧的！这把牌我赢定了，你们就老实地等着贴纸条吧！"兴奎得意地说。

小四子站起身子，走到亭子一角，正尿到一半，忽然吹来一股迎头风，尿流瞬间改变了方向，齐刷刷地奔着我们而来，我们一看不好，滚的滚、爬的爬地急忙躲闪。这尿从兴奎身边飞过，在小四子铺的衣服上着了陆，兴奎前面的几张扑克牌，在阳光下闪着尿花儿。哎呀！这扑克看来是没法打了！

十七、荷花泡抓鱼（二）

兴奎脱掉衣服，到了下网的泡边直接把裤衩子也脱了下来扔在了岸边。"呼啦哗啦"地趟下水，这水越趟越深，干脆直接游泳前进。他的小屁股随着胳膊和腿的摆动，在水里一沉一浮，像条鱼在水里玩耍着。

小四子冲进大地的包米秆子堆里，拖出一个小拖拉机内胎，想拎着内胎往泡子里跑，可是他根本就拎不动。要说这小四子在关键时刻，还是有点儿小聪明的——他一发现拎不动，就把内胎放倒，开始辘轳着前进，内胎让他这么一辘轳，就打着转地滚进了泡子里。内胎都进水了，小四子还在后面拼命地追，他"呼哧呼哧"地追到了泡边，脱了裤子"噗通"一声也跳入泡中，爬上内胎玩命地划水撵兴奎。

兴奎一把扯住靠在岸边的鱼网的一头，扭过头来就往岸上拼命地游。小四子跟上，一手抓住鱼网，一手划水，也跟着兴奎游。公园的老头儿看他俩在起网，猛划着船桨追赶过来，边追边喊："往哪里跑，把网放下！看我怎么收拾你们！"

兴奎和小四子被鱼网拖得越游越慢，那老头儿船划得是越来越快。坏了！老头要追上他们了！我们岸上的几个急得直跺脚，却又帮不上忙。这网上挂了不少的鱼，都在水里扑腾开了。兴奎急了大喊："拿土块扔他，往他船上扔！快！快！快！"

我们一听兴奎的话，想都没想，在岸边划拉些土块、破砖头、瓦片什么的一股脑地向那老头扔去。可是那老头儿的船距离我们太远，我们的力气又不够，这土块什么的还没飞到老头儿的船前，就掉进了泡子里，水面上溅起了一朵朵的水花。

这土块砖头什么的，虽然没有碰到老头儿，但老头儿还是被我们吓得害怕了，把船停在了原处，不敢再向前划。气急败坏的他又骂了起来："小兔崽子！你们等着啊，抓着你们非送学校去找你们老师不可！"

一听要找到学校去，吓得我们也不敢扔石头了，兴奎和小四子也屁滚尿流地爬上岸，大伙儿一起使劲儿把鱼网往岸上拽，慌里慌张地看见网上有不少鱼，还全是大个的！因为拽得太着急，很多挂得不结实的鱼噼里啪啦地挣脱了束缚。这时的我们哪里还顾得上跑不跑鱼？人多力量大，几下子就把网全都拽了上岸！兴奎和小四子麻溜儿地（快速地）穿上衣服，大伙儿把这挂着鱼的网裹成一团，一起抬着，撒腿就跑！我们隐隐约约地听到那老头儿用船桨不停地敲打着船帮子，还在怒骂着。

大伙儿跑回兴奎家，留下小四子在胡同口把风，半天他才回来，告诉我们公园的老头儿没有追过来，我们这才松了一口

十七、荷花泡抓鱼（二）

气，打开鱼网拾掇起鱼来。哎呀！这鱼太带劲啦！全是二两来沉的大鲫瓜子，还有两条竟有半斤重！想想也对，这网的网眼大，抓的鱼自然也小不了。

大伙儿正摘着鱼，小四子"嗷"的一声叫，吓了我们一跳。

"你叫个屁，疑神疑鬼的，吓了我一跳！"兴奎训斥着小四子。

小四子哭丧着脸说："兴奎啊！我衣服忘穿回来了，还铺在凉亭上呢。"

"那你还不赶快去拿回来，快点儿去！一会儿等我妈回来，让她给咱们炖鱼吃。"这小四子一听有鱼吃，二话不说，头也不回地拔腿跑走了。

兴奎这一网抓了五六斤的鱼，装了半个洗脸盆。要不是看公园的老头儿捣乱，等天黑慢慢地起网，还能多抓些——我明明看见老头儿追兴奎时，从网上跑了不少鱼。

兴奎的母亲回来问他从哪里弄的网抓鱼，兴奎撒谎说是在荷花泡里捡的网。他母亲竟然相信了兴奎的谎话，这也不怪他母亲实在，单看一眼这鱼网，也确实像个捡来的——这网本来挺好的，被兴奎和小四子一通乱拽，刮得不成样子了，再加上刚摘完鱼，撕扯得一个窟窿眼儿接着一个窟窿眼儿的，确实是一挂破网了。要问这鱼网是哪里来的，我和士德最清楚——这网就是兴奎偷学习委员他爸的那挂网。

兴奎的母亲开始给我们做饭，他父母都是热情好客的，把我们这些孩子跟兴奎一样地对待，我们在他家也不拘谨，就像在自己家一样。

饭做好了，天也黑了。兴奎母亲把饭端了上来，这鱼炖得香味扑鼻，看得兴奎他们直流口水，除了鱼，兴奎母亲炒的那焦黄焦黄的鸡蛋，也正合我的口味。

正要动筷，兴奎母亲说："小四子这孩子哪儿去了，没和你们一块玩儿吗？兴奎你去把他喊来，一起吃口。"我们几个你看看我，我看看你地傻了眼，这才发现小四子还没回来。

不对劲儿呀！这小四子是个嗜吃如命的家伙，有这等美味怎能少了他？这衣服都拿了一个多小时了，怎么还没回来？一定是出事了！我们几个顾不得眼前的美味，急忙扔下筷子，下炕穿鞋，向着荷花泡子赶去。

来到泡边的空地，借着月光远远地望去，小四子那娇小的身影正在那凉亭上晃动着。我们几个都迷糊了，这小四子在凉亭上闹的是哪一出啊！天都黑了还不下来，莫非是上亭子容易、下亭子难？天黑了不敢从亭子上下来了？

我们正猜想着，从亭子下面突然传来了几声狗叫，仔细瞅瞅亭子下面，果真有条黑影在摇着尾巴晃动着，"不好！有狗！"

怪不得小四子拿个衣服半天没回，原来是被狗给堵在亭子上了！小四子一定是急疯了，连凉亭都下不来还吃什么饭？急得他在亭子上转来转去，真是人在高处不胜寒啊！

"这狗是公园老头儿养的那条看大门的狗吧？"兴奎一语

十七、荷花泡抓鱼（二）

道醒了梦中人，是啊，我说这狗怎么看着那么熟悉呢！

小四子这苦命的娃，咋啥好事都让他摊上了？这狗不弄走，他恐怕是下不来了。这狗可不是闹着玩的，是一条大狼狗，白天都凶得很，晚上那就更别提了，小四子那小体格弄不好就交代给这条大狼狗了。

正着急中，亭子下走来了一个人，兴奎一招手，我们几个同时卧倒在地，抬着一个个小脑袋向亭子那边看去。

"小孩你想下来不？我这饭都吃完了，你还没想明白？想明白的话，就把白天抓鱼的那些小孩的名字告诉我，我拴上狗让你下来！"

"我才不告诉你呢！有能耐你就上来抓我！"

哎呀！原来是这看公园的老头儿放狗把小四子堵在了亭子上，这老死头子真是损到家了，一个小孩而已，你还至于放条大狼狗看着吗？

一看到公园的看门老头儿，我们更着急了，得赶紧想办法把小四子弄下来，他现在还算坚强，这要是熬到下半夜，顶不住老头儿的严刑拷打，说不定就会把我们几个供出来，然后找到学校，再弄到派出所，那可真是遭殃啦！那时候要是一听到"派出所"三个字，都不知道为什么，腿自然而然地就打起了哆嗦。

小四子和老头儿一个在亭上，一个在亭下，僵持着。还是兴奎鬼点子多，只见他眉头一皱，计上心头。兴奎让球子和他一起去泡子那边划船,把老头儿和狗引过去,让我和士德把小四子从亭子上弄下来。

安排完营救计划,兴奎和球子猫着腰,从小道绕到泡子对面去了,我和士德则趴在原地等待着时机。

月光照在荷花泡上,泡子的水面平得像块镜子,小船静静地停放在泡子对面的岸边。突然船桨的划水声打破了水面的平静,"咣当咣当"的敲船声从泡子对岸传了过来。我隐隐约约地看见兴奎在小船上拿着船桨敲打着船头,故意地弄出声响。球子站在岸边,好像是用手拽着船绳,怕船溜得太远。

"小兔崽子!我不找你,你还找上门来了!老黑,上!"老头儿听见这船响的声音,领着狗向泡子对面跑去。眼看老头儿和狗跑远,我和士德"噌"地一下,从大地里蹿了起来,三下两下地跑到亭子下,对着小四子就喊:"小四子!快跳!快跳!往这边跳,我俩接着你!"

这小四子见救星来了,喜出望外,激动地哽咽着说:"等下啊!我把球子的扑克给收拾下。"

"快跳,还磨叽什么!老头儿回来谁也别想跑!还要什么扑克,都让你嗞上尿了!"士德仰着头对小四子喊。

"小兔崽子别跑!"

"汪!汪!汪!"人叫狗吠的声音从泡子那边传来,看来兴奎他们是跑掉了。

"小四子!快跳!"我也着急地对他喊。小四子也不含糊,

十七、荷花泡抓鱼（二）

如狼牙山五壮士中那英勇的八路军战士一样，冲着我和士德飞身跃了下来，我俩急忙接住站稳，三个身影嗖嗖地向着兴奎的家跑去。任凭身后老头儿肆意地喊骂和狼狗发疯地吼叫着……

在兴奎家的小胡同口，我们碰见了他和球子，这两人有说有笑地正在等我们。呼哧带喘的小四子一看见兴奎，身子一下子就软了下来，亭子上那大义凛然的威风早已荡然无存，瘫倒在了兴奎身上，前奏般的哽咽抽搐着，刚要哭出声来，被兴奎一顿劈头盖脸的臭骂又给顶了回去，"拿个破衣服拿得这个磨叽！饭都做好了就等你一起吃哪！怎么就让那老损头儿给堵凉亭上了？我们要是不去，你就饿死在凉亭上得了！有你准没好事，饿憷了吧，先回屋吃完饭再说！"

"兴奎啊，这事不怨我，真不怨我啊！我回去拿衣服正好看见一个男的在摸一个女的的大胸脯子，你说他俩在凉亭底下干那个事，我怎么上去拿衣服啊？我一边看，一边等他俩走，哎呀！兴奎啊，你可是没看见啊！那大胸脯子我看得是真真亮亮的！骗你们我都是儿子！等他们走了，天也黑了，刚爬上亭子，老头儿牵着狗就来了，正好给我堵亭子上面去了，他上不来，我下不去。老头儿都坏到家了，他回去吃饭还把狗留在亭子下面看着我，我可啥也没告诉他啊！我小四子绝对干不出出卖朋友的事……"

"小四子，真看到大胸脯了吗？"

"小四子，他俩到底都干什么了？"

"小四子,过瘾不?"

"小四子,你真不够意思,有这好事也不叫上我们,你自己独享!"

我们几个孩子突然来了兴致,纷纷挑逗着说。

"真看见了!那是……真白真大呀!他俩……哎呀……"

听小四子这么一讲,这给我们乐的。小四子一看他给我们讲乐了,他努力地提了提精神,又再次绘声绘色、手舞足蹈地详细描述了一番。说到亲嘴,他上前踮着脚尖、搂着兴奎的脖子,把小嘴凑了上去;说到摸胸脯子,他又把手伸进了兴奎的衣服里……

不是一家人,不进一家门。那天晚上的饭,吃得特别的香,大伙儿围坐在兴奎家的饭桌前,嘻嘻哈哈地吃着闹着。我想,既然把小四子给救回来了,也算是吃了顿团圆饭吧。

十八、马蜂与黑鱼

当学校和大街小巷里时不时"嘟——"地传来一声小号声,我们就知道"六一"儿童节即将到来了。

我、兴奎、士德都是校队的小号手。这小号可不是好吹的,吹不好的人吹不响不说,腮帮子还鼓得生疼;就是吹响了,那你也得吹出个调来。

下课后,兴奎和士德坐在班级的后窗台上"嘟、嘟、嘟"地对吹着小号,我一吹小号脑子就缺氧,嗡嗡的响,我是死活不吹了,等检阅时对对口型、滥竽充数混过去得了。于是我拿着硬纸壳本夹跑出了教室,来到操场的水泥讲台前和同学打起了乒乓球。在水泥讲台上用粉笔一画,乒乓球案子就出来了,再弄两块砖头架上一根木棍,球网也就做出来了。

就这简易的乒乓球台,你还得下课早点儿出去抢地方,去晚了只能站在一边卖呆。

我和同学挥舞着本夹,左一拍右一拍地正玩得起劲,突然男厕所那边传来一阵阵凄惨的哭爹喊娘声。放眼看去,一群学生，不是用衣服捂着头，就是用双手护住脸的从男厕所后边的草丛边蹿向操场。

这一定是出什么事了，人群中一个熟悉的身影一闪而过。咦？这小四子怎么也混在人群中？他底盘太低我一眼就扫到了他。

小四子双手抱着脑袋，猫着个腰，飞快地倒腾着两条小腿，没命地往我这边跑。他根本没听见我喊他，我迎着他跑上前去，一把给他抱住。

"小四子，怎么了这是？"

"快跑！马蜂窝被六年级的学生给捅了，马蜂出窝蜇人啦！"话音未落，他的小腿一转圈，箭一般地冲向了他的教室。

还没到教室门口，小四子又跑了回来，看他那架势还要往马蜂窝那里跑。我急忙给他拽住，"小四子，你不要命了！回去干什么，想让马蜂出来蜇死你啊！"

"我的鞋跑掉啦，我得回去捡回来！"

"铃……"上课的铃声响了，小四子更着急了，非要回去拿鞋，我怎么拦也拦不住，只好把半截袖上衣脱下，把他的头蒙住，他光着一只脚，"啪嗒啪嗒"地跑了回去。

我光着膀子，看着小四子探头探脑、左躲右躲地跑回草丛前，"哎呀"一声趴在地上，用我的衣服死死地蒙住头，一动不动了。我急着喊："小四子赶紧起来拿鞋啊，我等衣服回去上课呢！"他脸贴在地上，头蒙在衣服里回道："别过来，别

十八、马蜂与黑鱼

过来！我头上有马蜂！"

这可怎么整，小四子被马蜂追着蛰，趴在地上不敢起来，我光着膀子也实在是没办法帮他。

我冲进教室喊兴奎来支援："兴奎！兴奎！快救小四子，他让马蜂蛰得起不来啦！"

兴奎正光着臭脚丫，低头在课桌上摆弄着他的破钢笔，一听我说小四子让马蜂蛰了，一蹦高地站了起来，脚一划拉，把白布鞋趿拉上，边跑边提上鞋跟。刚跑出教室门口又转身跑回教室，把墙角的扫地笤帚拎了起来，"噔噔噔"地冲出教室，直奔小四子跑去。

这时音乐老师来班级上课，她在教室门口正遇见光着上身的我和拿着笤帚奔跑的兴奎。美丽的音乐老师有先是一愣，然后大声呵道："你们两个还有没有个学生样了？一个不穿衣服、光着个膀子；一个满操场的拿着笤帚跑，都上课了不知道吗？"

兴奎回头喊："老师我们这是去救人，马上就回！"

兴奎快步跑到小四子身边，挥舞着笤帚喊小四子起来快跑，小四子打开衣服露出半个小脑袋，朝着跑掉的鞋子那里，迅速地爬了过去，他一把抓住鞋套在脚上，"嚯"地站起身来就喊："兴奎！快跑！"

两个人奔着教室的方向蹿了过来，"啊！"兴奎一声哀嚎，他一手捂着脖子，一手抡着笤帚跑得更快了。

兴奎跑到我身边的时候，松开捂在脖子上的手对我说："快看看,让马蜂蜇了!帮我把蜂毒针给拔出来!"

我扒开兴奎的衣领,哎呀妈呀!一根蜂尾针正扎在兴奎的后脖颈上!那针带着蜂肚,一半扎在肉中,另一半还在外面蠕动着。我用手指甲一捏这蜂尾针,猛地一下给拔了出来,这兴奎疼得肌肉一紧、嘴一歪,忍不住地喊疼。

音乐老师本想批评我俩,一看兴奎被马蜂给蜇了,还救了低年级的小四子,她也就没说什么,让我陪着兴奎到村里的卫生所去看下。那时候的人不怎么精贵,卫生所里一个穿白大褂、戴老花镜的老头儿简单地问了下兴奎有没有发烧、有没有恶心等症状,然后弄了些盐水洗了洗马蜂蜇的伤口就完事了。

我和兴奎从卫生所出来时阳光正足,晃得眼睛一片白光。兴奎左手捂着脖子眯着眼说:"这音乐课都上了一半了吧,等咱回去了也该下课了,就别回去了吧!老师肯定不会批评咱们的,咱俩去荷花泡看钓鱼吧!"

荷花泡的旁边还有一个小泡子,本来这小泡子和荷花泡是互通着的。小泡子里有鱼还有蛤蜊,我们经常到那里洗澡,有时用脚就能踩到蛤蜊。蛤蜊壳大肉少,没什么吃头,也没什么好玩儿的,要是不小心让它的外壳夹到,那也是挺好玩儿的一件事。

这小泡子不知道什么时候被人承包下来,用泥土堵上,形成与荷花泡相同的水面,养起鱼来。自从养了鱼之后,养鱼的人就不让我们在小泡子里洗澡了,在小泡子边上还搭了个窝棚

十八、马蜂与黑鱼

喂鱼、看鱼。

听说前几天下大雨,堵泡子的泥土被雨水刷出了一道口子,有不少鱼跑到荷花泡里,这样一来,到荷花泡钓鱼的人自然多了起来。

我和兴奎悠闲地在泡子边遛达着,一会儿看看这个钓鱼的,一会儿看看那个钓鱼的。正看得过瘾,一个穿着灰色夹克的中年男子拿着一把竹节竿,从我俩身边匆匆走过。奇怪的是,他拿的竿没竿稍,竿的第二节拴了根尼龙线,只拴了一把大钩,钩上还挂了只小蛤蟆。

他拎着挂着小蛤蟆的竹竿,在泡子的水草边转悠着,不知道在干什么。我和兴奎跟在这个男人的身后想看个究竟,那男的弓着腰,迈着小碎步,眼神神秘兮兮地在泡子里的水草中搜索着。突然,这男似乎发现了什么,他轻轻一挥鱼竿,把小蛤蟆带着钩线一起扔到一处水草旁。钩上的小蛤蟆是活的,挂着钩,拖着线在水面上痛苦地挣扎着,这人见了蛤蟆要往水里钻,轻轻地提下鱼竿,小蛤蟆就又被拽出了水面,在水上再度挣扎起来。

他就这样反复地把小蛤蟆扔进泡子里,再反复地提拉着小蛤蟆。这给我和兴奎看得傻了眼。这是钓什么啊?这么来回地甩小蛤蟆也不见钓上什么东西,这么大个人了,应该不会是像小孩子似的逗小蛤蟆玩吧?这让我越发地好奇了。

我正想着,小蛤蟆所在的水草边突然翻起了一个浪花,"扑腾扑腾"的声音在水面上响了起来。那男的猛站起身来,双手紧握竹竿用力向岸上一甩,一个黑不溜秋像洗衣棒槌般大小的家伙便被拽上了岸,扭动着身子在地上反抗着。

这男的一扔竿,双脚一蹬地,"噌"地一下跑了过去,俯身弓步、双手死死地把这家伙按在了地上。任凭这家伙拼命地挣扎反抗,就是不松手!几个回合下来,这黑不溜秋的家伙便被这男人铁钳般的双手制服了。

哇!大黑鱼,是条大黑鱼!我这才看清楚这男的钓上来的是条黑鱼,这黑鱼像条长虫似的,黑黑的身子,带着花纹,有点儿吓人。

"叔,这黑鱼哪里来的?荷花泡里也没这种鱼啊!"

"对!荷花泡没这种鱼,这鱼是养鱼池的老板从外地买来养的,下雨涨水从鱼池跑过来的。"

"叔,钓黑鱼怎么和钓蛤蟆一样啊?"

"是啊!黑鱼是一种凶猛的鱼,专吃小鱼和蛤蟆这些活物,它见到活物到了它的领地,就会攻击。这不,我就用活蛤蟆把它给钓上来了。"

这真是太神奇了,给我和兴奎都听傻了。

这男的钓到黑鱼的消息很快地传遍了整个荷花泡,钓鱼的人都跑来看热闹,人一多就难免闹得慌,这一吵闹,鱼也就没法钓了。钓黑鱼的男人只好坐在泡子边,闷闷地抽着烟。

泡边有几个钓鱼的人也不好好地钓自己的鲫鱼了,也学着

十八、马蜂与黑鱼

这男的四处抓小蛤蟆,钓起黑鱼来。更有意思的是,有两个人鱼竿也不用,直接弄根长木棍拴上线、绑上钩,挂上小蛤蟆,也加入到"打黑"的队伍中来。

荷花泡一下子热闹啦!放学的学生、下班的工人、附近的老百姓都凑来看热闹。养鱼池的老板闻讯,也赶紧跑来看个究竟,他一边看一边心疼地说:"哎!这鱼都长四五斤大了,跑了真是可惜啦!"他想了想,回到鱼池拿了个大抄网,也在泡子边寻找起来。

我和兴奎本想接着看热闹,怎奈放学的时间到了,该回家吃饭了。我和兴奎恋恋不舍地离开荷花泡。在回家的路上,兴奎说:"这钓黑鱼真过瘾,咱俩下午逃课来钓吧!"

"不行!不行!逃课的事要是被老师告诉家长,就完蛋啦!"我嘴里虽然这么说,眼前看到的却是我拿着渔竿,正钓到一条活蹦乱跳的大黑鱼。

"下午体育课打篮球,站完队叫上士德咱们就走,老师不会发现的。你有线和钩,弄根架棍就可以钓!"兴奎继续说服我。我实在是拒绝不了兴奎的这番盛情邀请,小鸡啄米般的点头答应了。

回家匆忙地吃了口饭,我拿了线和钩,找兴奎一起又来到荷花泡。完啦!这黑鱼肯定是钓不了了,泡子的周围左一个、右一个的,到处都是找黑鱼钓的人。还有个人背着把猎枪也来打黑鱼,也不知道看没看见鱼就"砰、砰"地朝着泡子的水草里乱放着枪，枪声一响还给大家吓个够呛。

　　那个男的收拾好鱼竿，拎着黑鱼，很无奈地看了看泡边的人，叹了口气，摇了摇头走了。我和兴奎卖了会儿呆，也没见到有人再钓到黑鱼，于是迈着悠闲悠闲的小步来到学校的操场，等待着上课铃声的响起。

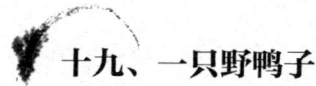
十九、一只野鸭子

泡子上雾蒙蒙的一片,水草被鱼撞得哗哗直响,一只轻巧的小水鸡伸着长长的细腿在泡子里的水草上跳来跳去,开心地玩耍着。几只野鸭子"扑棱棱"地从草丛中飞了出来,冷不防地给我吓得心头一颤,站在原地愣了神。

泡子没人,我独自来到我的小草窝前,草叶上挂着圆圆的露珠儿,一簇簇水草在水面上疯长着。我喜出望外,因为柳爷爷曾告诉我说,"钓鱼不钓草,多半是白跑。"大概的意思是说钓鱼要在草边钓,有草的地方不仅有鱼,而且还能存住鱼。

天还没放亮,光线不是太好,我蹲在草边看着漂儿。咦?眨眼的工夫漂儿怎么不见了?我左看右看地也没找到,心里好是奇怪,想起竿找找漂儿,鱼竿竟然没提动!完了,这准是鱼钩挂在水草根上了,鱼钩挂上水草根,十有八九得下水捞钩,不下水恐怕是拽不出来的。

我正准备脱衣服下水,突然鱼线一抖,竿子一沉,不对!这线上有鱼!鱼的劲道还不小,拼命地往水草里拽着线,我死死地握着鱼竿尽量控制着鱼，不让它钻进水草里。

鱼线被鱼拽得"嗖嗖"地直响，我既兴奋又害怕。兴奋的是，这是一条大鱼，害怕的是，这软绵绵、还受过伤的韩国竿可千万别断掉了……

这鱼恐怕自己一个人拿不上来，我心想，要是柳爷爷在就好了。我慌忙地向四周张望着，泡子周围依旧空空荡荡，想必是我来得太早了吧。

竿子已经弯得不能再弯了，我怕断竿，想松手，可又怕鱼把竿子拽到水底去；不放手，又怕竿子断掉。我心里正矛盾着，从泡子西面突然传来一声枪响，给聚精会神遛鱼的我，吓得"啊"的一声，双手捂上耳朵瘫坐在泡边上。

一群野鸭从泡子的草丛中，扑棱棱扑棱棱地蹿了起来，拖着笨重的大屁股向江边飞去。远处又传来了一阵"咚咚咚"杂乱无章的跑步声。

"打到没？"

"我看见打到一个，飞到泡子那边去了！"

有两个人在远处互相喊着话。

我缓过神来看看空空的双手，一下子蒙了。哎呀！我手里的鱼竿怎么不见了呢？我寻思寻思才反应过来，刚才那一声枪响给我吓得把鱼竿一扔，就坐在了地上。谁这么缺德，一大清早地跑到泡子开枪打鸟！这是打鸟吗？这是要吓死人啊！

我起身四处寻找鱼竿，竿子早被鱼拽到对岸深水的一处草

十九、一只野鸭子

丛里了,鱼好像还在钩上,竿在水中上下起伏地摆动着。我正愣神看着竿子,打算下水去捞,突然一只黑色的野鸭从半空中飞了下来,一头扎进对岸的水草堆里,扑腾了两声便没了声响。这野鸭一定是让枪声给吓着了,慌里慌张地扎进水草丛中躲起来了。

鱼竿是必须得捞,不下水鱼竿是拿不上来的,即使是清晨的水凉也有没其他办法。我扭头正准备往泡子对岸走,"咚!咚!咚!"的脚步声越来越近了,我能感觉到大地在微微地颤抖着。我回头一看,一大一小两个人呼哧带喘地从泡西边的草堆中朝着我的方向跑了过来。

"那个小孩你站住,问你点事!"话音未落,两个人已经来到我的面前,"小孩!看没看见一只野鸭子掉在附近?"

我仔细看了看这两个人,大人有三十多岁,满脸的横肉,手背上文着一个蓝色的"忍"字,右肩上扛着把单管猎枪,看得我心里直发毛。

这种猎枪我比较熟悉,我小舅也有一把相同样式的猎枪,平时就挂在他家中的后墙上。遗憾的是,小舅不让我动他的枪,我也只是偶尔趁小舅不在家,偷偷地摸下,过过手瘾罢了。

其中那个小孩年龄能比我大个一两岁,长得人高马大的,比我高出一个半人头。他剃了个小光头,上身穿了件脏兮兮的校服,我一看那校服就知道他是东方红小学的学生。这家伙也够邋遢的了,衣服的扣子也不系,露出半个肩膀。长得倒是蛮结实的，胸前嘟噜着两块肉，一喘气，这两块肉也跟着颤颤悠悠的。他下身穿着条蓝裤衩，那大腿粗得有点儿邪乎，一点不夸张地说——我的两条大腿也未必赶得上他的一条大腿粗。他脚上穿着一双塑料凉鞋，脚趾盖也不知道有多久没剪了，像把雨伞一样盖在脚趾头上，指甲盖下满满的都是污泥。

这家伙一身黑黑的皮肤与泡子边的黑土地浑然一体，如果他光着身子躺在大地里，你用眼睛不一定能找到他，你最好拿根木棍捅着找，硬的是土地，软的准是他。这家伙两眼斜愣愣地瞅着我，满脸的不屑，好像我与他有仇，在什么地方惹到他了似的。

他们两个人放枪打鸭子，让我很生气，要不是因为他们，我的竿能被鱼拽水里去吗？就是知道野鸭子在哪里，我也不告诉他们，更何况我根本就没看到他们打的野鸭子。

我没好气地回答那大人说："什么野鸭子啊？刚才被你们一枪打的都飞江边去了，还把我的鱼也吓跑了！你们看，鱼竿都被鱼拽水里去了。"

他俩看了看水里的鱼竿，那小的幸灾乐祸地哈哈大笑起来，边笑还边说，"活该！看你个小样的也钓不着鱼，怎么没让鱼给你也拽泡里去！你是胜利小学的小豆包吧？知道我是谁不？你们学校六年级的大虎都让我揍过。"

这小子歪着个头不怀好意地看着我，说实话我心里突突的真没底。那大虎可是我们学校响当当的人物，人如其名——他

十九、一只野鸭子

就是"虎","虎头虎脑"的虎。大虎喜欢逃个学、打个架什么的,低年级的学生没少挨他的欺负。一次我们班的大王和二王他们哥俩联手跟大虎打架,也没占着半点儿便宜,让大虎拿砖头攮得屁滚尿流地四处乱跑。要说眼前这家伙真能把大虎给揍了,想必他也不是个善茬子,更不会是什么好鸟儿。

这家伙对我拧着眉、瞪着眼地满是挑衅,我真不知道该如何是好。这时那背着枪的大人说:"小霸王!别磨蹭了,咱去那边找找,明明看见飞这边来了,怎么一转眼就没了呢?"

他俩离开我在的泡边,转悠着找着野鸭,我忽然想了起来,那只扎进对岸水草中的野鸭,不会就是他们找的那只吧!就算是也不能告诉他俩,一看他就没个好人的样儿。

他俩在泡子边找了半天,连根鸭毛都没看见,那个大人说:"别找了,肯定没掉岸上,掉泡里的话,也早浮上来了,弄不好没打死,跑江边去了,咱到江边再看看。"

看着他们两个人消失在我的视线里,我忐忑不安的心才踏实下来。我急忙跑到泡对岸,三下两下地脱下了衣服就要下水。泡子边这时来了几个钓鱼的人,有个叔叔喊我:"小孩!你要下水干什么,淤泥太厚,别下去啊!"

"我的竿被鱼拖到水草里了,我下去给捞上来。"

"你还是别下去了,找大人来捞吧,太危险了!"

"没什么事,我会水!"

我摸着水草慢慢地向鱼竿走去,鱼没跑,竿子还在轻轻地浮动。水越来越深，淤泥也越来越厚，最后不得不游泳前进，我一把抓住竿子回头就想往岸边游。我这么一拽，竿子却闻丝未动，我这边用力地一蹬脚、一扑腾，鱼在水草里也跟着扑腾了起来。我这边一使劲，那边的鱼也跟着使劲，竿子先是一轻，然后又是一沉，鱼脱钩跑了，钩又剐在了水草上。

那叔叔又喊："哎呀！白瞎了，鱼可不小啊！可惜跑掉了，真可惜啊！"这鱼一跑，我也很不是个心思，我连这条鱼长什么样都没看清楚就让它跑了！都怪那俩打鸟的人，如果他俩没放枪捣乱，我像桂爷爷那样慢慢地遛鱼的话，肯定能钓上来！

我顺着鱼线，反身又游了回去，一个猛子下去把钩从水草上摘了下来，刚露出水面，我突然发现，这水草里怎么漂着这么多的鸭毛啊？定睛一看，一只野鸭正一动不动地趴在茂密的水草里，耷拉着脖子，紧闭着眼睛。我拉着钩线游了过去，来到这鸭子的跟前时它仍没有反应，我一把抓住野鸭的脖子游回了岸边。

到了岸边，我没急着上岸，而是站在水里向四周看了下——还好没有人看见我捞了只野鸭子。我把鸭子藏在岸边的草丛中，穿上衣服、收拾了鱼竿，待确定那俩打野鸭的人没回来，才大胆地把野鸭子从草里扒拉出来，装进网兜里后还不放心，又脱下外衣把网兜包上，头也不回地跑回了家。

这只野鸭子真是短命鬼，胸脯上的两撮毛被枪沙打出两个坑，经水一泡，两处伤口清晰地浮现在了我的眼前。我把野鸭

二十、西大河网鱼

放到了水缸后面的阴凉处,等着晚上母亲卖菜回来,拾掇拾掇后下锅炖上。

放好了鸭子,我这才发现我的衣服不仅湿淋淋的,还粘着鸭毛,于是我来到水井前,压了些清水洗着衣服,把洗完的衣服晾在自己院里的葡萄架上,清晨的阳光斜照在我的衣服上,晶莹的水珠闪着五彩的光芒。我的心里很是舒坦,鱼虽然是跑掉了,捡了只野鸭也不错!塞翁失马,焉知非福,一只小小的野鸭让我无比的快乐与知足。

二十、西大河网鱼

兴奎低头正郁闷着,因为吃早饭的时候他挨了批评,作为惩罚,他母亲声色俱厉地警告他——作业不写完绝不准出屋!他最怕的就是写作业,每次老师检查作业,他准会理直气壮地用着同一个理由回答老师,那就是"钢笔坏了"!

"钢笔坏了"——这个理由是兴奎的看家法宝,让兴奎运用得如鱼得水,以他的"不变"应付着老师的"万变"。这个理由还让兴奎运用得一丝不苟,六年如一日地经久不衰。当然,这个理由是绝对充分的——钢笔坏了自然写不了作业!这也充分地体现了这个理由的简单实用性,我想兴奎可以拿着这个理由去申请专利了。

兴奎不领我们出去玩,那我们还玩儿个什么劲儿?俗话说:"蛇无头不行,鸟无头不飞。"兴奎可是我们这一小伙人的蛇头老大,是我们的这伙人中的灵魂人物,没了他什么也玩儿不成。

我喊来了士德和球子,我们三人一起陪兴奎写作业,兴奎

二十、西大河网鱼

的积极性也上来了,在我们浓浓的友情支持下,兴奎的作业很快写完了。

兴奎高兴了,想了想说:"今天人齐,咱们拿网去西大河抓鱼去!"兴奎的主意还就是多,趁着青春年少,不抓个鱼摸个虾的,还能干啥啊!

小四子是不请自来,仿佛没了兴奎他就活不了似的。

兴奎在仓房里找出了破鱼网,小四子把网塞进水桶一起拎着,我们这一行人马有说有笑地向大河走去。

去大河要路过江边,在江边的小道上正好碰见三的,他是我们实实在在的同班同学,只不过和我们几个的家离得远,没怎么一起玩过。听说这三的可是个抓鱼、摸虾、打鸟的高手,只是我没有亲见过他的本事。

三的站在他家胡同口的水井边,翘着个脚,手里拎着弹弓正在往菜地里撒晔着什么,看样子他正在找鸟。见到我们这伙人,他小手一挥,来了一个暂停的手势。

三的从兜里摸出一颗石子放在弹弓兜里,屏气凝神地拉开弹弓,双眼瞄着前方。顺着他的眼神望去,一只麻雀正站在菜地里的黄瓜架上扭着脖、抖动着翅膀。"噗!"一颗石子穿过黄瓜叶,正打在这只麻雀的身上,麻雀扑打着翅膀"嗖"地一下飞跑了,一撮鸟毛从空中缓慢地飘落下来。

"可惜了,跑啦!要不是黄瓜架挡了一下,这鸟死定了!"三的自言自语地说。

"三的，你家住在这里啊！"我朝他喊着。

"是啊！你们这是要干什么去？"

"我们要到大河抓鱼去，你去不去？一起去玩儿啊！"

三的不屑一顾地看了看我们说："就你们几个还要去大河抓鱼？拿这破网是要到大河里去抓鲸鱼吗？"我们几个被三的这话给弄蒙圈了，大眼瞪小眼地不知道该怎么回答。

"你们这网到泡子里抓抓鲫瓜子还行，抓河鱼可不行，网眼太大了，这你们都不懂？抓河鱼哪有用这么大网眼的。走！到我家拿盘小网眼的挂子去抓河鱼去。"

我们跟着三的进了他家的院子，房檐下的木架子上摆满了各式各样的花儿，一股股浓郁的花香扑鼻而来。三的打开仓房，从仓房的墙上拿下来一盘鱼网，拎在手里就要走。兴奎眼尖，看到仓房里还有个摇电就问三的说："这摇电也是你家的吧，一起带上，咱过鱼玩去。"三的摇着头，指着那放在角落的摇电对我们说："这摇电，还有挂在里墙上的气枪都是我哥的，我可不敢动，咱就拿这小网玩儿会得了。"

兴奎似乎不甘心，眼睛直愣愣地盯着那摇电，不知道在琢磨着什么，三的关上仓房门，挂上锁，喊着我们一起向大河走去。

从江边的小道穿过去便是大河，河水与江水就在这里汇合。我们在三的的带领下趟过一条小河，来到了我们春游地点附近的柳树毛子。三的说："就在这里吧，这儿江水与河水交汇，鱼肯定多。"

二十、西大河网鱼

　　这三的抓鱼还真有一套,只见他解开网绳,双手将了将小挂网,穿着小裤衩,趿拉着小凉鞋在大河边来回地遛达,边溜达边往河水里撒眸,我知道他这是通过看"鱼花"来找鱼群。三的突然像定住了一般,一动不动,然后猛地抡起小鱼网一甩,网在半空中形成了"一"字形,被拦腰抛进了河水中。

　　他在河边捡起一块石头,把手中的网绳拴在石头上放到岸边,又在河水中洗了洗手、甩了甩手上的水后,接着得意洋洋地说,"网下好了!一会儿就等着收鱼吧!"

　　三的这甩网的绝技真是把我们给镇住了,我们见过在泡子里划着车内胎,一点点下网的,还真没见过这等潇洒地甩网,真是又长见识了!兴奎看了看三的下的网,再看看手里拿的大破网,傻呵呵地愣住了,不知道该说什么。

　　三的算了算时间,看看网说:"差不多了,网上已经上鱼了,你们往这网的前面扔些石头赶赶鱼,咱们就起网。"大家一起捡着岸边的石头"噗通噗通"地往河水里扔着。

　　扔了一会儿之后,激动人心的时刻终于到了——要起网啦!三的胸有成竹地说:"看来这网上的鱼不少,你们看网漂儿在乱动着呢!"我们几个齐刷刷地看着网漂儿,说实话,我是真心看不出来有鱼在网上,话说这网漂儿被河水一冲一冲地一直在动着。心中不由地暗想,这三的是不是在吹牛,跟我们玩儿故弄玄虚呢?

　　三的解开拴在石头上的网绳头,轻手轻脚地提着网,一点

儿一点儿向河里走去,边走边收着网。三的每提起一块网,我们站在岸上就跟着欢呼着:

"这条大,大柳根子!"

"那条是大瞎嘎子!"

"那条是红赤的!"

三的真是神了!可谓是三的一伸手,就知有没有!这鱼让三的抓得妥妥的!白的、红的、黄的;大嘴的、尖嘴的、小嘴的全部一网打尽。

三的拎着挂着鱼的网,牛气十足地上了岸,大家欢跳着围了上去,你一言我一语地都在夸着三的厉害。三的拎着网,仰着脖说:"让开,赶紧让开!到那边的沙堆旁摘鱼去,这里草太多,容易挂网。"

三的把鱼网放下,在沙堆上摊开,不紧不慢地一条接一条地摘着鱼。我们几个要伸手帮忙,他硬是不让,说什么我们不会摘,别把他的网摘坏了。三的一个人鼓弄了半天,才把鱼摘完。哎呀!他这一网足足抓了三斤河鱼,这给我们看的是既眼馋又羡慕!

第一网丰收后,三的又要甩第二网,兴奎实在是忍不住了,央求着说:"三的!我来甩一网,让我也过过瘾!"

"兴奎啊!不是我三的抠搜不让你甩,你不会甩,根本就甩不出去!现在赶上鱼多还是我甩吧,你就别耽误时间啦!"说完,三的选了个地方又甩了一网。

二十、西大河网鱼

不知不觉已是中午,炙热的太阳照在河边上,河边的沙土石块慢慢地烫了起来,兴奎试探地问三的:"这里用摇电过鱼能行不?"

"肯定行,就是这里河水有点急,电到的鱼万一被水冲跑了,不怎么好抓,往下走走找个水缓的地方保没错!"兴奎听了三的话,眯着眼睛乐了起来。

三的提议说:"大中午的都饿了,咱就在这儿烤鱼吃吧。"

一听要烤鱼吃,正躺在细软的沙子上,美美地享受着阳光浴的小四子"噌"地一下爬了起来,自告奋勇地说:"我去捡柴火!"说完忙着跑去,四处划拉着干树枝。

兴奎兜里有火柴,他找些干草生着火,我和士德、球子收拾鱼。三的在沙堆上选了地方,挖了个大坑,又找来几块薄石头放在了坑上,把火引到坑里,点了起来。

石头被火一烤慢慢地热了起来,三的把鱼一条条地放在石头上,找来两根木棍当筷子,一边翻、一边烤着鱼,鱼的香味随着暖风也一点点地飘了出来……这味道没说的,地地道道的就是香!

小四子的眼睛一眨不眨地盯着一条小鱼,没翻上两下就忍不住地说:"这条小的熟了吧?再烤就糊了,我先尝尝吧!"如此反复地说了几次也没见有人反对,他也不管这石板上的鱼烫不烫,闪电般的一伸手,把鱼抓了起来。这鱼似乎是烫得很,小四子把鱼在两手之间迅速地倒腾了几次,一张嘴,鱼便被他送入了口中,他热火朝天地吃了起来,没几下就连鱼带刺地下了肚。小四子撇撇嘴,回味无穷地说:"三哥啊!你这鱼烤得真是绝了,又嫩又鲜!要是放点盐,有个咸淡味,就更好了!"

大家见小四子带头吃了鱼,也都不再装什么矜持了,你一条我一条地吃了起来,三的这一网抓的鱼很快就被我们消灭得干干净净,虽然大家都没吃饱,但是吃得确实很好。

这烤鱼吃得我们香汗淋漓,三的又提议大家先洗个澡,洗完澡正好起网摘鱼,然后回家。

三的说得对,下午大江涨水,如果走晚了,河水变深,就蹚不过去了,拿着鱼网穿着衣服想要游泳的话,也不怎么方便,绕道走呢,又太远了。

六月的河水毕竟还有点凉,大家匆忙地下河冲了个澡,就跑上了岸。太阳一晒,这皮肤又痒又紧,挠了几下,身上的灰泥就打了卷,我索性坐在沙子上,搓着身上的灰泥玩,大家见我在搓灰,也都跟着我,你一把我一把地搓了起来……

收网起鱼时,这网收获得更多,什么马口、柳根、白漂子的又整了三四斤,三的说我们运气不错,可能是赶上鱼汛了,鱼厚实,所以抓得多。

走在回家的路上,兴奎嘟囔着:"咱没小挂网,要不明天咱们再去大河过鱼吧!"

"过鱼?"这让我们惊诧不已,过鱼得用摇电啊!没摇电过什么鱼啊!

二十、西大河网鱼

"摇电我能弄到,我爸单位值班室里有个摇电,还有水裤,看门的老头儿我认识,晚上我想办法去骗老头儿说我爸让我去拿摇电和水裤,那老头儿肯定能给我。"

听了兴奎说这话,给我激动得不得了!我见过别人用摇电过鱼,可自己连摇电都还没摸过一下,看来能跟兴奎玩儿玩儿摇电,过过瘾了!

二十一、电鱼

当兴奎牛气哄哄地把摇电、水裤、抄网这三件法宝摆在院子里向我们显摆时,我们既兴奋又紧张,没想到这兴奎还真是有本事,说到做到,摇电果然让他弄到手了!

我抢着拿起摇电,这东西还挺沉。小四子伸手要去摇把手,兴奎猛地一把将他拉开,接着一顿臭骂:"你作死啊!摇一下就带电了,你要过死谁啊!"小四子吓得赶忙收回手,笑了笑说:"兴奎啊!我这是想帮你拿摇电,你误会我了!"说完,一把将摇电从我手中抢了过去,踉踉跄跄地背在了身上。

我正后悔不该拿这沉甸甸的东西,正好被小四子抢去了,我情不自禁地偷偷乐了起来。

刚出大门口,小四子不放心地问兴奎:"兴奎啊!你拿火柴了吗?要是没拿,咱中午怎么烤鱼啊?"

"你就知道吃!这鱼还没电到一条呢,你倒是先琢磨着怎么吃了,别磨叽了,赶紧走!兜里揣着火呢,别瞎操心!"兴奎火刺棱地回着小四子。

二十一、电鱼

这摇电背带太长,小四子那小肩膀跨上背带后,摇电几乎就拖拉到了地上,他没办法只好双手使劲地往前胸下方拉着背带,尽量让摇电贴在他的后背上。他这一拉不要紧,身体不由地向前倾斜起来,屁股也撅得老高,那个样子实在是滑稽。

我们这伙人一个个士气高涨、满怀豪情壮志的样子,那阵势好像行军打仗似的。路上几个大人好奇地看着我们,"天呢!这帮小屁孩这是在哪里弄的摇电,这是要作死啊!"

"喂!小孩,你们这是要上哪里电鱼去啊?"

"哎呀!这又是摇电又是网的,这都谁家的孩子,这都要作翻天了!"

他们爱怎么说就怎么说,我们走的是自己的阳光大道,让他们尽情地说去吧!

三的和她母亲去乡下的亲戚家串门去了,兴奎领着我们来到一处河流窄、石头多、水流稳、适合电鱼的好地方。站在河边,我们可以清晰地看见有几条鱼在水底自由自在地游着,"好地方!这里肯定有鱼!"兴奎兴奋地说。

兴奎穿上肥大的水裤,紧了紧肩带,接上了摇电的线说:"先试下啊!小四子你摇把儿,球子拿网抄捞鱼,我说摇就摇、说停就得停,一定要听我指挥啊!"小四子和球子应了一声,点了点头。

兴奎下到河边的浅水处,选了块大石头,他握着摇电的两根木棍,把两根铁丝慢慢地伸到石头下喊:"摇!"小四子左手按着摇电的箱子,右手"呜呜呜"地摇了起来。

我们站在岸边盯着河水看,只见这边一摇,那块石头底下就噌噌地蹿出几条鱼来,个大的"嗖"的一下就蹿没了踪影,小的晃晃悠悠地翻了白肚。兴奎又喊:"电量不够!大的都跑了,使劲摇!"小四子深吸了一口气,铆足了力气又"呜呜呜"地猛摇了几下,几条鱼被电得晕晕乎乎地浮上了水面。

球子赶忙用抄网把鱼捞了上来,这一把就过上来七八条鱼,有两条大柳根子足足有一掌来长,几条小瞎嘎子看上去也有小手指头长短。小四子看着鱼说:"兴奎啊!这鱼中午烤着吃正好,我早晨从家走的时候,特意抓了一小把盐,用纸包着带在身上,今天烤鱼有咸淡味了,肯定好吃!"

兴奎高兴,也没说小四子嘴馋什么的,这不是他的性格。他反而表扬小四子道:"小四子,刚才这几下子摇得不错,就这么摇!"小四子乐得屁颠屁颠地点着头。兴奎见这么简单就电到了鱼,可见"摇电试验"那是相当成功,他干脆穿着水裤向河水的深处又走了走,看来他这是要大干一场啊。

这次电鱼的效果更好,没几下子,又电到十多条白花花的马口鱼和白票子鱼。鱼越过越大,我们的干劲也越来越足。我想摇几下也过过瘾,小四子抱着摇电死活不肯给我摇,还说什么他已经上手了,怕我摇不明白,不能和兴奎配合好,会耽误了电鱼。

我和士德闲着没事做,拿着兴奎的破网跑到另一边下网玩。

二十一、电鱼

我俩在这边刚下完网,就听见那边的兴奎在水里大喊:"大鱼!大鱼!小四子你使劲摇啊!"

"呜——呜——呜——"一阵短暂而急促的摇电声响了起来,接着又传来"啊""扑通"两声,便没了声响。

"兴奎!兴奎!你没事吧!"

"扑通!呼隆!哗啦!……"

完了!出事了!我和士德急忙向兴奎那边跑去。只见球子在河里抱着兴奎,吃力地往岸边拖着,小四子双手掐着一条大马口鱼,跟头把式地也往岸上跑。

这给我和士德造愣了!这是怎么的了?我和士德来不及多寻思,也下了水,和球子一起把兴奎弄上了岸,兴奎瞪着眼睛、迷迷糊糊的。

"怎么了?这是怎么了?"我和士德焦急地问。

"不知道啊!兴奎突然就一头栽倒在水里了!"

小四子放好鱼也跑了过来,见到兴奎不说话,两眼直愣神,喊他也没反应,给小四子急得抱起兴奎的脑瓜子直摇,摇着摇着"哇"的一声哭了出来,"兴奎啊!你这是咋地了?鱼我给你抓上来啦!你快点儿说话啊!"说完左手搂着兴奎的头,右手就去掐兴奎的人中穴。

也不知道是小四子摇兴奎的脑袋起了作用,还是他掐兴奎的人中穴起了作用,兴奎"嗷——"的一声用力地把小四子给推到了一边,冲着小四子就骂:"你掐个屁啊!哎呀!掐死我了！你手上弄的什么玩意儿？腥了吧唧的，都弄到我鼻子和嘴里了！哎呀，这味！"兴奎用手直抹着自己的鼻子和嘴巴。

兴奎的嘴和鼻子上黏糊糊的，还贴着几片银白的鱼鳞，我明白了，这准是小四子刚掐完鱼，没洗手就跑来给兴奎掐人中穴，把鱼的黏液和鳞片一股脑儿地抹到了兴奎的脸上，这味道之"妙"是可想而知的。

兴奎起身来到河边洗了洗嘴，又弄了些水在自己的脑门上用力地拍了拍，看着摇电叹了一口长气。"怎么了，兴奎？"大家急切地问着。兴奎沮丧着脸，说起了事情的原委，原来兴奎是被这摇电给过倒了。

当时兴奎看见河里有条大鱼，怕它跑了，就喊小四子，让他别停，使劲地摇。小四子一顿猛摇，鱼被电得在水面上放了挺，兴奎看见电到一条大马口鱼真是乐坏了。他这一高兴不要紧，忘了向岸上的小四子喊停，给它激动得伸手就要去河水里抓鱼，手刚碰到水就被电倒在了河里。

大家纷纷安慰着兴奎，他坐在岸边，耷拉着脑袋，心有余悸地说："这摇电真是厉害啊！刷地一下，我浑身一麻就失去了知觉，直接就给我放倒了。"

小四子转身把那条大马口鱼又从桶里给掐了回来，递到兴奎眼前说："兴奎啊！还好鱼没跑，被我给抓到了！一会儿这条大马口鱼由我亲自给你烤着吃啊！好好压压惊！好好地压压惊！"兴奎仿佛还在回味着被电倒的那一刻，没什么心情搭理

二十一、电鱼

小四子,这让小四子显得有些失望,悄悄地又把鱼放进了桶里。

兴奎的水裤里灌进了水,没法下河过鱼了,他脱下水裤和衣服,晾在岸边的草地上,光着屁股,悠闲地坐在沙滩上,不知道在思考着什么。

小四子忽然好像想起了什么事情,他疾跑到兴奎的衣服前,把上衣兜的两根烟和一盒火柴拿了出来。那烟和火柴弄上了点水,小四子连划了几根火柴都没划着,自己嘟囔着说:"完了!完了!火柴进水,划不着火了,没火怎么烤鱼啊!"正说着,"哧啦"一声,一根火柴被他划着了,他急忙用火点燃一根干爽一点的烟,自己猛抽了几口,待烟头完全着透,才放心地把烟递给了兴奎。

兴奎让小四子给伺候得舒舒服服的,他坐在沙堆上叼着烟卷儿,眯着眼睛,吐着烟圈儿。阳光照在他裸露的身体上,黝黑的皮肤一下子光亮了起来,看着兴奎一副舒适惬意的样子,好像早已忘记了刚才那惊险的一刻。

小四子安顿好了兴奎,又把火柴一根一根地摆在石头上,同剩下的那根烟一起晒上,然后又起身来到摇电旁,背上摇电喊我们过去。

领导兴奎同志因公负伤倒在了电鱼工作的一线,不得已退居二线,正躺在沙堆上休养着。没有人牵头干工作后的我们,如一盘散沙般乱了阵脚,还是小四子识大体、顾大局,主动肩负起了兴奎未完成的工作,自告奋勇地挑起了电鱼工作这份重担。这不小四子开始主持工作啦……

在小四子同志的带领下，电鱼的工作在这紧锣密鼓之声中、在这和谐稳定的环境下，又井然有序地开展起来。

小四子亲临一线指挥电鱼工作，他命令球子继续分管抄鱼工作，命令士德分管摇把工作，命令我分管拎桶捡鱼工作。在小四子的领导之下，我们电鱼小分队团结一致、攻坚克难、遇山开山、遇水架桥，取得了阶段性的胜利。在临近中午时，电得河鱼五斤多，打掉鱼窝两个，同时也得到了上级领导——兴奎同志的高度赞扬与认可。

小四子刚忙完电鱼工作，又张罗着开展烤鱼工作，这家伙又弄柴火、又是烤的，忙得不亦乐乎。

烤鱼有了小四子带的盐的调剂，那味道鲜鲜嫩嫩、煞是可口！含在口里轻搅舌头，鱼肉自然而然地脱离了鱼刺。吐出鱼刺，再用舌头一搅，那细嫩的鱼肉便在嘴里上下翻滚着，几个回合下来，肉就完全地融化在口中，轻轻地咂咂嘴，鱼香未尽、回味无穷！真乃美哉！妙哉！

鱼肉虽然鲜美，电鱼亦是过瘾，但是领导兴奎同志在最后的总结发言里却说："以后再也不用摇电电鱼了，危险不说，没长成的小鱼崽子也被电死了，杀戮实在是太重，不电也罢！"

二十二、智斗"解放帽儿"（一）

善恶到头终有报，只争来速与来迟。"解放帽儿"给我的"血海深仇"一直刻在我的心底，我在等待着一个机会，将亲手"回赠"他赐予我的"恩惠"。

晴空万里，水光潋滟，肆意生长的水草在不知不觉中侵占着我的小鱼窝。夏天钓水草是极好不过的了，有草才有鱼，即使有点儿风也不会影响鱼漂儿在水中挺拔的身姿。

看着我水中的小草窝，"解放帽儿"那张阴险狡诈的脸如幽灵般浮现在水面上。真是不知道我上辈子做了什么坏事，这辈子老天爷派万恶的"解放帽儿"来膈应着我、折磨着我。

都说是"说曹操，曹操到"，我这是"想曹操，曹操到"，我正想着"解放帽儿"，这老东西拐着他的罗圈腿，晃晃悠悠地就来了。

"你这小孩就是不长记性，怎么又跑我的窝子来了？赶紧给我滚开！""解放帽儿"拉长着脸，瞪着他的小眼睛虎视眈眈地看着我。

"我就不走,我一直在这儿钓,大家都知道,再说我还是先来的。"

"哎呀!你这小孩还挺犟!不走就不走,一起钓。"

"解放帽儿"也怕我俩的线打架,为了躲开我的线,几次把钩甩到了水草上,他怒气冲冲地一个劲儿地瞅着我,我装作什么都没看见,只盯着自己的鱼漂儿。

他刚想冲我发火,向四周一看,发现柳爷爷和其他几个钓鱼的人都在,他气急败坏地把火压了下来,轱辘着小眼珠子不知道又在打着什么鬼主意。

果不其然,"解放帽儿"他收起鱼竿,脱下衣裤,浑身上下只留一条花裤衩。他向四周又瞅了下,看没人注意到他,出溜一下,又脱下了他那遮羞的花裤衩,不知廉耻地站在了我的面前。哎呀!一股骚了吧唧的味道如狂风骤雨般向我袭来,这给我熏得头发晕、脑发胀、眼发黑的没了个模样。

"小孩,把竿给我收了,我要下水捞窝子!"原来这老东西是要下水捞窝子啊!我这可真是让他彻底地给打败了,他这一捞窝、一搅和水,我还怎么钓鱼啊?他这不是分明是在赶我鱼窝子里的鱼嘛!

瞅"解放帽儿"这阵势,绝对不是在吓唬我,他这是要动真格的了!吓得我赶忙收竿,郁闷地站在泡边发着呆。

"解放帽儿""呼啦呼啦"地蹚着水,走进了小草窝,水底的淤泥被他踩得直冒泡,一股股黑水从他的脚下泛起。看着

二十二、智斗"解放帽儿"（一）

他光不出遛儿的样子，怎么看都恶心！这窝子即便是捞好了，也是没法钓鱼了，就他那一身的骚味儿弄到草窝里，我估计不等个一年半载的鱼都适应不过来。

小草窝的水不深，还没过"解放帽儿"的腰，他光着腚"吱嘎、吱嘎"地拔着水草。屁股一不小心被锋利的水草叶划到，给他疼得吱了吱嘴，一道小红线瞬间画在了他的屁股上。我站在岸上想，"活该！怎么不扎死你这个老东西！要是这小草窝里再有些玻璃碴子就更好了，好好地扎扎"解放帽儿"的脚！"

不经意间，我低头看见了"解放帽儿"放在泡边衣服上的小酒壶。啊！这真是踏破铁鞋无觅处，得来全不费工夫，我那复仇的小宇宙"砰"的一下子燃烧了起来！

"解放帽儿"正撅着屁股左拔右薅地和一撮水草较着劲，我心想机会终于来了，今天我绝不放过你！

一腔热血在我的体内如波涛般汹涌着，我一摸兜，心一下子就凉了——我穿的小裤衩根本没有兜。哎！巴豆粉我根本就没带在身上，藏在家中我装小人儿书的箱子底下了。

我此时的心情是不言而喻的，满腔的热血黯然退下，什么沮丧失落的又一股脑儿地涌了上来。"解放帽儿"捞完窝子抱着水草上了岸。此处不留人，自有留人处，我轻轻地来，正如我轻轻地走，我轻轻地挥挥手，不带走一根水草……

我满是窘迫地来到柳爷爷身边，柳爷爷笑呵呵地说："怎么啦？钓不了鱼了是吧！钓鱼不钓草，恐怕要白跑，草没了，鱼自然存不住了。真是可惜了，你那小草窝算是让他给祸祸完了，还是再换个地方玩吧。"

我扛着竿，拎着鱼兜在泡边转悠着，这要到哪里钓鱼才好啊！感觉离开了小草窝，我都不会钓鱼了。回头再看看我的小草窝，草没了踪影，剩下的只是污浊的水面。

"解放帽儿"穿着花裤衩坐在泡子边，得意忘形地喝着小酒，一看他那个样儿我就来气，我要报仇！我要报仇！"解放帽儿"，你还我小草窝！

想来想去，我不能就这么走了，这一走岂不是让"解放帽儿"的阴谋得逞了？管它咬不咬钩、管它水浑不浑的，把竿子甩进水里先靠着玩。

"解放帽儿"也不急着钓鱼，边喝酒边用挑衅的眼神看着我，好像是在对我说："小子，我让你钓，我让你钓，我让你钓个鸟儿！"

他不仅在眼神上挑衅着我，在语言上也故意地气着我。他嘴里叨咕着："这钓不到鱼，正好喝点小酒，真痛快啊！小孩儿，要不你也来一口？哈！哈！哈！"他说着，脸上同时荡着贱贱的淫笑。

我的小心肝儿被他气得隐隐作痛，我暗自发誓："'解放帽儿'你别得意！今天我要和你血战到底，书上说脑袋掉了碗大个疤，大不了十年后，我还是一条好汉！"说到不如做到，要做就做最好！你给我好好等着……

二十二、智斗"解放帽儿"（一）

我让柳爷爷帮我看着鱼竿，一口气跑回了家，那包巴豆粉正安安静静地躺在小人儿书底下。我看着巴豆粉，心想：养兵千日，用兵一时，今天就全靠你的了！我攥着巴豆粉，一溜烟儿地又跑回了小泡子。

"解放帽儿"正头枕着竿包，张着蛤蟆大嘴，跷着二郎腿，躺在岸边的衣服上晒着太阳。我真恨不得弄点儿大粪汤灌他嘴里去！让他再欺负小孩！让他再抢人家窝子！

我把巴豆粉包别在裤衩腰的松紧带上，来到柳爷爷那里取回鱼竿，回到了小草窝。"解放帽儿"似乎不知道我回来了，刚才还看见他张着大嘴望着天，这会儿又闭上眼睛养起神来。你个老东西倒是一身潇洒，自从遇见了你，我就没消停过！我实在是等不及了，狗急了能跳墙，我急了……你就接招吧！

"铃！铃！铃！"我心一抖，只觉得脚上碰到了东西。"解放帽儿"被铃声惊起，三下两下地爬起来，飞快地拽着大坠的鱼线。

"邪门了！铃铛响得这么厉害，怎么没有鱼呢？是不是你碰的铃铛？""解放帽儿"怒视着我。

"我才没碰呢！你的破铃铛一响，还给我吓了一跳呢！"

"解放帽儿"见我不认账，又没抓住我碰铃铛的证据，气得折扭着脸，嘴里不停地嘟囔着脏话。

"一定是小鱼崽子没咬上吧，你睡觉吧，有鱼咬上了，我喊你！"我假装很懂事地说。

他满腹怀疑地看了我一眼,"咚"的一声,又把大坠甩进泡子对面张老二的窝子里,可惜张老二不在,要不又有好戏看了。他下好大坠拿起酒壶又滋啦了两口酒,伸了伸懒腰,撇了撇嘴,放下酒壶又躺下了。

我假装脚后跟被蚊子咬了,弯下腰不停地挠着脚,趁机扭头偷看"解放帽儿",他拉着大胯,用右胳膊挡着眼睛,仰壳儿躺在地上。

我不知道这老东西睡没睡着,不敢贸然行事,又瞅了瞅酒壶,它正安静地立在"解放帽儿"的脚边。我看到这酒壶感觉是那么的亲切,心中默念:"小酒壶啊小酒壶!你一定要助我一臂之力啊!"

我看着酒壶不由地摸了摸腰间的巴豆粉,妥妥的!这次是真真切切地带在身上了!我扭过头,看着泡水寻思着,忍一忍、再等一会儿。

太阳的光从天空上铺了下来,小泡子被照得分外明亮,一个熟识的身影呈现在水面上。这身影是如此的刚正不阿、英俊挺拔!这身影更是一身正气、疾恶如仇!

呼噜声从身后传来,我心中大喜——我正等着这呼噜声呢!"解放帽儿"这呼噜打得那才叫惊天地泣鬼神!每一次声响都让你身临其境地体会到死亡的恐怖——他"呼"的一声巨响之后,"嘎"的一下子就又没了动静,你正想着他是不是睡死过去了,突然又"轰"的一声打了起来……我的妈呀!胆子

二十二、智斗"解放帽儿"(一)

小的准被吓死啦!

这千载难逢的好机会来啦!我深深地知道"机不可失,时不再来"的道理。我轻轻地放下渔竿,顶着砰砰的心跳,蹑手蹑脚地向"解放帽儿"的脚边蹭去。

我边走边摸腰里的巴豆粉,边走边看看四周的动静。还好,来泡子钓鱼的人都回家吃中午饭了,泡边的菜地里有几个妇女正埋头干着农活儿。

"解放帽儿"脚上的味道实在是太地道了,恐怕沤了两年的大粪也比不上这味道正宗。

摸到了!摸到了!我终于摸到老东西的酒壶了,我拧下酒盖,把我心中的怒火毫不保留地倒进酒壶之中。我的内心从来没有这么激动过!说不清楚是喜悦还是恐惧,这绝对是一种令人窒息的感觉。

我轻轻地吹掉撒落在酒壶边的巴豆粉,又不放心地用手擦了擦,心里这才算踏实下来。看看睡得像死猪一般的"解放帽儿",我心里默默地召唤着:"快点儿起来吧,小懒虫,喝口我为你亲手酿制的美酒补充你的体力,尽情地享受美好的生活吧……"

"解放帽儿"仿佛听到了我的召唤,他满血复活了!这真是个奇迹,我都不敢相信自己的眼睛,睡眼蒙眬的他,此时是那么的乖巧可爱。

老东西对酒壶不怎么感兴趣,只是一心一意地钓着鱼。我倒是不淡定了，心急如焚地站也不是坐也不是，满心盼望着他端起酒壶的那一刻。

太阳越来越毒，晒得我口干舌燥、汗水直流。"解放帽儿"光秃秃的脑门上被太阳晒得直冒油，他急忙拿起帽子扣了上去。

我口渴得难受，嗓子里火辣辣地冒着烟儿。我转身跑到身后的菜地里左右撒眸一番，趁干活的妇女不注意，随手划拉了几根黄瓜和几个洋柿子，用小背心一兜，悄悄地跑回泡边。

这黄瓜顶花带刺，水灵灵、鲜嫩嫩的，用手一撸，毛刺全无。"嘎嘣！嘎嘣！"脆生生、凉哇哇，那沁人心脾的清香味道真是绝了！这洋柿子，红里透着绿，绿里透着红，一口下去，酸甜满口，真是既生津来又止渴啊！

我正吃得津津有味，"解放帽儿"舔着个老脸贱嘻嘻地凑了过来说："小孩儿，吃独食，长白毛！快给我两个吃，我喂的鱼窝子，你不能白钓鱼！"

"我也没几个啊！大中午的了，我饿了，自己都不够吃！"我有些委屈。

"赶紧给我两个，你再去弄去，身后的地里有得是！"

也不管我答不答应，"解放帽儿"的鸡爪子手一把就伸进我放黄瓜和洋柿子的小背心，把大黄瓜和洋柿子都抢了去。

"解放帽儿"拿起一根黄瓜，在后屁股的花裤衩上蹭了两下，就送进了嘴里，美美地嚼了起来，忽然他好像想起了什么，低头俯身拎起了地上的酒壶……

二十二、智斗"解放帽儿"（二）

蓝天、白云、绿水、青草，阳光普照在大地上，小水泡四周宁静祥和，气氛融洽。

"咕咚！""解放帽儿"一口酒下肚，长长地吐了一口气，辣得他猛嚼了两口黄瓜。他觉得不够过瘾，又"吱"地整了一口，再啃两口洋柿子。看把他给美的，眯着小眼睛，正忘我地享受着。

"解放帽儿"啊、"解放帽儿"！你这两口小酒喝得爽吧？这嫩黄瓜、鲜柿子吃的香吧？别看你现在吃得欢，一会儿就得拉清单！我让你把吃的喝的都毫不保留地吐出来！

黄瓜和西红柿吃光了，"解放帽儿"意犹未尽地觉得不够过瘾，狡猾的双眼又盯上了我："快去！再弄点儿回来，看你也没吃饱，不吃饱哪有力气钓鱼，快去！"

"你这贪婪的老东西！你还有心思吃，你吃多少都是白吃！"我想了想，转身又朝菜地里走去。这次可不行了，菜地里有人，吓得我假装撒尿，提着裤衩返了回来。

"解放帽儿"看我两手空空地回来，他脸一沉，不高兴了，

"怎么没弄呢?"

"菜地有两个老娘们在摘黄瓜呢!等她们走了再弄吧。"

他无可奈何地看了看我,便没了言语。

"咕噜!咕噜噜!"解放帽儿"的肚子闹起了声响。

"解放帽儿"痛苦地皱着眉头捂着肚子,"噗——"一个半响不响的屁从他花裤衩子的空当里喷了出来,花裤衩被屁喷得在一瞬间鼓了起来,那样子就像风吹在女孩子穿的泡泡裙上。

这一屁下来,便一发不可收拾了,"噗——"的紧跟着又来了一个响屁,这个屁嘎巴溜丢脆,既正宗又地道!"解放帽儿"的表情越来越痛苦,小鼻子、小眼、小嘴扭成了一团。他"哎呀"一声转身猫腰向菜地边跑,每跑两步就"噗——"的又是一声,他的双腿立刻紧紧地夹了起来。

"解放帽儿"紧夹着双腿,扭着屁股,步履蹒跚地走着。他想快走也快不起来,跟头把式地好不容易才来到地头,还没等站稳,就迫不及待地一下子拉下了花裤衩,紧接着"噗!哗!噗!噗!哗!哗……"

这"解放帽儿"蹲在菜地头一顿猛折腾,就像是钓鱼的人在遛着一条大鱼一样,只不过人家遛鱼那是"叭叽叭叽!扑腾扑腾"的声响。而他却是"噗噗噗!哗哗哗!"地井喷个不停。"解放帽儿"玩的是频率与激情,山崩地裂、排江倒海也不过如此。

"解放帽儿"这一蹲似乎是不拉出个崭新的人生他绝不肯罢休似的。

二十二、智斗"解放帽儿"（二）

他这一拉，我的这小肚子也跟着闹了起来，难道这拉肚子也会传染吗？我跑到菜地里找了块隐蔽平坦的地方也方便了起来。方便的时候，我突然想起，自己给"解放帽儿"下完巴豆粉后，手没洗就撸黄瓜、擦柿子，想必自己也中招了。有句话说得好，"杀人一万，自损三千，有付出才有回报。"

我想想这样也好，"解放帽儿"看我也拉肚子，肯定不会怀疑是我做的手脚。

还好，我这肚子闹得不是很厉害，三下两下就结束战斗。想起身时，我却郁闷了，这身上啥都没有，小屁屁总得要擦下呀！

四周一扫，有啦！我提着小裤衩，半蹲着身子慢慢地向菜地里的豆角架边移去。我挑了几片大豆角叶，摘下后叠在一起当成了手纸，轻轻松松了却了头等大事。

提上裤衩，我全身上下一身松，真是舒坦啊！再看看"解放帽儿"，他老人家依旧蹲在地头，撅着个大屁股"哗哗哗"的还在开闸泄洪。他拉得爽不爽我不知道，只是可惜了这翠绿的黄瓜和鲜红的洋柿子，"解放帽儿"怎么吃进去的，又怎么拉出来了，把黑黑的菜地涂得花花绿绿的，实在是恶心死了。

我刚在泡边洗完手，"解放帽儿"就喊我："小孩！快给我找点擦屁股的东西！"我扭头看了下这东西，心想，"你这个老头儿，你拉个屎我还得伺候你，就不给你整，气死你！你就老实地蹲着吧！转念又一想，他既然让我去整，我就去给整点，哈哈！"

我鸟儿悄儿地（悄悄地）遛到黄瓜地边，仔细地瞅了瞅里面，还好那两个老娘们没在地里。抬眼望去，她俩正在江坝的大道上，把刚摘下的黄瓜往手推车里装，装完有说有笑地正要朝这边走。我急忙摘下几片大黄瓜叶，"噌噌"两下离开了黄瓜地，直奔"解放帽儿"。

黄瓜叶是有刺的，这刺扎到皮肤上虽然不是很疼，但是却奇痒无比，拿这带刺的黄瓜叶去给"解放帽儿"当手纸，效果肯定是杠杠地！

"解放帽儿"见我给他拿黄瓜叶子来了，仿佛是看到了救星一般，他用那企盼的眼神看着我，好像在说："求求你啦，小哥哥！快走两步啊！我一个人实在是承受不来。"我低着头、小心翼翼地轻舞着凌波微步，左跳右蹦地避过了"解放帽儿"布下的雷区，来到了他的跟前。

"解放帽儿"晃晃悠悠地半蹲在地上，满头虚汗、脸色煞白，抬着头像条落水狗一样狠狈地看着我。我顿时变得高大魁梧起来，此时"解放帽儿"在我眼里真的啥都不是，和那一摊一坨的屎没什么两样。

我递上黄瓜叶说："这黄瓜和洋柿子一定是打农药了，给我也吃得跑肚拉稀的，洗洗再吃就好了。""解放帽儿"有气无力地"嗯"了声，接过叶子，刚想擦，发现有刺，于是问："怎么不弄点芸豆叶？洋柿子叶也行啊！这黄瓜叶有刺扎屁股！"

二十二、智斗"解放帽儿"（二）

"芸豆叶太小啦！怕你不够用啊！把屎弄到手上咋办？再说菜地那边来人了，这都是好不容易弄回来的啊！""解放帽儿"听我这么一说，觉得也有些道理，他用手轻轻扑喽扑喽黄瓜叶上的刺，想把刺整干净了，可又不敢使劲扑喽，怕劲使大了把叶子整漏了。

"解放帽儿"急不可耐地擦起屁股来，黄瓜叶上的刺是不可能弄干净的，他每擦下就被残留的刺扎到，疼得直咧嘴。本来叶子就没几片，他一不小心没整好，手上也弄上了屎。他想把叶子扔了又舍不得，没擦干净啊！于是无可奈何地只好把黄瓜叶对折了下接着擦。

这"解放帽儿"真是埋汰死了！看着他这痛苦不堪的狼狈样，我真想开开心心地大笑一番，我憋着劲地压抑住自己，不让自己笑出来，想好好看看这老犊子还能怎么样。

"解放帽儿"想站起来，可他那双腿却不怎么听使唤了，一定是蹲得太久麻木了吧，反复尝试了几次，终于摇摇晃晃地站了起来，又夹着裤裆，缓缓地向水泡挪了过去，在泡边洗了洗手，如释重负地长吁了一口气，一屁股坐在岸边上，一脸茫然地不知所措。

"解放帽儿"脸上血色尽无，灰白得像是刚烧过的苞米秆灰，豆大的汗珠子顺着脸颊淌了下来。他摸起身边的酒壶"咕噜、咕噜"地又整了两口酒，怒狠狠地捡起扔在泡边的黄瓜把儿，带着满身的怨气将它撇进了泡子里。

逮鱼摸虾搂兔子

他这一甩膀子不要紧,又触动了体内的真气,肚子又"哗啦、哗啦"地闹了起来。他赶忙起身,又朝菜地的方向跑去,这次他人变得聪明了,吸取了上次的深刻教训,拼死拼活地钻进了芸豆地,脱下裤衩又开拉起来。

高密的芸豆架有些碍眼,透过层层的芸豆叶,我看见"解放帽儿"背对着泡子,隐约地露着半个屁股。我憋不住地乐了起来,真是痛快啊!老东西你欺负我这个小孩遭到报应了吧?这回你可是爽歪歪了。把你满肚子的坏水统统地拉出来吧,省得以后你再祸害别人!

大仇已报,别让这老东西看出马脚,发现是我捣的鬼,兵法有云:"三十六计,走为上。"我立刻默默地收拾鱼竿准备走人。

在拿鱼兜时,"解放帽儿"的鱼竿动了下,这分明是有鱼咬死钩了,在拽钩呢,我该怎么办呢?我眉头一皱,计上心头。回头远远地看了看那老东西拉得正欢,我轻轻地拿起他的鱼竿往泡子里送了一程,鱼竿这下子被鱼拖着在水里游荡了起来。

看着我的杰作,一股超乎寻常的满足感涌上了心头。事了拂衣去,深藏身与名,"解放帽儿"啊,"解放帽儿"!本少侠与你就此别过,来日方长,后会无期,闪啦!刚走到泡对岸,"解放帽儿"那边有人大骂了起来,给我吓得忙站住脚,想看个究竟。

"你个骚老头儿子,大白天的,跑我家菜地里光着屁股耍

二十二、智斗"解放帽儿"（二）

流氓，你真是个没脸没皮的！不要你的老脸了！你说你缺不缺德，你损不损，你真是缺德带冒烟的损到家了啊！来人啊！有人耍流氓啦……"

"别喊啊大妹子！我这不是拉肚子么，太着急了，就在这里方便了！"

"谁是你大妹子？你个臭不要脸的，真不是个玩意儿！你闹肚子关我屁事？你要拉回你家炕头拉去！跑人家地里糟蹋个什么劲？你白活这么大岁数啦！你耍流氓是不？我告派出所去！我的妈呀！这菜地都让你拉成花啦！恶心死人啦……"

"别喊！别喊！我这就走……""解放帽儿"提着花裤衩从芸豆地里步履蹒跚地钻了出来，跟跟跄跄地直接进了泡子里。

他在没腰深的水里脱下花裤衩，用双手猛力地搓着，那个摘黄瓜的老娘们还不肯罢休，站在地里双手掐着腰，冲着水中的"解放帽儿"继续地骂着。

"解放帽儿"根本顾不上有人骂他，搓完裤衩，在水里又慌乱地穿上，晃晃悠悠、浑身湿漉漉地上了岸，拿起衣服、哆哆嗦嗦地穿了起来。穿好衣服的他站在岸边找了半天，看到鱼竿横躺在泡子边的草里，傻了眼。

他犹豫了一下，看看那老娘们还喋喋不休地骂个没完，干脆裤子也不脱了，下水接着捞竿子。这时那老娘们气势汹汹地撵到泡边来，她看到泡边我们吃剩的黄瓜和洋柿子，气得捡起土块直接扔向"解放帽儿"，"让你耍流氓！还偷我家的黄瓜和柿子！我让你偷！我让你耍流氓……""解放帽儿"这下子彻底玩完了，窝在水里连躲闪的力气都没有了，捂着脑袋拼命地叫喊着求饶。

我一听那老娘们说偷黄瓜和洋柿子，心里"咯噔"一下就是一惊，吓得我拔腿就往家里跑。

"解放帽儿"，你爱咋地就咋地去吧！这下子你可真是跳进这黑鱼泡子也洗不清啦！呜呼哀哉！真主保佑！菩萨显灵……

与天斗，其乐无穷！与地斗，其乐无穷！与"解放帽儿"斗，其乐无穷！

复仇带来的快感是短暂的，那愤怒的火山爆发之后，我的心底空荡荡的没了念想。"解放帽儿"的仇是报了，可小草窝也没了，一丝丝惆怅莫名而来，我突然感到自己有点累了……

二十三、抓蝲蛄（一）

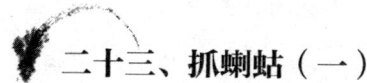
二十三、抓蝲蛄（一）

小泡子一时半会的是不能去玩了，一是小草窝没了，还钓什么鱼？二是怕再碰到"解放帽儿"，那该有多尴尬？三是怕那老娘们知道是我偷了她家的黄瓜和洋柿子，那我还能有什么好果子吃？有句话说得好，时间会淡忘一切，那就让它们淡忘去吧！

兴奎和小四子在院子的井沿边，摆弄着戳网，准备去抓蝲蛄。小四子见我来了，边绑鱼网边说："今天兴奎要领咱们去江里抓蝲蛄，做蝲蛄豆腐吃，球子回家拿三齿子去了，土德回家找水桶了，都忙着呢！你快来伸把手帮忙，一会儿太阳出来后，天一热，蝲蛄就会出来晒太阳，那时候抓正好！"

蝲蛄和小龙虾没什么太大的区别，只是蝲蛄对水质的要求特别高，只有在纯净的江水、河水里是常见的，不像小龙虾那样，在泥泞的稻田里也能生存。蝲蛄这东西很有趣，它不管是在水底爬行，还是在水中游行，都是倒着前进的。

抓蝲蛄有三种方法：第一种抓法是翻石头用手抓。蝲蛄一般趴在石头底下,翻开石头它便四处乱窜,这时你要眼疾手快一把抓住。同时你还要做好随时挨夹的准备——这家伙夹人还是很疼的;第二种抓法是用网抓。两个人抬着戳网下到水里,让铅坠落底,再用三齿子翻扒网前的石头,蝲蛄被翻出后,就会顺着水流冲进网里;第三种抓法其实就是钓。用生的鸡肠子这类东西作饵,用绳子拴好,抛进蝲蛄密集的深水里。蝲蛄喜欢用它的钳子夹着鸡肠子吃,它这一夹,就被钓上来了。

补好鱼网、准备好工具,我们兴高采烈地向着大江出发。小四子扛着鱼网,球子扛着三齿子,士德拎着水桶,我和兴奎一人拿了根木头棒子,这阵势,让人一看就知道——我们准是去大江抓蝲蛄的。

大江边,一群鸭子在江水里自由自在地嬉耍着,几个妇女拿着棒槌在江边洗着衣服。江水清澈见底、波光粼粼,不用切心去感受,只是看上两眼,心里都会舒坦得很。

我和兴奎撑开网,把网下好,小四子拿三齿子扒石头,球子用木棒敲着网前的江水,士德拎着水桶等着装蝲蛄。这一番轰炸下来,蝲蛄遭了殃,连惊带吓地撅着个屁股直往网里钻。

运气好时,一网下去能抓十只八只的蝲蛄,只是小的太多,没什么肉,于是士德把大的扔进水桶,小的又扔回了江里放生了。我们不会像现在的人们那么斩尽杀绝,也正是因为如此,蝲蛄才可以年复一年地在我们这片水域长久地生活下来,为我们提供着源源不断的乐趣,以及唇齿留香的美味。

二十三、抓蝲蛄（一）

大家一起忙活了半晌午，抓了半水桶鲜活的蝲蛄。正午的阳光有点毒，我们的后背被晒得火辣辣的疼。大家商量了一下，决定不抓蝲蛄了，先下水洗洗澡，好好地凉快下。

我们所说的洗澡，并不是在水里扑腾两下，搓搓身子就完事了。这洗澡和毛主席说的"万里长江横渡"没什么分别，只不过毛主席他老人家渡的是长江，我们渡的是鸭绿江罢了。

大家穿着泡沫拖鞋，沿着江边向上游走去，可小四子说什么也不去，要留在原地看家。他在江水里闹腾了几下就上了岸，当我们走出很远的时候，这家伙正在江边点着火。

我们把泡沫拖鞋套在手上，顺着江水往下漂，游起来很轻松。累了就往水面上一躺，来个仰泳，用脚蹬水、用嘴呼吸，也算是休息了。游到江中心，可以清楚地看见江对岸有几个朝鲜小朋友也在洗澡。我们礼节性地招招手，我们用朝鲜语、他们用汉语互相打个招呼，这对双方来说都是件开心的事。你想啊，洗个澡还能认识几个外国朋友，是很有意思的事！

我们顺着江水，漂到了江中间的江心岛。鸭绿江是中朝两国的分界线，岛是属于朝鲜的。岛上的几棵桑枣树很是招人稀罕，熟透的桑枣又紫又黑、甜甜的，是解馋的良药。吃完桑枣的嘴角也是紫乎乎的颜色，不知道情况的人准以为是因为烂嘴丫子而涂上的紫药水。

从江心岛吃完桑枣游回来，也算是免费出国旅游了，并且还美美地品尝了国外的桑枣。

我们回到祖国的怀抱，刚上了岸，穿上拖鞋，远远地就看见我们抓蝲蛄的地方正冒着一股股白烟。大家心里都有数，准是这小四子又在鼓捣火整吃的了。

还没走到小四子跟前，一股浓浓的烧蝲蛄香味就随着江水飘了下来。小四子身前点了一个大火堆，火堆的石头上躺着几只被烤得浑身通红的大蝲蛄，冒着扑鼻的香味儿。满地的苞米叶子散落在火堆的周围，小四子手里拿着用棍子串着的苞米，正在火上烤着。他嘎巴着嘴，呱唧呱唧地不知道在嚼着什么，看我们回来了，"噗嗤"一声乐了，"兴奎啊！你们回来啦！又弄桑枣吃了吧？没给我留点儿啊！我给你们弄了烧苞米和烧蝲蛄吃。这蝲蛄烤得酥脆酥脆的，越嚼越香！"说完从嘴里吐出块蝲蛄皮，嘴角还挂着块炭灰。

连抓蝲蛄又洗澡的，大家都累了，一看小四子弄好吃的了，急忙围着火堆坐下，一人弄了一根苞米烤了起来。

正烤着，二肥子领着几个邻家的孩子从我们身边走过，边走边说着什么。

"二肥哥，那小子就在上边了，刚才我看见他和两个人在那边洗澡！"

"他们确实只有三个人？你看清楚了？"

"嗯！就三个人！"

"走！过去吓唬吓唬他们去，让他们总欺负咱的人。"

有好戏看了，这是要去打架的节奏啊！我们远远地看着二

二十三、抓蝲蛄（一）

肥他们向三个正在江堤上晒太阳的小孩跑去，那三个人一看二肥子他们一帮子人奔他们去了，吓得蹦起来，拿着衣服爬到江堤上逃跑了。二肥子见那三个家伙跑了，领着他带的几个人也离开了大江。

真没劲！想看个热闹，可是这架竟还没打起来！没等开始就结束了。

苞米还没烤熟，可这并不影响我们的食欲，啃上一口接着烤，大家吃得也是别有风味。

这蝲蛄刚才还是青装褐铠、活蹦乱跳的，用火一烧一烤，一下子变得满身通红，吃在嘴里酥脆酥脆的香。吃蝲蛄是有讲究的，蝲蛄的尾巴里长满了寄生虫，吃的时候一定要把尾巴掐掉。

苞米也啃了，蝲蛄也吃了，兴奎看了看水桶里剩下的蝲蛄说："有点儿少，做蝲蛄豆腐不一定够，再抓它几网，回去做蝲蛄豆腐吃。"这小四子积极响应兴奎的号召，第一个站起身来，扛着网就下了江。

天越来越热，蝲蛄也越来越多，几网下去又抓了不少。兴奎看了看大半水桶蝲蛄说："够了！再抓后背都要被晒暴皮了，收拾东西，咱们回家。"正准备走，江堤的上游传来了一阵喊骂声："你们几个小崽子给我站住！"

我们顺声看去，刚才被二肥子吓走的那三个小孩，领着七八个比我们大的孩子又返了回来，他们找不到二肥子，竟然冲着我们来了。

我的心突突跳起来，这帮半大孩子都不是什么好鸟儿，要么是不念书在家当二流子的，要么就是在学校里爱出风头，整天逃学打架欺负人的。

兴奎说："坏了！他们逮不到二肥子他们，别把咱们当成垫背的揍咱们一顿。"

我们深知情况不妙，可走是走不了了，我们无奈地站了下来。兴奎悄悄地说："咱们肯定干不过他们，要是真打起来，咱们一起打那个带头的，打不过不怕，就是不能白挨欺负，要是能把他们带头的撂倒，咱们还赚了一个。"

我偷偷地看了看来的这群人，走在前面的是一个大高个子，咦！这人怎么这么眼熟呢？

只见这个人大高个、黑脸庞、一身腱子肉，凶神恶煞般的耍着威风，这不正是那个打野鸭的小霸王吗？完了！这下子可是遇到麻烦了，我的头皮"倏"地一下子就麻了。

哎！我这腿是越来越不争气了，仿佛要瘫下来似的。这握着木棒的手也控制不住地抖了起来，手心的汗如水一般淌了出来。我真是不争气，从小就听母亲的话，不和别人打架，人家打架我也是偶尔凑个热闹、卖会儿呆，根本就没有实战经验，恐慌害怕自然是不可避免的。

我不由地瞄了下兴奎他们，只见兴奎昂着头，挺着胸，故作镇定地从兜里摸出根烟来点着了火，他这一招一式，大有临

二十三、抓蜊蛄（一）

危不惧的王者风范。只是这烟抽得有点儿急了，才吸了两口就被呛得猫腰直咳嗽，他这一咳嗽不要紧，就像一个漏了气的气球一样，瞬间地瘪了下去。

小四子扛着鱼网，站在我们几个身后，似乎对眼前即将打响的战役漠不关心，宠辱不惊地沉浸在蜊蛄豆腐的味道之中。要是不仔细地瞅瞅，你根本就看不见他人，只能看见一张大鱼网悬在半空中。

球子拎着三齿子挂着地，看情况他也没比我好到哪里去，战战兢兢地哆嗦个不停。就是真打起架来，我估计他也不敢拿三齿子参加战斗，更何况球子的胆子比我还小。如果说我手中拿的木棒算是武器的话，那球子手中的家伙绝对可以称作是凶器了，这要是一下子干人脑门上，结束一条生命也不是什么难事。

士德还算是沉稳冷静，他拎着大半水桶的蜊蛄，不卑不亢地盯着小霸王，仿佛随时准备接受战争洗礼似的，一副你若动我一根汗毛，我必血战到底的英雄气概。只是他手中的水桶在这气氛下显得不伦不类，抹杀了他那荡气回肠的英雄本色。

我暗自后悔叫苦，这抓蜊蛄用的木棒子早不拿晚不拿的，偏在这个节骨眼上拿在手里，要是真的打起来了，我倒是成主力了？

我感觉身上的担子实在是太重了，压得我四肢麻木动弹不得。

二十三、抓蝲蛄（二）

小霸王牛气哄哄地来到我们面前，眼光直接落在我的身上，"是你呀！小样的，不认识我了吗？"

我的眼神不知道该往哪里落才好，心里咯噔咯噔的，不敢吱声。

见我不回话，小霸王急眼了，"你装哑巴是不是？你不是跟二肥子他们一伙的吗？今天逮不着二肥子，就拿你开练了！"小霸王说完，上来照着我的胸口就是一拳，我根本就没提防他，被他打得拖鞋都掉了，连退了好几步。

那边的人起哄地喊了起来，"低年级的小豆包，一打一蹦高！"这给我气得盯着小霸王的脑袋，真想一木棒子抡下去，给他削放屁了！哎！这想是想，做起来实在是太难了，我只觉得手里木棒子一下子变得有千斤重，根本就抡不起来。

小霸王好像是看出了我的心思，鄙夷地说："呀！还想还手，来打啊！我不还手，你打我下试试！"说完上前又给我的胸口来了一拳，这次我虽有防备，但还是被他重重的一拳打得

二十三、抓蝲蛄（二）

向后一个趔趄，摔倒在地上。

兴奎急忙扔了烟头，上前将我拉起，试图解围，"算了吧，都打两拳了，他跟我们一起来抓蝲蛄的，没有和那帮人在一起。"

小霸王把视线从我身上移开，又盯着兴奎看了看说："你想给他出头是吧，那就连你一起揍！"说完上前扬起拳头，朝着兴奎的脑袋打了过去。

话说狗急了能跳墙，兴奎急了那可是不鸣则已一鸣惊人，小霸王做梦也没想到兴奎敢还手。还没等小霸王的拳头落下来，兴奎的木棒子已经闪电般地削到他的膊勒盖上，只听小霸王"啊"的一声倒在了地上，双手捂着腿、龇牙咧嘴地呻吟起来。

评书里讲兵贵神速，先下手为强，后下手遭殃。兴奎这惊天地泣鬼神、超长发挥的一木棒，把我们几个都惊得目瞪口呆，更别提小霸王他们那伙人了，一个个吓得缩头缩尾的没了脾气。

小霸王哪里肯吃亏，在地上随手捡起一块石头，与兴奎四目相接，火光四射地对峙起来。这是兴奎与小霸王二人的巅峰对决，我在内心里暗暗地呐喊着："兴奎，加油！兴奎，加油！……"

此时，小霸王挨了一木棒，正瘫坐在地上，兴奎则挺着身，站在他面前。在气势上，兴奎自然先胜一筹。

见兴奎是怕我吃亏才出的手，我自然不能站在一边看热闹，再说现在这局面，明显是我们占了优势！我深呼一口气，鼓足了勇气，拎着棒子，挺着身也走上前去。我们大家一看小霸王被兴奎打倒了,都有了自信心,一个个斗志昂扬地怒视着小霸王。

小霸王站起了身子,把他们的人喊了过来。小霸王他们的人不仅年龄大、个子高、体格壮实,而且人也比我们多。这战争的局势真是瞬息万变,眨眼的工夫,一下子局势又扭转了过去,我们在气势上又败下阵来。

我清楚地看见兴奎的脸色变得煞白,握着木棒的手也颤抖了起来,刚才那一夫当关、万夫莫开的勇猛早已没了踪影,连眼睛都不敢直视小霸王的目光了。

"没想到你还有点儿种,敢打我小霸王。不服是不是?来,咱俩单挑!"小霸王说完扔了石头,上来就推了兴奎肩膀一下,兴奎一个趔趄,后退了两步,我们似乎被小霸王的内力冲击了一下,也不由地跟着后退了两步。

我们一后退,小霸王他们就向前跟进,他不依不饶、不肯善罢甘休,举起右手轻拍着兴奎的脸说:"刚才不是还很牛吗?怎么现在没尿了啊!来啊!接着打啊……"

兴奎闭着眼睛,任凭小霸王百般挑逗,默不做声,那感觉就像是囤积着怒气,随时准备爆发一般,只是兴奎这怒气囤积得太久,迟迟没有喷薄出来罢了。小霸王他们那帮人见此情景,也都跟着上前来欺负我们。撕扯中,水桶里的蜊蛄掉了一地,满地的蜊蛄在岸边不知所向地乱爬着。

看到兴奎已经屈服,我们更是乱了阵脚。士德本来很有钢

二十三、抓蜊蛄（二）

儿，怎奈双拳难敌四手，被两个人舞扎得直喘粗气，毫无还手的能力。我和球子则被人按在了江边的鹅卵石上动弹不得，只有小四子还在拼死地护着水桶里的蜊蛄。他实在是太小了，那些人也不好意思下手，干脆不管他了。

完啦！全军覆灭，一幕悲剧即将上演。

"都给我放手！你们这些小崽子，一个一个的不学好！跑这里干仗来了，是不是？赶紧的都给我放手，再不听话我拿棒槌挨个地捶，不信就试试！"一个熟悉的女人的声音犹如晴空里的一声炸雷，从江堤上吼了过来。

这个女人的一声吼，搅乱了整个战局，吓得大家立刻停止了战争，不约而同地向着江堤瞅去。

江堤上缓缓地走来两个女人，其中一个正是张老二的媳妇——我那可敬可亲的小红婶子。只见张老二媳妇右手拎着根洗衣服用的棒槌，左手将一个满是衣服的大盆顶在腰间，说话的工夫，她和那个女的已经来到了我们的跟前。

她这一来，我的心里是既惊喜又害怕！惊喜的是，这仗肯定是打不下去了。因为我知道她的脾气，我们这些小屁孩在她眼里算什么？人家生龙活虎的张老二还不是让她治理得服服帖帖的吗？魔高一尺，道高一丈，卤水点豆腐，一物降一物，这女人不是正管大男人和我们这些小屁孩的吗？她放这狠话，谁敢不听？谁不听那是作死，她手中的棒槌要是真抡起来，那可不是闹着玩的；我害怕的是，打架这事可别让她传到我母亲的耳朵里去了，那样的话可就麻烦了。不管我对不对，打架绝对不是个好事，要是让母亲知道了，她是万万不会放过我的！

"哎呀！石头、棒子，还有三齿子的，你们作得不轻啊！这是拿三齿子想刨死谁啊？！"

"不是，不是，哪敢啊！婶，我们拿棒子和三齿子是来抓蝲蛄的！"兴奎急忙解释着。此时狼狈的我们就像罪犯似的，一个个低着头，老老实实地站在原地，等待着张老二媳妇发落。

小四子一副满不在意的样子，他对一切的一切都无动于衷，眼睛里只有满地乱爬的蝲蛄。他拎着水桶，吧嗒着小眼睛，一声不响地捡着蝲蛄。捡起一个扔进水桶里，再捡起一个又扔进了水桶里，如此反复……

"我说你们这些小孩，闲着没事打架玩呢？有那工夫回家看看书，帮大人干干活儿多好！一天到晚净到处惹祸，不给大人省点儿心。愿意打你们就接着打，打死一个，枪毙一个，就作到头儿了！还能给国家省点儿粮食！你们谁还想打，站出来说句话！"

我们谁也不敢吱声，默默地听着训话。别说张老二媳妇虽然有点虎遭遭的，但训起人来还一套一套的，满是大道理，想必这张老二一天到晚没少挨训。

张老二媳妇一番话后，刚才还战火弥漫的江边一下子沉静了下来。没有风，空气是热的，后背上像爬满虫子似的淌着汗水，背心和皮肤紧紧地黏在了一起。

二十三、抓蜊蛄（二）

"啊！"一声尖锐的叫喊声打破了沉静……

张老二媳妇被这叫声吓了一跳，定神一看，原来是小四子正猛甩着他的手，一只蜊蛄被他狠狠地甩到了地上，他一猫腰，又给捡了起来，扔进桶里。

小四子一抬头，看见大家都在看着他，先是愣了一下，接着又笑嘻嘻地说，"手被蜊蛄夹到啦！真疼，钻心的疼！"说完，又赶忙用嘴吹着他的手，好像这样就能减轻疼痛似的。

张老二媳妇训我们训得正痛快时，被小四子这"啊"的一声给打断了，想生气又生不出来，双眼直瞪着小四子看。小四子看了看张老二媳妇，自知坏了她老人家的兴致，很识趣地又低头捡起蜊蛄来。张老二媳妇拿小四子没辙，又开始训起我们来，"你们八队的这帮小子赶紧走，再不走我不客气了啊！"

那帮小子听了这话，一个个极不情愿地扭头走了。小霸王临走前还怒狠狠地瞪了我们一眼，那意思是在说："走着瞧！"

待小霸王他们走远，张老二媳妇又对着我们说："那帮都是野孩子，有几个小学都不念了，早晚是蹲监狱的货。你们跟他们打个什么仗？打也是你们吃亏，快回家吧！从那边的小路走，别让他们在半道再给你们堵住了，我看不着，可是帮不了你们的，快走吧！那个捡蜊蛄的小个子，别捡了，快走吧！"

"谢谢婶子啦！"我们给张老二媳妇道了谢，你扛着网、我拎着桶地抄着小道，往兴奎家走去，一边走，还一边不放心地回头看看，看看小霸王他们追没追过来，当走到兴奎家的胡同口时我们才长出一口气，放下心来。

"兴奎啊！刚才你可是真牛气啊！一棒子就把小霸王干老实啦！"小四子看着兴奎溜须拍马地说。

"牛什么牛啊！我当时都懵啦！都不知道怎么硬着头皮打的。不都说软的怕硬的，硬的怕愣的，愣的怕不要命的嘛！我先来个下马威，镇唬他们一下！不能因为咱们小，就让他们欺负！不过还是没吓唬住他们，要不是那女的来了，我们肯定完蛋了。"

甩掉的蝲蛄差不多都让小四子给捡回来了，没什么损失。小四子这活干得漂亮，让兴奎非常满意、赞许有加，兴奎高兴地说："咱们这就做蝲蛄豆腐吃，也好压压惊。"

一听有蝲蛄豆腐吃，大家的动力也跟着上来了。刚进兴奎家院子，小四子就开始张罗着收拾蝲蛄。他找来一个大盆，装上清水，洗起蝲蛄来。蝲蛄够多，做蝲蛄豆腐绰绰有余。兴奎说："先弄些炒着吃吧，蝲蛄豆腐咱做不好，等大人们回来再做吧。"

这时球子的母亲来兴奎家找他，见我们抓了不少蝲蛄，要做蝲蛄豆腐吃，她不由地笑了起来，"你们这些小子，就知道抓鱼摸虾的，蝲蛄你们会做吗？把蝲蛄端到我家，我给你们做着吃吧！"这可给我们真是乐坏啦！感觉就像热气腾腾的蝲蛄豆腐已经做好，就端在我们的眼前似的。

球子母亲给了他点儿钱，让他去买馒头，小四子帮忙烧火，我和兴奎、士德剥葱。球子母亲先给我们做炒蝲蛄，烧开的油

二十三、抓蝲蛄（二）

在锅里噼啪地翻滚着，用大蒜"吱啦"地一炝锅，一股夹着蒜香味的油烟"呼"地一下从锅里冒了出来，那味道闻着老有食欲了！

趁着油热，把蝲蛄下锅，叮当地翻着锅铲爆炒几下，蝲蛄皮很快就被炒红了，再加点酱油、葱花什么的，蝲蛄就炒好了。

这炒蝲蛄真是带劲儿，躺在盘子里香味四溢，看着是美的、闻着也是美的、吃着更是美的。香香的、酥酥的，再嚼口馒头，那滋味简直是无敌了！

两大盘炒蝲蛄在我们这几个饿狼的眼里，那只不过是小菜一碟，感觉还没动几筷子就已经见了盘底。葱花也没留住，没两下就被小四子划拉到嘴里，嚼了个满口香。这一盘炒蝲蛄给我们吃的是小嘴油汪汪，好生的痛快。

光吃炒蝲蛄肯定是解不了馋的，还有更硬的菜，蝲蛄豆腐没做好呢！我们几个怎能耐着性子干坐在炕桌前等，一个个的又迫不及待地蹦下了炕，直奔厨房一线，看球子的母亲给我们做蝲蛄豆腐。

做蝲蛄豆腐得先把蝲蛄的头盖和尾巴去掉，再洗干净，放到菜墩上用菜刀像剁肉馅那样剁碎，如果有绞肉机绞一下就会更好。做蝲蛄豆腐要用蝲蛄的肉汁，还得把剁好的蝲蛄肉里的碎壳和渣滓去除掉。

球子的母亲找来一块干净的白纱布，把纱布放到一个空铝钵上，然后把这蝲蛄肉倒在纱布上，让蝲蛄的肉汁慢慢地流进铝钵里，待这肉汁流不出来的时候，再用纱布把肉包上，双手往钵里挤着蜊蛄的肉汁。

这边蜊蛄的肉汁准备好了，那边灶台上的大铁锅里的水也咕嘟开了。球子的母亲迅速地拎起锅盖，锅台上瞬间雾蒙蒙的一片。

球子母亲端起盛着蜊蛄肉汁的铝钵在锅里一圈一圈地把肉汁倒进水中，又用水瓢舀了半瓢水倒进铝钵，涮了涮钵子后又一并倒入了锅里。

蜊蛄肉汁一碰到开水，便在水面上铺开，凝成脑状，随着开水的节奏翻滚起来。做蜊蛄豆腐不能煮得太久，煮久了准会变老，失去了鲜味。所以这蜊蛄肉汁一下完锅就得撤火，鲜鲜嫩嫩、正正好好，再放上盐、葱花、香菜、醋这些调料，那口感是杠杠的好！

千呼万唤始出来，蜊蛄豆腐终于上了桌，给我们喝了个大汗淋漓，煞是痛快。啃一口馒头，喝两口汤，不喝他个两三碗的，你都不好意思下桌。

鲜美的汤，润滑的脑，还有童年的伙伴情，那滋味不再有过，只能用心去慢慢地回忆，慢慢地品味……

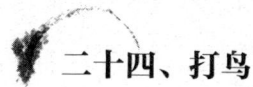
二十四、打鸟

夏日炎炎,骄阳似火。看起来是个打鸟的好天气,三的说江边最近来了很多鸟,周日他要领着我们一起去打鸟。

两个小孩正在三的家大门口的井台上摔着泥泡,那泥泡摔得"砰砰"的,一个比一个响。

"看见三的没?"兴奎瞅着一个小孩问。

"三的刚才还在苞米地那边转悠着抓虫子呢,现在好像是回家里的仓房去了。"一个小孩边捏着泥泡边回答。我们来到三的家,看见三的正蹲在仓房里,摆弄着一大串用细铁丝穿着的鸟夹子,见我们来了,他不耐烦地说:"都等你们半天了,苞米虫我都抓好了,赶紧走吧!"

我们来到江边的柳树毛子,四下观望了一下环境,发现把夹子下在江边落水的石头上是最明智的选择。这里是鸟常去觅食的地方,由于江水一涨一退,岸边留下了丰富的食物,这样的地方下鸟夹子肯定会有收获。

下鸟夹得讲究技巧,要把下夹子的地方的石头搬走,再用脚蹬蹬地面，使之露出新土。这是根据鸟吃食的习性，用来吸引鸟的注意力的——鸟一看到有新翻的土，心想一定有虫子吃，自然而然地就飞过来了。

往鸟夹子上镶苞米虫也是有学问的，不能用哨上的线把虫子夹得太紧，也不能夹得太松。太紧了容易把虫子夹死，太松了又容易让虫子跑掉。夹得恰到好处，让虫子能在哨上欢实地蠕动，那是最好的了。虫子拼命地蠕动最能吸引鸟的目光，鸟见到有如此的美味，想必肯定是不会拒绝的。

下好了鸟夹，我们跑到沙堆凹处的草丛中趴下，时刻注视着夹子。江对岸有几只鸟飞了过来，我们伸着小脑袋，瞪着眼睛，不约而同地轻喊着："落！落！快落！"这几只鸟是过路的，根本就没有下落的意思，挥着漂亮的翅膀往后山那边飞了，目送着它们安静地飞走，大家感到有点儿遗憾。

打鸟也不能急于求成，跟钓鱼一样，得有耐心。没鸟往夹子边飞，三的开始给我们讲他打鸟的故事。他说有一次在春天，他跟他五叔拿了二十来个夹子，打了三十多只大个儿的山鸟鸡。因为打得太过瘾，忘记了下午四点以后大江涨水，结果有五个夹子被水淹了，找不到了。等第二天江水退了，它们回来找夹子，嘿嘿，这鸟夹子一个不少，全找到了！夹子找到了还不算什么稀奇，有意思的是五个夹子，每个夹子上还都夹着一只湿漉漉的鸟。那天他家用鸟肉包的饺子，那饺子才叫真正的饺子，老鲜亮、老好吃了！

二十四、打鸟

还有一次在冬天,三的跟他五叔拿打枪沙的土炮去打麻雀。在大地的一个谷堆上密密麻麻地落着不下上百只麻雀,三的拿石头往谷堆一扔,麻雀受到了惊吓,"呼"的一声从谷堆上飞了起来,他五叔瞅准时机,"轰"的一声开了枪,就听噼里啪啦的一阵响,天上下起了麻雀雨,足足捡了大半盆的麻雀,三个人收拾麻雀时,单是抠麻雀身上的枪沙,都忙活了一下午。

三的讲得正起劲,我们也正听得津津有味,小四子一句话打断了三的,"你们看,来鸟啦!"

大家急忙看去,不错,确实是来鸟了,而且这一来就有四五只呢!这几只鸟我只认识灰色的、大一点的叫三鸟鸡,还有黄的、白色的和长嘴的鸟我都叫不上名字。

三的告诉我们,白色的和那黄色的鸟叫"颠腚子",因为这鸟长着长尾巴,总是屁颠屁颠地抖动着屁股;那长脖长嘴的鸟叫"沙溜子",这鸟愣头愣脑的,傻得很,别看这鸟长得大,一去了毛就没什么肉了。只有山鸟鸡的肉最实在,这鸟胸脯鼓得高高的,肉最多了。

"那只鸟看见虫了,你们看,要咬啦!"三子老到地说。果然一只白色的颠腚子屁颠屁颠地走向鸟夹子,一伸脖子,"啪"的一声,夹子翻了,颠腚子还没来得急挣扎就挂了。

小四子起身要去起夹子、拿鸟,被三的一把给拽了回来,"别动,不会打鸟别瞎嘚瑟!那儿还有鸟呢,你过去不把那些鸟吓跑啦!"

小四子笑了笑说:"三的,你别生气,我寻思我小,跑个腿去拿鸟,还真不知道有这说道。"

兴奎说:"小四子,你老实地趴着看就得了,别乱动,什么事听你三哥的。"小四子点了点头应了声,寻思寻思后,又对三的说:"三哥,今天中午咱不回家,在这儿烤鸟吃不?要是烤,我先去弄点儿干柴火,准备生火。"

"打多了就烤着吃呗!这才打了一只,怎么烤鸟啊!"三的一边盯着夹子,一边没好气地说。"烤就好!到中午肯定能打老多鸟了!我这就弄柴火去。"小四子说完,猫着腰,像蜥蜴那样慢慢地向后退去,到杨树林那边捡柴火去了。

我们盯着河岸边遛遛达达的鸟,心里那个急啊!这鸟是眼神不好使,还是怎么的?就在这鸟夹子附近跳来跳去的,好像根本就没有把鸟夹子上的虫子放在眼里。

其实我们不怎么关心那几只小鸟,目光都聚集在那只肥大的山鸟鸡身上。因为这家伙肉多、个头大,一个能顶好几只小鸟。

山鸟鸡在夹子边转悠了半天,终于发现了夹子上的虫子。只见它一个箭步冲了过去,"啪"的一声夹子翻了。鸟带着夹子在岸边的石头上扑腾着,它这一扑腾不要紧,把其他的鸟吓得都惊慌失措地飞走了。

三的看鸟夹子旁没有鸟了,赶忙起身跑了过去,他先打开夹着山鸟鸡的夹子,把鸟取了下来,掐着鸟的脖子把鸟拎了起来,鸟被夹子打得半死不拉活的,眼看就不行了。三子叹了口

二十四、打鸟

气说:"可惜了!活不了了,要不然拿回去养着玩儿多好。"说完这话,他用手一拧鸟的脖子,一瞬间这鸟就没了小命。

这场面太过血腥,弄得我不忍直视。三的是个出手狠辣的人,他这般手段,我等之辈那是绝对做不到的。

三的不愧是个有经验的打鸟高手,起完夹子、遛完鸟,让我们把夹子边的鸟毛捡干净,然后挨个夹子再看看,发现夹子上有虫子死了不动弹的,重新换上新虫子。再把翻开的夹子重新支好,一挥手带着我们又躲进沙堆的草里,等待着下一批鸟的到来。

"三的,你把那鸟活活地给拧死了,实在是太残忍了!"我于心不忍地说。

"你不懂,这鸟是活不了的,我不拧死它,它也会死的,我这是给它减轻痛苦,让它少遭罪。"三的反驳道。

小四子整完柴火又凑了过来,看着扔在地上的两只鸟,眼睛都发直了,"这鸟可真大,肉肯定多,烤着吃一定老香啦!"

"那是当然,不过烤着吃,不如包饺子好吃,这鸟肉包饺子吃最好。"三的边说边捡起鸟,开始拔着鸟毛。

鸟带着毛看起来又肥又漂亮,毛被拔光了,只剩下光秃秃、可怜巴巴的小骨架了,难看死了。小四子看看鸟,再看看人,开始数了起来,"一、二、三……六个人,才两只鸟,也不够分啊!接着多打些吧!"

等了半天也不见个鸟来,我们有点儿不耐烦了,三的不慌不忙地吹起了口哨。这口哨吹得跟鸟叫一个样儿，我们问他这是干啥，三的牛哄哄地说："你们不懂，我吹口哨这是在诱鸟！"也不知道是三的吹口哨把鸟引来了，还是赶巧鸟自己飞过来了，反正又有几只鸟落到了下鸟夹的江边。

三的看鸟来了，口哨也不吹了，洋洋得意地说："你们看，我把鸟给诱来了吧！这打鸟的学问大了，你们就好好地跟我学吧！"

"三的哥！你可真是有绝活啊！我今天是长见识啦！你再接着吹啊！多整些鸟过来，打少了不够咱们吃。"小四子满脸羡慕地说。

不一会儿，下夹子的地方热闹了起来，这夹子翻地"啪啪"直响，一上午的工夫就打了能有二十来只鸟。三的遛完鸟，就把鸟毛收拾干净，扔给了小四子，小四子按鸟的大小认认真真地分成了六份。

小四子忍不住地说："一人能分四只鸟啦！都大中午的，到吃饭的点儿了，还是点火烤鸟吧！天太热，鸟放的时间长了别臭了，你们看看都有苍蝇往鸟的身上飞了，我一直不停地赶着呢！"

小四子说的还真提醒了我们，光顾着打鸟了，不知不觉的到响午了。他说得有道理，那鸟要是再不烤，弄不好就真的变臭了。

"小四子，你点火烤吧，我有火。"兴奎从兜里掏出盒火柴扔给了他。

二十四、打鸟

小四子天生就是块烧火做饭的料儿,这火让他点的那叫一个旺!柴火让他烧的"噼啪"直响,一股青烟在沙堆后面袅袅地升了起来。

用树枝串上鸟,放炭火上一烤,油汪汪的,细火慢烤,把鸟烤的稍微焦一些,那吃起来才叫香。

大家正在享用着美味,三的好像是发现了什么,他站起身,双眼贼溜溜地盯着江堤旁的一个水泡子。

"三的,看什么呢?"

"别吵吵,有只翠鸟叼着鱼要回窝。"

我们顺着三的眼光看去,一只翠鸟嘴里叼着一条小鱼,站在沙堆旁的一棵小树上,正晃着脑袋四下地张望着。

这翠鸟真是漂亮,蓝蓝的羽毛,光彩亮人,小巧玲珑的身姿,既活泼又可爱。

三的胸有成竹地说:"翠鸟的窝肯定就在这附近,一会儿看它往哪里钻,找到它的窝咱好掏鸟蛋去。"

翠鸟很是机警,左看看、右望望的。大概没有发现有什么不对劲,一俯身飞到了江堤边的一个沙堆旁,一转眼就不见了踪影。

"它的窝肯定就在那沙堆附近,去找鸟窝去!"三的说完就往沙堆跑。他刚跑到沙堆前,那只翠鸟"嗖"的一下从沙堆的一个洞里飞出,又落到旁边的一棵树上,扎扎着羽毛不安地叫了起来。

"鸟洞就在那儿！"三的两步来到了鸟洞边，鸟一看有人到了它的洞边，焦虑地从树枝上飞了下来，对着我们狂叫不止，那叫声满是愤怒与凄凉，又好像是在向洞里传递着什么信息。

鸟洞有乒乓球大小，刚刚能钻进一只鸟。三的找来一根硬木棍顺着洞口慢慢地挖了起来。

三的这边挖，翠鸟就在我们头顶上紧张不安地飞来飞去地叫，"看来这鸟洞里一定有东西！"三的自言自语地说。

洞里传来了小鸟的叫声——有翠鸟崽子！翠鸟本来就很少见，而且非常不好抓，能掏到翠鸟崽子，这可真把我们美死了！

这翠鸟窝还挺深，挖了大半天才挖到底。鸟窝的庐山真面目终于露了出来。"有三只鸟崽子！"三的高兴地说，他小心地往外扒拉着窝里的沙土，窝里满是鱼的腥味，几堆鱼骨头渣也被扒了出来。

我们争抢着、探着小脑袋往洞里看。哎呀！还真有三只小翠鸟趴在洞底，抻着脖子、张着嘴在叫着。

三的把小翠鸟一个一个地轻轻掏出洞来，小翠鸟就这样闭着眼睛，张着长长的嘴巴来到了阳光下，来到了我们的面前。

大鸟的叫声更加凄惨了，一阵阵撕心裂肺的叫声从半空中传来，听得我身上直起鸡皮疙瘩。

我们这些臭小孩，只顾得掏小翠鸟玩，谁会在乎老翠鸟的感觉？真是恨不得把这老鸟也抓来玩儿玩儿，只是它飞得太高抓不到罢了。

二十四、打鸟

三的不停地埋怨说,他自己去掏鸟就好了,人多把老鸟都给吓跑了。要是他自己去掏,一准把老鸟也给堵在洞里头,连老鸟带小鸟的一窝给端了,那有多好!

一看到小翠鸟那楚楚动人的可怜样儿,这给我稀罕得不行了,虽然这小鸟的羽毛都没长齐,还丑得很,可是我相信它长大了一定会像正在我们头上盘旋的老鸟一样漂亮!

"三的,这翠鸟好养活不?喂什么,它能吃?"我看着鸟问三的。

"听大人说这鸟不是太好养活,专门吃小鱼。"

"那我要一只,拿回家养着,正好我钓鱼喂它吃。"

"钓的鱼个头有点大,得抓小鱼喂它吃,你挑一只吧!"

我看着这三只小翠鸟都张着嘴巴叫着,好像是在说:"选我吧!选我吧!"我倒是想都要走,可我知道三的他是不会答应我的——这翠鸟确实是太少见太招人稀罕了。

就你啦!一只个头最大,叫得最欢实的小翠鸟被我挑了出来。都说会哭的孩子有奶吃,这最能叫唤的鸟也应该最好养。

我把这只小翠鸟小心翼翼地放到手心上,细细地欣赏起来,透过灿烂的阳光,小翠鸟的身子一瞬间长满了蓝蓝的漂亮的羽毛。想着长大后的它自由自在地穿梭于江河边、野泡旁,轻盈的身子,迅捷的动作。它一头扎进小泡子里,不一会儿嘴里衔着一条小鱼从水面钻了出来,它抖了抖身上的水珠,轻舞着翅膀,箭一般飞向碧水上的蓝天里……

二十五、捡栗蓬

金秋十月,天空无比的清澈蔚蓝,水田里颗粒饱满的稻穗一片金光灿灿,后山上黄绿相间的色彩漫上了山坡,几处火红的枫叶显得格外的耀眼。

我的家乡是块依山傍水的宝地,山脉纵横交错,山林里的野生资源无比丰富,蘑菇、山楂、栗蓬、松子、山葡萄等等应有尽有。只要你腿脚够勤快,在秋天这个硕果累累的季节多往深山老林里出遛出遛,准会有着意想不到的收获。

刚放"十一"长假,兴奎就找我们几个小伙伴合计,想要上山捡点儿栗蓬解解馋。

上山捡栗蓬是件令人心驰神往的好事,只是大人们不让小孩子上山玩。因为上山不但要走很远的路,而且山陡路滑、怪石嶙峋,万一有个闪失那可不是闹着玩的,再说了,就算白天上山还能碰到长虫,即使不被咬到,也会被吓个半死。

即便如此,因为了有香甜栗蓬的诱惑,不管是大人千言万语的叮咛嘱咐,还是道路千山万水、艰难漫长,最终我们还是

二十五、捡栗蓬

抵不过一个"馋"字。

走!说走咱就走,风风火火闯九州。大伙儿各自回家换上了破旧的长衣长裤,兴奎还在他家的仓房里翻出一个破棉帽子,装到了编织袋中,小四子一把拎起编织袋,一甩胳膊驾轻就熟地背在了身上。兴奎又拿下了顶在他家晾衣绳上竹竿,扛在肩膀头上,带领着大家一路高歌地出发了。

在通往后山的路上有条火车道,一处铁轨的周围散落着被砸开的栗蓬壳儿。兴奎指着栗蓬壳儿说:"看来咱能捡到栗子,这些壳肯定是有人从山上弄的栗子,到这里砸着吃的。咱们快点儿走,马上就要响午了,早到还能多弄些。"

小四子听兴奎这么一说,再看看栗蓬壳儿,背着编织袋"噌"地一下子跑了出去,边走边回头喊:"快走啊!去晚了就让别人捡光了!兴奎说得对,咱们去得早,就能多捡些!"

"捡多了,就你那小体格能背得动吗?"士德戏谑地逗着小四子。

"士德啊!你还不了解我小四子吗?我干别的不行,干这活儿我心里有数!你就是捡满一袋子,我也能给弄下山,保证不耽误事!"

小四子这话说得不假,哪次抓鱼摸虾的重体力活儿全都交给了他,并不是我们欺负他,如果他不干这最脏最累的活儿,就他这一个小拖油瓶,谁稀罕带他一起玩儿?这小四子也会来事儿,在干活儿这方面他是属于老黄牛型的,任劳任怨、从不计较，只要我们干什么时能带上他、有他的那份，就行了！

在上山的道边，有个被人承包的栗蓬园，远远地就能听到从园子里传出的阵阵狗叫声，因为怕狗，我们只能望着满园的栗蓬，傻愣地看着眼馋。

在园子前面立着一块木头牌子，上面用红油漆歪歪扭扭地写着几个大字"院内有大'娘'狗，不'淮'入内！"字下还画着一个打着红叉的骷髅头。这牌子写得实在是太有个性了，狼狗我是见识过的，这"娘狗"是何方神兽我还真没听说过。把"准"字写成了"淮"字，多了一点水，就变了一个字。哎！没文化还真是可怕啊！

"赶紧走！听那狗叫声就知道是条大狼狗，这狗一天到晚地待在山上，见不到个外人，肯定非常凶猛，见人就咬。"三的催促说。

三的说的话有道理，此地不宜久留，我们得赶紧走。就是不被狗咬到，让人家把我们当偷栗蓬的小偷抓了，那也不是什么好事。

上山时，三的打头，拿着一根木棍，不停地敲打着路边的草稞，驱赶长虫，这就是传说中的"打草惊蛇"，蛇一听到有声响，自己就会扭头离开。

我们一行人抄小道往山上爬去，一路上看见零星的几棵栗蓬树，只是栗蓬早让人捡光了，留下满地空空的栗蓬壳儿。

小四子瞪圆了双眼，在一棵栗蓬树下仔细地搜索着。功夫

二十五、捡栗蓬

不负有心人,一颗躲藏在草丛深处的栗蓬,终究没能逃过他的法眼,被他如获至宝般地捡起,扔进嘴里嘎嘣地吃了起来。"兴奎啊!油栗子!香甜香甜的!"

小四子啊小四子,你吃就吃呗!怎么还非得把栗蓬的味道总结点评一下与大家分享呢?我们一听小四子说这话,馋得禁不住地也满地找起栗蓬来。可这里哪还能有什么好栗蓬给我们留着啊?那兴奎倒是捡了个大个的,一口咬下去,又"呸"的一声吐了出来,原来一条白色的小虫子正在他手中的半个栗蓬肉里摇头蠕动着。

兴奎气愤地把半个栗蓬扔进了旁边的草稞里,三的见兴奎咬到虫子,嘲笑地说:"兴奎,你扔了多浪费啊!那虫子留着,镶到夹子上打鸟老好使了,真是可惜了!"兴奎闷着气,不吱声。

我在地上划拉了半天,也弄了个干瘪的小栗蓬,咬了半天,也没见到个肉,全是皮,给我郁闷地扔在了地上,使劲地用脚踩了踩。

小四子见找不到栗子吃了,在周围四处撒眸起来,什么红姑娘、山里红、山梨蛋、山葡萄的划拉了一小堆,用衣服兜了回来,放在草地上,笑嘻嘻地说:"兴奎啊!你可别生气了,来,吃个酸甜酸甜的山梨蛋,正好解解渴。"

兴奎拿起一个山梨蛋,猛嚼了两口,把嚼碎的渣滓吐了出来。大家见状,你一个我一个也跟着吃了起来。山梨蛋吃的是汁水,梨渣滓不能往肚子里咽,因为这东西不好消化,堵在肠子里那可真是别有一番滋味在"后头"啊,等你上厕所的时候,你就会知道这"后头"有多严重了。

　　这山梨蛋、山里红、山葡萄什么的越吃越酸,越吃越开胃,整得大家伙都饿了。"兴奎啊!要是能弄到栗蓬吃就好啦!这些东西只管解馋、不管饱啊!"小四子这话正说到兴奎心里去了,我们上山,原计划不就是捡栗蓬吃嘛!

　　"我看咱们是白忙活了,前山坡的栗蓬早让人整过了,咱们是没戏了,要不咱就弄点儿野果子回去得了!"兴奎失落地说。

　　三的看了看天上的太阳说:"现在也就十点多钟,时间赶趟儿,要不咱们去后山吧,虽然道远点儿,但那里去的人少,肯定有别人没捡过的栗蓬树。"

　　大家都同意三的的想法,都想去比量一下。兴奎皱了皱眉头说:"三的说得没错,后山一般没人去,肯定能捡到栗蓬,就是后山的林子太密!再说咱们也没去过,钻林子里走丢了怎么办?"

　　三的说:"没事!跟着我走就行了,保证走不丢。咱边走边折路边的树枝做记号,回来时顺着断树枝走不就妥了?"

　　三的这既简单又实用方法,让人不由地伸出大拇指连连称赞,就这么办了!大家继续赶路,向后山挺进。

　　走到山顶的时候,已到了中午,站在高山上远望,鸭绿江像条玉带似的蜿蜒着,镶嵌在黑黑的土地之上。真是不看不知

二十五、捡栗蓬

道，一看吓一跳！我们这才发现，在不知不觉中我们已经离家走出了很远很远……

山后坡草木丛生、怪石林立，道路也崎岖难行，我们走的又是下坡路，行进十分困难。可转念一想，为了吃栗蓬，这点苦累又算得了什么呢？我们任凭汗水打湿了后背，就算掉皮、掉肉，也没有一个人掉队！

在林间的一处石头缝下，汩汩地流淌出一汪清冽冽的山泉。大伙原地坐下休息，轮流着用双手捧起泉水喝。这一口清凉的泉水下肚，顿时让人心旷神怡、浑身清爽，就连每一个汗毛孔都跟着丝丝地冒着凉气儿。再闭上眼，用泉水洗把脸，整个人也跟着忽忽悠悠地在林子里飘了起来。

三的爬上一个大石头碇子，像孙猴子般的用右手遮住眼睛，不知道在撒眸着什么。

"那边有两栗蓬树，树上还有栗蓬呢！"三的兴奋地冲着我们喊，大伙立刻来了精神，"腾腾腾"地站了起来。

小四子仰着头对着三的喊："三哥！在什么地方啊？快点儿带我们去！"

三的爬下碇子，领着我们往东边的一处山坡走去，这山坡本没有路，三的硬是凭借两只小脚，给我们蹚出了一条小路。鲁迅曾经说过"世间本没有路，走的人多了，也便成了路。"这话一点儿不假，回头一看，我们跟着三的走过的地方俨然成了一条道路。

我们来到树前，看着眼前树上的栗蓬，我们的小脸乐开了花！虽然这两棵树的栗蓬也让人捡过，但剩下的对我们来说足够解馋的了。

这栗蓬长得喜庆，一个个青黄的栗蓬锅子垂在枝头，树枝被压得弯下了腰，似乎在向我们鞠躬问候着，熟透的栗蓬正开口笑着迎接我们，一群群褐色的栗蓬紧拥作一团，在栗蓬锅里探着头，似乎在向我们招手。

兴奎让我们先躲到一边去，他戴上破棉帽子，挥舞着竹竿开始打树上挂着的栗蓬锅。像刺猬似的栗蓬锅被打得噼里啪啦地从树上掉了下来……这兴奎真是个有心眼的小鬼儿，原来他戴这破棉帽子，就是为了防止栗蓬锅上的尖刺扎到脑袋。

兴奎本想一竿打尽树上所有的栗蓬，但是有几个挂得实在是太高，够不到，他站在树下干瞅着，也没办法。

小四子喊："兴奎啊！你让开，躲一边去，看我的！"小四子在地上捡起两块石头，朝着树上扔了过去。小四子的这种做法是值得肯定和学习的，只是他的准头太差劲，连扔了几块石头，却连个边儿都没碰到，甚至还有一块石头被小四子扔在了树干上，又弹了回来，奔着小四子的裤裆就飞了过去，小四子吓得"妈呀"一声，来了个迅猛地侧倒，才算躲了过去，真是有惊无险啊！吓的小四子出了一大裤裆子的汗。

三的在旁边嘲笑着说："小四子，就你那水平还打栗子，别闪了你的小水腰！你睁大眼睛，我让你见识见识你三哥是怎

二十五、捡栗蓬

么打栗蓬的!"

谈笑间,三子摸出贴身带的弹弓来到树下,抬头瞅准树上的一个黄黄的大栗蓬锅,往弹包里装好了石子,一个弓步站稳了脚,屏气凝神,拉开了弹弓。"噗!"弹弓一弹,一颗石子就飞了出去,"啪!"的一下,正中目标!来了个既漂亮又标准的十环,栗蓬锅里的栗蓬被打得七零八落地飞入到树边的草稞中。

三的盛气凌人地说:"小四子,给你看傻眼了吧?赶紧的,去草稞里捡栗蓬去,这都省得扒锅了,直接捡现成的。"

树上剩下的几个栗蓬很快被三的用弹弓敲了下来,我们负责用木棍敲栗蓬锅、扒栗蓬,小四子拎着编织袋边吃边捡,因为有栗蓬捡,大家也不觉得累,反而越捡越轻松,越捡越高兴。

两棵树的栗蓬让我们捡完了,留下了满地狼藉的栗蓬锅。小四子背着半袋栗蓬美美地说:"老沉了,咱们没少弄啊!有十多斤了!"说着说着,小四子放下了袋子,抓了两把栗子分给大家说:"都饿了!一人先吃几个垫垫底,也好有力气下山。"

这油栗子味道就是正,生着吃都很香甜,如果煮熟吃,那味道一定更好!吃栗子要把外皮和贴在肉上的一层薄皮都弄掉,那薄皮涩涩的,会影响栗子的味道。

下山的时候,我们只觉得双腿酸软得已经不是自己的了,机械般地跟着惯性往山坡下走着。大家一个个都造的灰呛呛的,累得走路都打晃儿。可小四子好像一点儿都不累,一边走还一边摘山葡萄，摘好的全兜在衣服里，山葡萄汁把衣服染得紫花花的，他也不介意。

快到家的时候，兴奎让我们背着栗蓬先去荷花泡的空地上支个锅灶，自己跑回家取锅，准备煮栗蓬。兴奎想得对，这上山的事不能让大人知道，知道了肯定得挨呲。

我们划拉了一些破砖头、石块，简单地砌了锅灶，兴奎拿来锅，在荷花泡里打上水，坐在了锅上，又弄了些柴火，点着后煮起栗蓬来。

锅里咕嘟咕嘟地煮着栗蓬，锅下的炭火里噼啪噼啪地烧着栗蓬，这可真是双管齐下，烧煮两不误啊！

火越烧越旺，久违的栗蓬香味渐渐地从锅里溢了出来。煮好啦！还等什么？开造！管够地造！水煮的栗蓬含在嘴里，松松软软、香味四溢；火烧的栗蓬嚼在口中，酥酥脆脆，香绕唇。小伙伴们嘻嘻哈哈的欢笑声在大地里荡漾开来。

夕阳西下，太阳的余晖映红了我们稚嫩的笑脸，小伙伴们幕天席地吃着喷香的亲手采摘的山货，香在口里，美在心底，一幕幕舌尖上的童年，随着岁月的流逝，渐行渐远……

二十六、打野鸡套兔子

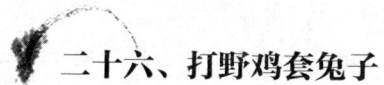

姥姥家住在县城外一个偏僻的山脚下,在那里留有我童年的足迹。每年冬天放寒假,我总要去姥姥家住上一段日子,那里不仅有好吃、好玩的东西,还充满着姥姥对我的呵护与疼爱。

小舅和姥姥住在一个院子里,他的眼神总是放着锐利的光芒。他能清楚地看见几百米外的山林里,是谁在割着柴火,是谁在挖着野菜,这让我很是佩服。

小舅家里屋的墙上挂着一把单管猎枪,这枪可是他的宝贝疙瘩,一有空就会从墙上取下来,拿在手里摆弄着,枪被他擦得油光铮亮,冒着冰冷的寒光,让人一看,心里就会突突地有点儿害怕。

小舅的枪是不允许别人碰的,我曾在他不在家时,壮着胆子偷偷地把枪取下,想好好地端量端量。我的举动把我表哥华子哥吓得够呛,他一脚踢在我的后腚上,慌慌张张地说:"大龙啊!你这是作死啊!我爸的任何东西你都可以动,只有这枪,你千万别动,别看你妈是我爸的大姐,那他也不会惯着你,揍不死你都怪了!"

弟弟小龙也在旁战战兢兢地应和着:"大龙啊!我哥说得没错,你赶快把我爸的枪按原样给挂回去,你可是不知道,他发起火来,眼珠子一瞪,嗷的一声老吓人了!"听了他俩的话,我也害怕了,赶忙把枪挂了回去,心想还是老老实实地看看得了,可别捅那马蜂窝,给自己找不自在了。

寒冬腊月,天寒地冻,呼啸的北风肆虐地狂吹着。屋外干巴的冷,连出去打爬犁的心情都没有,我和华子哥、小龙弟围坐在炕上的炭火盆前,一边烤着火,一边吃着姥姥给我们烧的热地瓜。

小舅从外面回来了,手中拎着一根粗粗的油丝绳。他把油丝绳上的细钢丝一根一根地解下,扔进炉坑的火堆里烧了烧,又拿了出来,低头拿钳子坐在板凳上,不知道在做着什么。

我好奇地走上前,问他在做什么。小舅边用钳子扭着钢丝边告诉我说,他在做套野兔子用的钢丝套。

哎呀!小舅这是准备上山打猎,要套野兔啊!这可把我乐屁了,我黏糊在小舅的身边絮叨着,让他带上我一起去套兔子。

小舅一脸严肃,就是不肯答应我,他说什么上山打猎太危险,万一枪走火打到人,那可不是闹着玩的,再说山里雪厚路险,带上小孩子也不方便。

见小舅不肯答应我,我就没话找话地问他,为什么做套子

二十六、打野鸡套兔子

的钢丝要在火里烧一下。他告诉我说,钢丝上有油,野兔非常机警,闻到钢丝套上的油味就会绕道走,这样很难套到兔子。

套个兔子还有这么多学问,这让我对打猎越来越向往了。

一天,吃中午饭时,外面下起了鹅毛大雪,小舅正在外屋干着木匠活儿,一看下雪了,他便扔下刮木板的刨子,顶着雪,出了屋。

饭桌旁的姥姥说,小舅准是看下大雪了,去找他朋友上山打猎。一听这话,我的心也痒痒起来,虽然身体仍坐在炕上,心思却早紧紧跟随着小舅的身影,飞向那白雪覆盖着的山林之中了。可是,过了半下午的时间,小舅竟垂头丧气地回来了,他一声不吭地坐在炕沿上,抽着闷烟,寻思着什么。

"大龙你过来!"听见小舅喊我,我"噌"地一下从姥姥那屋蹿了过去。

"他们不去,那就咱俩去,明天早上,我带你上山打猎去。"

我瞬间石化了!小舅竟然要带我上山去打猎!这可给我高兴坏了,连忙问小舅让我干点啥。他说让我上山时拎着钢丝套,如果打到野鸡的话,我下山时拎着它就行了。这不是小四子应该干的活儿吗?可仔细想想,我也就能干干这个活儿了。

小舅的木匠活儿也不干了,在炕上摆弄着猎枪和子弹。他把枪沙和火药分成一小堆一小堆的,摊在纸上搅拌均匀,再倒进一个大弹壳里塞紧,用纸壳封上。我看见炕桌旁边有铅弹,于是问为什么不装铅弹,小舅告诉我,铅弹是打狍子、黑瞎子这些大猎物用的。前山坡没有什么大动物，装点儿枪沙打个野鸡、树鸡什么的足够用了。

第二天吃过早饭，我跟着小舅上了路。大雪过后的山上白茫茫一片，几棵高大的松树隐隐约约地露着翠绿的松针。

山路本来就难走，雪后上山的路更加难走，深一脚、浅一脚的一步一个脚窝。小舅背着猎枪在前面领路，我拎着兔子套，踩着他的脚窝紧跟在他的身后。还没爬到山坡，就已经给我累得呼哧带喘的了。

小舅看我走累了，说："歇歇吧，这会儿知道小舅为什么不带你上山打猎了吧！"我不好意思地点点头，摘下了棉帽子，头上呼呼地冒着热气，只需一会儿工夫，脑门上又冰凉冰凉地冷了起来，我赶紧再戴上帽子，跟着小舅继续赶路。

小舅边走边仔细地观察着四周，寻找着猎物在雪地上留下的蛛丝马迹。

四周显得有些寂静，偶尔从林子里传来了几声鸟叫。山里的风刮得有些莫名其妙，让你看不出它是从哪里刮来的。风吹着树林哗哗作响，树枝上挂着的积雪，随着风簌簌地落了下来。

我们在半山坡遛达了半天，连根鸟毛都没看到，野兔的身影更是难得一见。我有些后悔了，心想，要是不跟着他来打猎就好了。我的脸被风吹得好像是裂了口子似的，火辣辣地疼，脚上的棉鞋踩在深雪里，冻得硬邦邦的，脚也没了知觉。这真是没事找罪遭，还不如待在姥姥家里吃吃烧地瓜、焐焐热炕头

二十六、打野鸡套兔子

儿了!

从山上往下看,小小的屯子尽收眼底,一座座错落有致的小房子,房盖上顶着一整块白雪,冒着缕缕青烟。想必现在已经是中午了,上山蹚雪的劳累,弄得肚子咕噜咕噜直叫,饥饿的感觉在我全身上下蔓延开来。

正在我向山下卖呆的时候,突然"砰"的一声枪响,吓得我一下子瘫倒在了厚厚的雪地里。顺声看去,小舅正蹚着雪,高举着猎枪,一步一个趔趄地往山坡阳面的一处草稞里跑。

一只花野鸡扑棱着翅膀正从草稞里飞出,朝着远处另一个草稞飞了过去。这可把我看傻眼了,明明刚才找了半天也没看见个鸟影,怎么突然冒出只野鸡来?

小舅在草稞里拽出一只公野鸡,朝我前面的雪地上一扔说:"大龙,你捡着这只野鸡在这儿等我,我去追那只去。"

小舅边走边换弹壳,追着那只野鸡远去了,我起身拍了拍身上的雪,捡起兔子套,连滚带爬地来到野鸡跟前。这只公野鸡耷拉着脖子,紧闭着双眼,已没了呼吸,温热的胸脯上有两个明显的枪沙眼,鲜血滴在雪地上,留下几处梅花般的殷红。

我拎着野鸡站在原地,远远地望着小舅,就和我期待的一样,枪声再次响起,清脆的枪声在山谷里迂回荡漾着,一只小松鼠吓得在雪地上飞舞着脚步,三下两下地蹿上高大的松树,躲了起来。就在这时,小舅又拎着一只母野鸡返了回来,像得胜的英雄一般,把战利品扔给了我。

连打两只野鸡的小舅心情大好。他点上一根烟,吐着烟圈儿给我讲,套兔子是个慢活儿,不能着急。野兔很狡猾,白天不怎么活动,很难抓到,要等它晚上出来找食吃的时候才容易抓。这兔子套也不能瞎下,得找野兔经常活动的地方下。因为野兔有个习性,它住在哪个山坡上之后就不挪窝了,有句话说得好"兔子转山坡,转来转去还得回老窝。"这就是说,找兔子得先找它的窝,找到窝,再套兔子就不是什么难事了。

野兔机警、聪明、天生胆小,有个风吹草动的都会吓得逃跑。但是野兔有个致命的弱点,就是它只走留有自己脚印的路,而且一旦走习惯了,出窝回窝都会沿着这条路,一直不变地走下去。野兔认为,走过的路一定是最安全的,也正是它的这个小聪明,反误了自己的卿卿性命。猎人们正是根据野兔的这个习性,等下雪的时候就会上山寻找兔子走路时留下的脚印,然后在野兔经过的路上下上套子,静等野兔落入圈套。钢丝套是活的,野兔的头一钻进去就套上了,野兔不会后退,只会往前走,越往前走,套子套得就越紧,它想跑都跑不了!

听小舅这么一讲,这野兔还真是有趣,我给野兔的定位是"不走寻常路,走自己的路让猎人逮去吧!"

哎!想想这野兔真是既喜感、又悲催的动物,都说狡兔三窟,是绝顶聪明的动物,可最后还是落得聪明反被聪明误。

小舅抽完烟,领着我在一处避风的山坡处找到了几条清晰的野兔脚印,他把钢丝套拴在野兔脚印旁的树上,让套子离雪

二十六、打野鸡套兔子

地有一个手掌宽的高度下好,离开的时候,再用松树枝小心地把我们踩的脚印扑拉平。

小舅下完二十多个套子后,时间已经过去大半个下午了,他领着我下山,往家的方向走去。当走到一片白桦树林时,小舅突然放慢了脚步。他盯着林子看了看,挥了挥手,示意我停下。他小声地对我说:"大龙啊!你趴下别动,别出动静。"

小舅猫着腰,拎着枪,蹭到一棵大桦树下,身子侧倚在树干上,慢慢地端起了寒气逼人、杀气腾腾的猎枪。我顺着枪口看去,只见一只鼓着一身灰褐色羽毛的鸟,正蹲在一根树枝上。还没等我看个仔细,突然枪响鸟落,一撮羽毛从树上缓慢地飘落下来,刚刚没注意到的另外一只鸟,拼命地扑打着翅膀逃跑了。

小舅高举着鸟,兴奋地对我说:"大龙啊!你小子还真有口福啊!你知道这是什么鸟不?"我迎了上去仔细地看了看,一个劲儿地摇着头。

小舅洋洋得意地说:"天上龙肉,地上驴肉。这鸟就是飞龙,这可是古代专门给皇上吃的野味啊!"我听的是一头雾水,驴肉丸子我吃过,那味道自然是没得说,可是这飞龙鸟肉别说吃了,就连这鸟,我也是第一次看见。

我感觉这飞龙鸟比鸽子大不了多少,应该没什么肉,真不知道有什么吃头。我心里最惦念的还是能不能套到野兔,你想啊,这野兔长得多大啊,还全身都是瘦肉,那才有吃头!

晚上的饭菜，是用这两只野鸡炖的酸菜，飞龙鸟肉做了一道汤。这野鸡的肉有点腥，我没怎么吃，倒是这用飞龙鸟肉做的清汤，那可真是天下一绝。汤，清香无比、沁人心脾；肉，雪白细嫩、鲜美异常！真是美味中的美味啊！

吃完了晚饭，我躺在暖呼呼的热炕头上美美地睡着了。我睡得正迷糊时，被小舅冰冷的大手推醒了，他说要带我上山遛兔子。这不正是我梦寐以求的事情嘛！我瞬间清醒，一股脑儿地从炕上蹦了起来，迅速地穿好衣服，跟随着小舅冲出院子。院旁的大道上，小舅的几个朋友正背着猎枪和干粮等着他，那气势就好像是部队整装待发。我虽然没有枪，可也是这部队中的一分子！我突然感觉自己也神圣了起来。

我们这支部队并不浩荡，但却气势高昂，尤其是我，兴奋异常。当我们走到半山坡的时候，小舅让他的朋友们先走，说他要领我先遛兔子，然后再回头去撵他们。

小舅领着我，来到了下套子的山坡。好家伙，这战果还真不错，二十多个套子中了三只肥肥的野兔。还有个套子应该也是套着了，可兔子却不见了踪影，留下了满地的兔毛，和一片杂乱无章的狗爪印。

小舅看了看那串爪印，神情严肃地说，那野兔一定是让狼给叼走了。我一听到有狼，心头不由得一紧，倒吸了一口凉气，刚才的兴奋顿时消失得无影无踪。小舅似乎看出了我的紧张，重新下好了套子后，让我先回家，然后他再去追赶大部队。他

二十六、打野鸡套兔子

把送我到山脚下的大道后,叮嘱了我几句,便回头追赶他朋友去了。

我拎着野兔走在回家的大道上,远远地望着满是凄凉的后山顶,似乎隐隐约约地听见后山的枪声响起,朦朦胧胧地看见小舅他们抬着狍子,有说有笑地走在下山的路上……